PARAÍSO

a lo cubano

Jocy Medina

PARAÍSO

a lo cubano

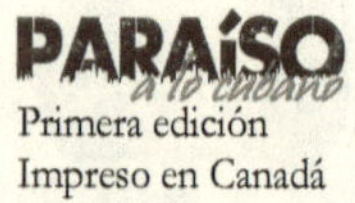

Primera edición
Impreso en Canadá

Diseño de portada, maquetación y diseño interior:
Dario Ferrara, Diseñador gráfico (Italia)

Fotografía:
Ojos verdes y Quinqué, por www.shutterstock.com

Edición:
Editor: Joaquín Núñez Quincot, Venezuela, (@joaquinnq)
Agradecimientos especiales a mi madre, Marta Medina, por comentarios de edición.

Novela inspirada en hechos históricos reales. Los personajes son ficticios. Genero ficción.

ISBN (impreso): 978-0-9950863-2-6
ISBN (formato electrónico): 978-0-9950863-3-3
Quedan hechas las entregas por la ley en los catálogos de la Biblioteca Nacional de Canadá

ÍNDICE

A mis abuelos, Guy y Marta Rosa
porque hay lágrimas que si no las lloramos
nos oxidan el alma.

Jocy

El pan de la vida

Dalia chancleteaba por Buena Vista con la firmeza de quien sabe a dónde va, pero con los genios de quien no encuentra que hacer para calmarse. Un apagón había dejado el barrio a oscuras, justo cuando el noticiero anunciaba fecha y hora de los juegos del Mundial del 1991. Y no cualquier Mundial, sino el de su deporte favorito: el vóleibol femenino.

Cuando pequeños fiascos como estos llenaban el jarro de sus frustraciones, Dalia salía de casa a lanzar sus malos genios al barrio.

—Mami, uno aquí muerto de hambre, ¡y tú con tanta carne en esas nalgas! —gritó un flaco que tomaba ron a pleno día, tirado en el contén[1] con un rubio de pelos largos y rizos.

Aunque Dalia le reviró los ojos, el flaco tomó la muestra de apatía como invitación para un próximo avance. "Oye, ladrona, ¿y esos ojazos verdes? ¿Se los robaste al semáforo?", le dijo.

El de los rizos le sonó un codazo al flaco para que se callara.

—Pero ¿y ese jamoncito quién es? —preguntó el flaco.

—Esa es Dalia Salinas. A ella le dicen Chica Mermelada.

—Ay, ¿Mermelada? ¡Qué rico! No me hables de comida que no he desayunado —respondió el flaco, acariciándose la barriga.

—Esa es la nieta de Rosa, la que vende mermelada ahí al lado de la casa de las buganvillas.

—¡No puede ser! Si esa vieja es un maní quemado y esa niña es pura canela.

[1] Borde de la acera.

—Lo de pura canela sí, pero de niña no tiene nada. Debe estar en sus "veintipico" porque ella entraba en la secundaria[2] cuando yo terminaba el doceno grado[3]. Dicen que desde que su abuela llegó a La Habana, con ella pequeñita en los brazos, instaló esa venduta[4] de mermelada de guayaba. A eso debe oler su ropa, su cama, su piel y su pelo. En la escuela todo el mundo le pedía olerla. Recuerdo que cuando pasaba dejaba un aroma dulce que daban ganas de comérsela de postre.

—Pues mira, yo no olí nada —dijo el flaco, empinando la nariz al aire.

—Otro día que pase, disimula y acércatele para que veas —sugirió el de los rizos.

Como eso de "otro día" le sonaba demasiado lejos al flaco, dejó al de los rizos soñando con Dalia en el contén y salió corriendo detrás de ella. Cuando la alcanzó, le agarró dos mechones de cabello y los restregó contra su nariz como si quisiera comérselos.

El jalón de pelo frenó en seco el paso de Dalia. "Pero ¿a ti qué te pasa, so loco?", protestó ella, arrebatando con furia el pelo de las manos del muchacho.

Dalia se alejó corriendo, sintiendo que ser visible de la forma equivocada la angustiaba más que no ser vista en absoluto. La carrera alivió algo sus nervios. Cuando se supo bien lejos, dejó que sus pies marcharan con la cadencia del que sabe que yendo lento, usa más tiempo. Su pelo, que llegaba al nacimiento de su cintura, tapaba los costados de su cara y creaba anchas cortinas a cada lado de su cuerpo.

Llegó a un parque de grandes árboles, con gruesos troncos de los que crecían ramas que querían tocar el cielo. Parecían gigantes y ante ellos, ella se sentía tan inmensa como una hormiga. De las ramas nacían larguísimas raíces que bajaban al suelo, sirviéndole de consuelo que su vida no era lo único al revés que había en Buena Vista.

Se sentó en un banco a admirar cómo las raíces barrían el parque a merced del viento. Flotaba en un vacío de cuatro dimensiones.

[2]Escuela secundaria. En Cuba, enseñanza del séptimo al noveno grado, para jóvenes de 12 a 14 años de edad.

[3]Duodécimo grado. En Cuba, el último año de la escuela preuniversitaria (o bachillerato)

[4]Ventas a pequeña escala, sin papeles oficiales.

Y cuando decidió que en la oscuridad de su cuarto estaría mejor que a plena luz, fingiendo ser invisible al mundo, se entregó a las sucias calles que la regresaron a casa.

Ella vivía con su abuela en el apartamento tres de un pasillo de cuatro, la morada más despintada de Buena Vista, el barrio más descascarado de La Habana. Entrando a casa, Dalia escuchó la áspera voz de su abuela cantando: *"Amor es el pan de la vida. Amor es la copa divina. Amor es un algo sin nombre que obsesiona a un hombre, por una mujer…*[5]", la canción favorita de Rosa. Aunque Dalia la detestaba pues hablaba de obsesiones masculinas que se tornan en las grandes pesadillas de una mujer cuando el hombre insiste en que: "*por más que se oponga el destino, serás para mí*".

Antes de ir a la cocina a darle un beso a su abuela, pasó por el almanaque, buscó la casillita del 13 de noviembre y apuntó el único dato del Mundial de vóleibol que logró escuchar en el noticiero: la hora del juego entre Cuba y Brasil. No fue hasta que leyó sus apuntes que cayó en cuenta de que no podría ver ese juego. A las dos de la tarde, de seguro, habría apagón en Buena Vista. Eso la hizo cerrar los puños y emitir un agudo rugido.

—¿Y ahora qué te pasó, mi santa? —gritó Rosa desde la cocina.

Dalia se llevó las manos a la cara y no contestó. Su abuela dejó de revolver la mermelada para advertir: "¡Enfócate! Que me dicen los santos que nos viene mala racha".

—¡Ay Nana, eso te lo podía haber dicho yo! Porque en "el desgraciero", ¡que diga! el noticiero, en vez de noticias, anuncian solo desgracias.

—No le eches la culpa al país Dalia que aquí todos sabemos que cuando el gallo canta, el vago refunfuña[6]. Busca algo con futuro que no deje entrar la mala racha a esta casa.

—¿Algo como qué, Nana? A ver, dime…

—Qué tal un curso de cocinera o de secretaria. No sé, mija[7], algo que abra los caminos.

[5]"Obsesión", bolero compuesto en el año 1935, por el puertorriqueño José Flores.
[6]Refrán yoruba.
[7]Mi hija.

—¡No, Nana! Yo soy el jugador líbero, ¿entiendes?

—Ay, mi virgencita de la Caridad, ¿y ahora qué cosa es el "líbalo" ese? —preguntó Rosa llevando sus manos a la cabeza.

—¡Líbero! El de la camiseta de color diferente. El que juega en la defensiva. El que da los mejores pases y jamás termina el juego con un remate. Yo ni soy cocinera ni secretaria. Eso para mí sería un remate; el peor fin que podría tener mi carrera.

—¡¿Pero qué carrera, hijita?! Si no hay transporte para ir a las competencias, ni luz para encender los estadios, ni comida para sostener tu cuerpo durante los juegos. Así que, quítate la camiseta "líbala" y ponte camiseta práctica que ya tu equipo de vóleibol no existe.

—Sí, ya sé. Tráeme un plumón que voy a pintar un sueño nuevo.

—¡Ay, Changó[8]; pues consíguele un pintor a esta niña! Porque esa "miradera" constante de televisión no es un camino, es un hueco —exclamó Rosa con las palmas de sus manos apuntando al techo.

Por mucho que Dalia hizo por encontrar paz ese día, la vida insistió en romperle el plan. Ella a veces se preguntaba si su vacío se debía a la falta de ese "pan de la vida" del que hablaba la canción, o de sueños en general. La cama prometía ser un buen escondite para no pensar, pero con el apagón, las voces de todos en el barrio rompían el silencio callejero más nítidas que de costumbre. La voz más evidente de todas era la de Pedro, su vecino y mejor amigo, ya que solo un patiecito estrecho, de paredes mohosas, separaba los enrejados ventanales del cuarto de Dalia y de Pedro. Él vivía solo en la casa de las buganvillas, una mansión colonial cubierta por tupidas enredaderas de flores color fucsia. En el barrio, a él lo describían como "un mulatico hecho a mano" y ese día, según los tonos que llegaban al cuarto de Dalia, él gozaba de una buena tanda de sexo con una mujer que no era Justina, la novia oficial del muchacho. Su chica nueva daba griticos: "Ay, papi, dame fuego, dame fuego". Y por casi ya dos años, las tandas de Pedro con Justina sonaban a: "Ay, ¡qué machote! ¡qué espaldotas, qué brazotes!".

[8]Deidad del panteón yoruba. Dios del trueno. Se sincretiza como Santa Bárbara en la religión católica.

Dalia puso una almohada sobre su cabeza, pero quedó sentada en su cama cuando de pronto escuchó la lejana pero punzante voz de Justina que desde el portal de la casa de Pedro gritaba: "¡Ábreme la puerta, chico! ¡¿Desde cuándo tú pasas el pestillo?!" A la cama de Dalia le nacieron pinchos. El nerviosismo la arremetió a la ventana de su cuarto y desde allí vio cuán ágiles los brazos de Pedro ayudaron a un flaquísimo culo de mujer a cruzar el muro del patio. De pronto, Dame Fuego cayó en casa de Dalia. Y de la chica, ella logró ver, un pelo negro, largo y muy lacio y unos jeans[9] blancos embarrados de verde mohoso que corrieron a la puerta de la cocina. Rosa enseguida dio vía a Dame Fuego para que saliera a la calle a través de su apartamento.

Los gritos de Justina se escuchaban por toda la cuadra. "¡Esta casa huele a puta!", decía. Y a Pedro casi ni se le escuchaba cuando respondía: "¿Cómo puedes decir eso, mami? ...si yo estaba durmiendo tranquilito aquí en mi cama!" Dalia fue a la cocina y cuando llegó, de Dame Fuego solo quedaba el perfume. Ella se tuvo que reír de la cara de azoro con que había quedado Rosa. "¿De qué te asombras?", le preguntó a su abuela.

—¡De lo revoltoso que es este muchachito!

—Así mismo jugaba a los escondidos cuando éramos niños, a base de trampas.

—¡Pues mira! ¡La trampa se paga con el órgano que la piensa!

Dalia recogió los hombros como quien no entiende, pero asintió con la cabeza, como quien coincide con lo que dijo Rosa. Echó mermelada caliente en un vaso casi lleno de agua, para tomarse la mezcla como un jugo. Cargó un saco de guayabas que había en la cocina y lo vació sobre la mesa de la sala. Con un cuchillo de muy poco filo se puso a pelarlas.

—Ay, ¡yo he visto a esa niña en alguna parte! —dijo Rosa, arrugando el rostro a ver si recordaba de dónde.

—Olvídalo, que a él no hay quien le siga la cuenta.

—Pero ese cambia...

—Lo dudo. Él no define sus diagonales, por eso su balón

[9] Del inglés, pantalones de mezclilla, en Cuba también llamados "pitusas".

siempre termina en cualquier cancha. Mira qué belleza de mujer tiene y ni así se enfoca.

—Ay niña, cuando un hombre se enamora de veras, todos sus balones caen en la misma cancha. Aunque el saque lo hayan hecho mirando a la luna.

Una pirámide de guayabas peladas sobre la mesa creaba un aroma intenso en la sala. El sol ya casi no se colaba por las ventanas, pero el vapor, el apagón y el hambre sacaban a la gente de sus casas. Muchos iban a preguntarle a Rosa si quedaba mermelada. Pero a esa hora nunca había. Dalia, se sentaba en el butacón de las flores rosadas a apuntar los pedidos para el próximo día. Cuando el día los dejaba a oscuras, ella encendía el quinqué[10] y continuaba sus apuntes.

Las noches siempre terminaban con Rosa dando zapatazos contra la pared de la cocina, matando a las intrusas cucarachas que aprovechaban la falta de luz para darse banquete con los pedacitos de azúcar que la producción de dulce dejaba sobre las locitas. Y justo a esa hora, el loco–sordo del apartamento cuatro sintonizaba el programa radial Nocturno[11]. A un volumen tan alto que a veces a Dalia le parecía que el radio estaba en su sala. Al hombre lo llamaban loco por los raros ropajes que vestía y sordo, por lo alto que ponía la música. Dalia a veces le decía "el mago" pues él conseguía lo que nadie en La Habana: baterías para el radio.

Esa noche, Nocturno comenzó con: *"reloj, no marques las horas..."* Rosa la cantaba a toda voz, con la misma pasión con que mataba cucarachas. Dalia tenía deseos de ir a donde el loco–sordo a pedirle que bajara el volumen del radio pues para ella, las agujas del reloj nunca caminaban. En la mañana, no fue el sol, ni el chisporroteo del cable que sujetaba el bombillo del techo, lo que la despertó. Fue la batidora rusa de su abuela que, en vez de guayabas, parecía que batía piedras y estremecía la casa.

El ruido zumbó a Dalia al televisor. Trasmitían La Comedia Silente[12], un programa para practicar el arte de entenderlo todo sin

[10] Lámpara de queroseno, inventada en Francia, por Antoin-Arnoult Quinquet.

[11] Programa radial de música romántica, de la emisora nacional Radio Progreso. Trasmitido en Cuba, todos los días a las 8:30pm y a la medianoche.

[12] Programa de películas del cine silente de principios del siglo XX, de la Televisión Cubana. Transmitido todos los domingos en la mañana.

escuchar palabra. En cuanto salió Charles Chaplin, una leve sonrisa nació en el rostro de ella, maravillaba al ver con qué gracia un hombre, de mirada tan triste, hacía sonreír a los desanimados. Pero en cuanto la batidora dejó de picar piedras, Dalia se dio cuenta de que su abuela hablaba con ella.

—Un amor, —decía Rosa desde la cocina— eso es lo que tú necesitas. Dile a Pedro que te saque a ver si consigues algo. Él va a la discoteca con Justina todas las noches. Pídele que te lleve.

A Dalia le costaba un mundo pretender que no la oía. Mantuvo la calma mientras Chaplin hacía gracias, pero cuando una chispa blanca en el centro del televisor dejó la pantalla a oscuras, dio unos cinco manotazos sobre los brazos del butacón. Y cuando todo quedó más silente que la misma comedia, Rosa protestó: "Si tuvieras la mente en otra cosa esos diablos no te entraran".

Aquella subjuntiva queja oscureció el ánimo de ella porque si de diablos se trataba, solo había que mirar alrededor. El sol mañanero acentuaba lo deprimente de la despintada sala, las cascadas de telaraña que nacían desde el techo, cubrían el reloj de pared y no dejaban que nadie viera lo lento pasaban las horas. Dalia miró hacia los santos de Rosa, en la esquina de la sala, pero todos tenían cara de: "a mí no me preguntes que este apagón lo mandó el infierno". A cada rato, Rosa se asomaba a la sala queriendo descifrar las señales del cargadísimo silencio de su nieta. Y como nada conseguía alivianar las energías de la casa, se puso a cantar: *"Ay, ay, ay, ay, canta y no llores porque cantando se alegran, cielito lindo, los corazones*[13]*"*.

En medio de la canción apareció Waldo, el vecino de enfrente, a buscar tres litros de mermelada que él había encargado. Entró sin pedir permiso y se sentó en el sofá de abajo de la ventana donde los rayos del sol le ofrecían una vista clara y directa hacia Dalia. Ella miraba al techo y ni volteó el cuello para saludarlo. Waldo peinó su bigote, estiró su ajustada camisa y sonó la garganta con firmeza.

—Ese olor a guayaba se siente allá enfrente —dijo Waldo—. Yo estaba en mi cuarto vistiéndome y supe que la mermelada ya estaba lista. ¿Tú puedes creer eso?

[13]"Cielito lindo" compuesta y popularizada en 1882 por el mexicano Quirino Mendoza y Cortés.

Ella miró hacia él con ojos de: "No me interesa hablarte".

—Yo soy un hombre muy generoso, ¿tú sabes eso? Los tres litros que encargué son para unas amiguitas mías que…

Como el dato revolvió las pupilas de Dalia, él prefirió cambiar las autoalabanzas por una pregunta:

—¿Y qué tiene tan circunspecta a la compañerita Mermelada?

Dalia se moría por responder: "¡Los malditos apagones!" Pero como Waldo trabajaba para el Departamento de Seguridad del Estado, ella apretó sus labios con fuerza para que de su boca no salieran esas palabras.

—¿O tal vez, la noticia que te di el otro día? —continuó Waldo.

—¿Qué noticia, chico? —disparó finalmente ella.

—Sobre la lista en la que vi tu nombre, ¿te acuerdas? La de las lesbianas del barrio.

—Mira Waldo, a mí me importa un pito[14] en cuál lista pongan mi nombre. Y por mí, se la pueden mandar a Fidel Castro.

—No digas eso, Mermelada. Mira que ahora que me hice Responsable de Vigilancia[15], tengo que reportar esas cosas.

—Ay, no. ¡Ahora sí se desgració la cuadra!

—Al contrario. Con ese cargo se me hace aún más fácil ayudarte.

—¿Ayudarme cómo, precisamente? —preguntó ella, cruzando los brazos.

—Fácil. Yo mismo te quito esa famita de desviada. Con unos paseítos por el barrio que des conmigo en el Lada[16]… Mira que le puse cristales oscuros y lo pinté azul cielo, ¿no lo has visto?

Una de las cejas de Dalia subió casi al tope de su frente. Si ella respondía no salían palabras, sino machetes. Por suerte, Rosa llegó a la sala con los pomos de mermelada de Waldo.

---

[14] No me importa.

[15] Encargado de observar y reportar actos que van en contra del sistema político del gobierno cubano, incluyendo de injerencia externa. Hay un responsable de Vigilancia en cada cuadra.

[16] Marca rusa de carro, popularizado en Europa del Este en los años setenta.

—Gracias, Rosa. Dígame si yo no soy su comprador preferido... —dijo Waldo, posando con sus más carismáticos ademanes.

—¡Claro! el mismísimo rey de esta cuadra... —dijo la viejita, secando las gotas de sudor que corrían por su frente.

En cuanto Waldo salió de la casa, Dalia dejó caer la ceja a su lugar y murmuró: "¡Chivatón[17] de mierda!"

—Cuidado mija, las abejas, cuando las espantas, pican. Aunque ahí mismo se mueran, ¡ellas pican! —advirtió Rosa.

—¿Qué quieres que haga? ¿Que dé paseítos con el estúpido ese para que me borre de su listica?

—¡Eso no! Pero no le soples tus ideas contrarrevolucionarias que...

—¡Yo ni soy contrarrevolucionaria, ni soy lesbiana! ¡Y si lo fuera, a mucha honra porque ninguna de las dos son desviaciones! Son preferencias. ¿Tú sabes lo que es desviación? Ser chivatón. ¡Eso sí es desviación! Tener a su mujer y a su hijo allá enfrente y andar comprando mermelada para sus amiguitas. ¡Eso sí es desviación! Andar buscando jovencitas para darles paseítos en su Lada. ¡Eso sí es desviación!

—Es que las chiquitas le andan detrás, Dalia. Ahí donde tú lo vez, el tipo es General. Tiene carro, no es feo y se las da de temba[18] poderoso. A mí me conviene que tenga mil novias porque compra más mermelada. Lo que no me conviene es esa fama que tú estás cogiendo, mija. ¿De dónde salió eso de lesbiana si tú ni sales de esta casa?

—Alguien que quiere joderme, Nana. Yo tampoco entiendo. ¡Pero "me limpio[19]" con esas listas!

—¿Te limpias? ¡Solo un tonto mete los dos pies en el río para saber si es hondo! Hay un plan limpieza andando, mija, como el de los años sesenta. Dicen que se están llevando a los religiosos, a los vagos, a los homosexuales, a las jineteras[20] y a todos los que desvían recursos de la Revolución. Los están enviando en camiones a trabajar en la agricultura. Dicen que aquello es un infierno.

[17] Informante del gobierno.
[18] Hombres o mujeres de más de 35 años de edad.
[19] Que importa poco.
[20] Mujeres que venden su cuerpo a turistas. Masculino: jinetero.

—Pues este paraíso se les quedará vacío porque esa lista tuya incluye al cien por ciento de la población nacional.

Sintiendo que los tiros de la charla se iban por rumbos equivocados, Rosa se secó la gruesa capa de sudor que cubría su pecho con un pañuelo y regresó a envasar mermelada. Como ver a su abuela infeliz era, para Dalia, la peor condena del Periodo Especial, la siguió hasta la cocina y le sonó tantos besos cerca del oído, que Rosa no tuvo de otra que sonreír y esquivarla.

—Disculpa, Nana bella… Es que a veces, en medio de una pelea, quien vino a ayudar agarra el puñetazo.

—Yo sé, mi santa. Pero eso de la lista... Waldo me dijo que…

—Te pido por favor, olvida la lista y olvida a Waldo. Aquí las que luchan el pan son putas, las tranquilas son lesbianas, las lesbianas son desviadas y para cada uno hay una lista. Tú nombre, de seguro, aparece en la de los que venden comida ilegal desde su casa.

—Puede que sí, pero yo sé que Waldo me borra.

—¿Y por qué a mí no me borra, Nana? ¿Te has preguntado eso? A veces me da la impresión de que él mismo es quien me mete en esos embrollos.

—No digas eso, mija. Si él hasta te anda buscando un trabajo como secretaria en su oficina.

—¿Secretaria? Pero, ¿tú estabas presente cuando yo dije que yo no quería ser secretaria?

Un burbujeo de nervios se volvió a desatar en Dalia. Y como si esa charla fuese una olla de presión queriendo explotar de nuevo, ella salió de casa. En la punta del pasillo estaba el loco–sordo, aún en piyama que al verla venir, empinó su quijada al cielo y emitió un fañoso: “Mermelada”. En vez de saludarlo, ella le preguntó:

—Ven acá, chico. ¿Tú tienes que poner el programita ese tan alto, por las noches?

—¿Qué pasa? ¿Las canciones te recuerdan al amor que no tienes?

—No. No me recuerdan nada.

—Cuidado. El corazón es como los ojos, si no se usa se atrofia.

—¡Yo estoy bien, sola!

—Si una canción romántica te tortura es porque la soledad también lo hace.

Dalia dio con un pie contra el piso y se dio vuelta. "Soledad, ni soledad", gruñó al entrar a su casa.

Los días de esa semana transcurrieron tan idénticos unos de los otros que parecía que quien les escribió el libreto lo había fotocopiado. El domingo siguiente, Dalia miraba la Comedia Silente. La batidora rusa trituraba piedras en la cocina y Chaplin trasmitía gracias que palabras no podían. Ella no se había percatado de que Waldo había entrado a su casa. Notó su presencia cuando la fija mirada del hombre se atascó en el triángulo que su short[21] formaba con los dobleces de su pelvis.

—Chico, ¿y tú qué miras? —preguntó ella, despectiva.

—Mi mermelada… ¡Digo! Esperando mi mermelada —titubeó Waldo.

—¿Algún día tú vas a parar de acosarme o ya esto es para siempre?

—¿Acosarte, yo? ¡Incapaz! Yo solo digo que si tú fueras mía, Rosa no tendría que hacer más mermelada por el resto de su vida… ¡Vaya, hipotéticamente hablando!

Ante aquella hipótesis, la ceja derecha de Dalia se volvió a disparar al techo. Waldo no esperó respuesta, ni siquiera esperó la mermelada que había ido a buscar. Salió de allí dando eufóricos salticos. Entró a su casa orgulloso de haber plantado esa semilla. En su mente, había dado comienzo a lo que él llamaba el "plan A para conquistar a Dalia". ¿Cuántas chiquillas de ese barrio despreciarían un magnate de su calibre? No muchas.

Dalia quedó en el butacón de flores mirando el televisor con desgano y resintiendo cuanta realidad escondían las repugnantes palabras de su vecino. Dejó a Chaplin bailándole a nadie y salió un rato a olvidar lo que había escuchado.

[21] Del inglés. Pantalones cortos.

En la punta del pasillo, un intenso aroma a carne de puerco frenó su paso en seco. Dalia solo tuvo que mirar a su izquierda para ver a Vilma, la presidenta del CDR[22] más flaca de toda la isla, limpiando con ahínco el ya pulidísimo portal de su casa. La roja pelambre tapaba su cara, pero nada escondía el hecho de que el torturante olor a carne venía de su cocina. Y mientras más Vilma la ignoraba, más rugía el león que ese aroma despertaba en su estómago.

—¿A qué se dedica la compañerita Mermelada? —preguntó Vilma, cuando se convenció de que Dalia no dejaría de mirarla.

—A nada —respondió ella.

—¡Pues mira! La Zona[23] envió una lista para reportar a quienes ni estudian ni trabajan en esta cuadra. Así que…

—¿Otra lista? ¡Oye, de verdad que a los pocos que trabajan en este país los tienen bastante ocupaditos!

—Tú sabes que el ocio no es un valor muy bien mirado en esta sociedad.

—El ocio no, ¡pero recondenar al prójimo parece que sí!

—Bueno, te lo advierto porque lo más probable es que tenga que añadirte a esa lista.

—Al que debes añadir es al delincuente que está cocinando carne de puerco pues hace un siglo eso no llega a la carnicería.

En su defensa, Vilma explicaba que la carne había sido un regalo. Dalia no la escuchaba. Ella corría rumbo al árbol de la esquina, que olía a huevo podrido debido a la cantidad de brujería que la gente arrojaba en su base, pero ofrecía la inmunidad de los espacios a los que todos temen acercarse. Sus protuberantes raíces siempre fueron un lugar donde sentarse.

Desde tales lejanías, su cuadra parecía un edén cubierto de flores, pero ella bien sabía que detrás de esos jardines, ejércitos de ojos

[22]Comité de Defensa de la Revolución (CDR). Organización con fines de vigilancia y control de los ciudadanos. Cada cuadra cuenta con un presidente(a) del Comité y directiva que ejercer esas funciones.

[23]Comité de Zona. Organización comunista que abarca diez, veinte, o más CDRs. Reportan a la Circunscripción, que a su vez reportan al Municipio, a la Provincia y por último al sistema Nacional.

vigilaban. De pronto vio a Waldo cruzar la calle y entrar a casa de la presidenta del CDR. A la mente le venía aquello que Rosa siempre decía: "cuando los jefes se reúnen, el diablo duerme la siesta". Algo le decía que la razón de esa visita era ella.

—¡Ya! ¡Me cansé de ayudarla! Es una malagradecida —gritó Waldo entrando a casa de la presidenta.

—Ay Waldi, pero ¿qué pasó ahora? ¿Por qué tan genioso?

—Rosa me acaba de llamar por teléfono para avisarme que ella no quiere el puesto de secretaria. Yo viré el mundo abajo en mi oficina ¡por gusto! Ella lo que quiere es vivir del sistema. Escuelas y hospitales gratis y que su abuela siga luchando la comida.

—Ay, ¡qué obstinada estoy de la delincuentica esa! Ven acá chico, ¿tú no dices que a la tercera denuncia la podemos enviar a uno de esos centros?

Waldo asintió con un "¡anjá!"

—¿Entonces? Ya no te preocupes más. La metemos en otra lista.

La sugerencia detuvo el impulso que Waldo traía. Él se sentó en una silla de la cocina a mirar Vilma que viraba los pedazos de carne de puerco dentro del sartén con talentosa rapidez para que no se les quemaran.

— Mira Waldi, la del ocio está activa y estoy segura que cuanta lista mande la Zona, le servirá a ella.

—En mi trabajo manejamos un centro perfecto para casos como esos. Si no quiere trabajar, no nos quedará de otra que rehabilitarla.

—¡Exacto! Y después, el puestecito de secretaria, me lo ofreces a mí.

—Es que… Esos puestos son para casos sociales, ¿tú sabes? Gente con problemas que necesitan integrarse al cuerpo laboral.

—Ay, chico y yo loca por insertarme al "cuerpo laboral" tuyo… ¡qué suerte tienen los maleantes de este país! ¿Tú te imaginas tú y yo en una oficina a tiempo completo?

—Para eso tenemos las noches, Vilma…

—¿Qué noches? Si a ti te dio por casarte con la Felicia esa. Vaya, que en vez de Felicia debió llamarse Feliciana[24] porque ella sabe que estás aquí, en casa de una mujer que estuvo contigo, comiendo, tomando, templando[25]. Y ella ni te recoge el hilo ni te lo corta. ¡Mira muchacho! Si fueras mi marido, te daría una paliza que no te dejaba un hueso sano.

La respuesta de Waldo desestabilizó a Vilma: "Dale, que quiero verte anotándola en la lista".

—¿A quién? —preguntó ella.

Él señaló a una carpeta que había encima de la mesa, titulada "Lista del ocio", lo cual respondió su pregunta.

Vilma encabezó el reporte escribiendo: "Dalia Salinas".

Torbellinos de adrenalina nacían en el estómago de Waldo mientras él leía los apuntes de la presidenta, que incluían apelativos como escoria, lesbiana y ente indeseable para una sociedad revolucionaria. Y todo de pronto quedó en calma para él, cuando la presidenta concluyó el reporte recomendando que había que rehabilitarla.

—Y a la vieja, ¿en qué lista la metemos? —preguntó Vilma, soltando la pluma y corriendo al sartén.

—No, ¡a Rosa no!

—¡Ella tiene un altar con santos! Y además de religiosa es negociante. Si la denunciamos, matamos dos bandoleras con un tiro.

—No, a Rosa déjala tranquila que yo no puedo vivir sin esa mermelada. A veces por la noche tengo que levantarme a comerme un plato.

—¡Cuando yo lo digo que esa vieja es brujera!

—Deberías comer un poco. A ver si sacas un poco de nalgas.

Vilma revolvía todo en una de las gavetas de la cocina, buscando una espumadera[26] con la cual sacar las masas de puerco de la manteca.

[24] Apelativo para quienes no les importa nada.

[25] Forma vulgar de decir "hacer el amor", "tener sexo".

[26] Utensilio de cocina utilizado para sacar los alimentos fritos del sartén.

Waldo admiraba cuán profundo rajaban las costuras de la licra de ella sobre las hendiduras de su flaquencia. De súbito, las manos del hombre agarraron las estrechísimas caderas de la presidenta y como si tuvieran bisagras, las dobló sobre la mesa de la cocina. Le bajó la licra y el blúmer[27]. Y ya buscaba con sus dedos por dónde penetrar, cuando ella reaccionó: "Waldi, espérate que se me quema la carne".

—¡Y a mí se me quema la mía! —respondió él, adentrando su rectísimo pene en el hueco que más a la vista quedaba.

La sequedad de su miembro raspó contra los pliegues más tensos del cuerpo de Vilma. Y cuando ella chistó, Waldo la frenó pidiendo: "Si hablas es para decir cuánto te gusta". Diciendo eso, sus ojos se cerraron y detrás del oscuro telón que crearon sus párpados, apareció la imagen de Dalia, desnuda, alumbrada por dos luces en medio de un escenario, cediendo a sus pedidos. Cuando la carne de puerco olió a pellejo achicharrado, Waldo soltó a Vilma.

Dalia escuchó el estrepitoso ruido de una moto avecinarse al barrio. Antes de que llegara a la cuadra, ya ella había adivinado que era la moto de Pedro y corría a la subidita de la acera por donde él siempre entraba.

—¡Estás roja, Mermelada! ¿Tienes calor? —preguntó Pedro, estirando el cuello para besarla en la mejilla.

—No. Ando de mal genio.

—¡Ay, se nos quema la mermelada!

—Al que van a quemar es a ti. A ver, ¿quién era esa que gritaba: "papi dame fuego, dame fuego" y cruzó por el patio de mi casa?

—Oye, ¿de quién tú hablas? ¿Dónde tú oíste eso?

Por mucho que Dalia lo cuqueó para que él le dijera quién era la chiquita, él nunca admitió haber tenido a otra mujer en su cama que

[27] Bragas.

no fuera su novia. Ella terminó riéndose de las caras de: "¡yo, incapaz!" que él ponía.

— ¡Sigue, que si Justina te pilla te mata! —le advirtió Dalia.

—Na´, si ella se piensa que mi jugada es contigo.

—¿Conmigo? Ay, la pobre tiene el "el cacharro de la intuición" roto.

La algarabía de un grupo de jovencitas de escuela secundaria que pasaban por la cuadra, dándose aires de universitarias, robó la entera atención de Pedro. Para recuperar el enfoque de su amigo, Dalia tuvo que darle un sopetón por la cabeza.

—¿Qué tú quieres, chica? Tú serás una mermelada, ¡pero estás ácida! —protestó él, acariciándose el área del sopetón.

—Necesito que me ayudes.

—Oye, ¿pero no dicen que las mujeres cuando quieren favores se ponen todas melosas? Yo creo que a ti hay un gen que no te dieron.

—¡Ya, Pedro! Mira, el miércoles a las dos de la tarde juegan las cubanas contra las brasileñas en la Copa de vóleibol femenino. Yo quiero ver ese partido.

—¡Dale con el vóleibol! Mami, ya tú estás en edad de poner tu cabecita en otras pelotas. ¿Veinticuántos ya tú tienes?

—¡Te vas a ganar otro trastazo! —advirtió Dalia.

Pedro bajó la mano con la que ella amenazaba sonarle el próximo.

—A la hora que trasmiten el partido, en Buena Vista hay apagón —prosiguió Dalia—. ¿Tú me podrías llevar a algún lugar a ver el juego?

—Pero se ve que tú no sales del barranco este. ¿Tú no sabes que en toda La Habana a esa hora hay apagón?

—Bueno, ¿qué tal en tu trabajo? Para los extranjeros siempre hay luz, ¿no?

—En los hoteles no dejan entrar cubanos, Mermelada. Y ahora

en la Marina han puesto custodios por todos lados. Justo afuera del bar donde yo trabajo hay uno sentado con cara de perro pastor alemán. El tipo me revisa la bolsa cuando entro y cuando salgo. Para robarse algo hay que metérselo en los huevos. Además, ¿dijiste el miércoles? ¡Imposible! Ese día yo descanso.

El globo de Dalia terminó pinchado por las mil excusas que ofreció Pedro. El desinfle la hizo dar un medio giro para irse. En vez de con un "adiós", se despidió diciendo: "Ya, está bien. No veo el juego".

Pedro se quedó mirándola, como deseando que alguna solución le viniera a la mente, antes que ella entrara al pasillo, pero no se le ocurrió nada. Él guardó la moto en su garaje aun pensando cómo hacer para complacerla, pero al abrir la puerta de su casa un remolino de mujer le desorganizó las ideas.

—¡Te vi! Te vi por entre las buganvillas, ¡zorreando[28] con la bruja esa! —gritó Justina.

—Ya te he dicho que Dalia no es una bruja. Esa es mi vecina, mi amiga, mi hermana y nunca dejaré de hablarle. ¡Así que estate tranquila!

—Tú andas en algo con esa zorra. ¡Tú andas raro! Y cuando lo descubra, te mato.

—Pero ¿por qué tú dices eso?

—Porque enseguida que te ve, corre a babosearte todo. Y tú, ¡ni se diga!

—¡Que te va a oír, chica! Su cuarto está aquí mismo detrás de esa ventana.

—¡Que me oiga, a ver si deja tranquilo a mi marido! —gritó Justina a todo pulmón con su boca apuntando hacia la ventana.

—Pero Justina, ¿qué tú comiste hoy, pan con loco? A ver, explícame, ¿qué haces tú tan temprano aquí en la casa?

La pregunta derrengó a Justina sobre la silla del comedor. Sus puños sujetaban su fallida frente y sus ojos querían llorar.

—Manda carajo, ¿y ahora qué pasó? —dijo Pedro, que ya había agotado los pocos ánimos que traía para dramas.

[28] Flirteando.

—¡Me botaron del trabajo! Ya no entran medicinas a la farmacia, Pedro. Y las pocas que hay las hacemos nosotras, con la materia prima que resolvemos. Ahora con los apagones se nos echó a perder todo. ¡No digo yo si Cuba entera se tiene que meter a jinetera! ¡No en balde todas estas puticas del barrio te andan detrás el día completo!

—Ya Justi, deja eso. Yo solo te quiero a ti, mamita.

Justina lo miró de reojo, cruzó los brazos y lo porfió "friendo un huevo"[29] con la boca.

—De veras, titi —dijo Pedro—. Vamos para el cuarto para que veas cuanto yo te quiero.

—¡Cásate conmigo y te lo creo! —dijo Justina, dejándose halar hacia la cama.

—Oye, ¡no hables de eso que tú sabes que me salen ronchas! Y ahora, no hay ni medicinas con qué calmar el salpullido.

El rechinar de los muelles de la cama de Pedro le aseguró a Dalia que la pelea con Justina ya había terminado. Y las carcajadas que prosiguieron la convencieron de que el sexo era como una goma que arreglaba roturas en las relaciones. Ella escuchó a Justina protestar porque no tenía nada que ponerse para ir esa noche a la discoteca y a Pedro cantar bajo la ducha, pretendiendo que no oía las quejas. Al rato, la casa de las buganvillas quedó en silencio.

En el cuarto de Dalia, la sombra que dos velas proyectaban sobre el techo creaba la silueta de un corazón que casi bailaba. Esa noche, el silencio del apagón sabía a soledad en su forma más pura. Ella llevó su mano derecha al pecho, sintiendo que allí, además de su abuela, no latía nadie. Miró al insípido entorno y a su mente llegaron reflexiones tan despintadas como las paredes de su cuarto: "El amor no es el pan de la vida, es el hongo que pudre el pan". Como todo inspiraba ansiedad, cerró los ojos y dejó de pensar.

Un "buenos días, mi vieja" la despertó temprano en la mañana. Pedro había ido a visitarlas mucho antes que la batidora de Rosa comenzara a picar piedras. Dalia ni se movió pues quería seguir durmiendo.

[29] Sonido que se emite con la boca que indica incredulidad.

—Mi viejita, le encargo otro litrico porque yo creo que su mermelada es afrodisiaca.

—¡Sigue, muchacho, que el revoltoso atrae calabozo! —advirtió Rosa.

—¡Ya, Rosa! No me diga eso. Lo que tiene que hacer es meter a la nieta ácida esa que usted tiene en un caldero y hervirla con un poco de azúcar.

—¿A Dalia? ¡Qué va! Esa guayaba todavía está verde.

—Yo creo que si la cocinamos nos sale una aspirina.

Las carcajadas de Pedro y Rosa sacaron a Dalia del cuarto. La falta de gracia que ella traía en el rostro puso fin a la sesión de chistes.

Ella agarró a su amigo por la manga de la camisa y jalándolo rumbo a la sala le dijo:

—¡Ayer oí a tu bruja llamarme bruja! Se atreve una vez más y la que la va a "meter en el caldero"[30] a ella soy yo.

—Chica, pero con el enjambre de pelo, la peste a boca y la bata larga esa, lo único que te falta para bruja es la escoba —respondió Pedro, muerto de la risa.

Dalia le sonó un sopetón, buscando que él se dejara de burlitas.

—Ya bruji[31], relájate, que vine a darte una buena noticia. Conseguí una forma de llevarte a ver el juego de vóleibol mañana —susurró Pedro.

—¿Cómo? —preguntó Dalia, tapándose la boca con las manos y dejando que sus ojos gritaran su alegría.

—Anoche, en la disco, me encontré con el custodio pastor alemán que cuida el bar donde trabajo. Le dije que tú eras hermana mía. Le pedí que me dejara entrarte. Primero me dijo que no, pero él me debe favorcitos. Me hizo prometer que tú no eras una virulilla[32] sofoca–yumas[33]. Así que, si te entro, tienes que andar más tiesa que el

[30]Hacer brujería.
[31]Diminutivo de bruja. Coloquial.
[32]Una mujer mala.
[33]Extranjeros de cualquier nacionalidad, aunque mayormente a estadounidenses.

Quijote de la calle Jota[34].

—¡Te doy mi palabra de Chica Mermelada! —dijo Dalia, extendiéndole una mano a Pedro y conteniendo las ganas de abrazarlo.

—Bueno, falta coordinar que alguien me dé el turno del miércoles, lo cual creo que será fácil porque ese día no hay actividad en el bar y no es bueno para propinas. Yo vengo mañana por la mañana y te lo confirmo.

Pedro salió de allí feliz de haber regresado tanto brillo a los ojos de su amiga. Llegó a su casa anunciándole a Justina que había encargado un litro de mermelada de guayaba para ella. Pero su novia por poco lo convierte en mermelada a él. Buena Vista entera escuchó los gritos que ella le dio, por haber regresado a casa "oliendo a la vecina". Como nada bajaba el volumen de aquel ataque repentino, Pedro se montó en su moto y llegó al trabajo más temprano que nunca.

A la mañana siguiente, para ir a casa de Dalia a recoger la mermelada que había ordenado y ultimar los detalles del paseo con Dalia, él casi tuvo que vestirse de Zorro. Se despertó mucho antes que Justina y en vez de salir por la puerta principal de su casa, cruzó por el techo. De allí, saltó a un muro y cayó justo en la puerta de la casa de su amiga. Mila, una joven que visitaba a Dalia, por poco toca el techo del brinco que dio al ver caer ese "hombrazo" ante ellas. Y para la sorpresa de Pedro, él bien conocía a esa chica.

—China, ¿qué tú haces aquí? —preguntó él, casi en secreto.

—¿Yo? Pasé a comprar mermelada, ¿por qué? —respondió Mila.

—Y ustedes, ¿de dónde se conocen? —preguntó Dalia con cara de rareza.

—De ningún lado —respondieron a la vez Pedro y Mila.

—Ay, no… Pero ¿ustedes se creen que yo soy mongólica? —protestó Dalia.

—No, no, no. La gran pregunta es: ¿de dónde se conocen ustedes? —preguntó Pedro.

[34]Calle en el Vedado, La Habana, que tiene un parque con la escultura de Don Quijote.

—Nosotras fuimos juntas a la secundaria —respondieron a la vez Dalia y Mila.

—¡Mira eso, qué casualidad! —dijo Pedro muy extrañado.

—Éramos mejores amigas. Pero la bobería que esta niña tenía con el vóleibol, nos separó —dijo Mila.

—¿Mejores amigas? ¿Y cómo es que yo nunca supe eso? —preguntó Pedro.

—Yo no entiendo nada. Explíquense, por favor... —interrumpió Dalia.

—¡A lo que vine! Estate lista a la una de la tarde para llevarte a la Marina. Te recojo en la bodega —dijo Pedro a Dalia, casi por seña.

Un raro desconcierto lo hizo salir de allí sin siquiera despedirse y olvidando por completo que debía recoger la mermelada.

—¿Tú estás chocando bola[35] con Pedro? —le preguntó Mila a Dalia.

—No, pero por las miraditas entre ustedes, parece que tú sí.

—Bueno, para empezar, ese tronco de macho fue mi primer hombre, así que me toca chocar bola con él, cuando yo guste.

—Ah mira, qué curioso. Yo me conozco el repertorio entero de mujeres de Pedro y a mi mejor amiga de la secundaria no la tenía en esa lista.

—Bueno, es que tampoco era formal. Él me metía por las noches a su cuarto, por la puerta del patio que, por cierto, era un suplicio porque siempre llegaba a mi casa más arañada que si me hubiera fajado con un gato.

—¿Arañada?

—Sí. Las espinas de esas buganvillas en las rejas son siniestras.

—Ay, mira que yo entré por ahí desde pequeña y esa enredadera nunca me hizo daño. —reflexionó Dalia—. ¿Y por qué el muy desgraciado no te entraba por la puerta?

—Cuando aquello, su mamá vivía y ella no dejaba que chiquitas

[35] Tener sexo.

entraran al cuarto. Pero una vez me hice la de querer darle una sorpresa y me aparecí a medianoche. La sorpresa me la di yo, cuando vi que él había metido a otra en el cuarto. ¡Yo lloré como nunca! Y desde ese día me prometí que en el resto de mis relaciones lloraría el hombre. Yo, más nunca.

—Créeme, la vida te dio esa triste sorpresa para evitarte otras peores.

—¿A qué viene el consejito raro ese? —preguntó Mila—. ¿A ti todavía te gusta Pedro?

—Oye, Pedro es mi amigo, ¿y por qué dices "todavía"?

—Ay, ¿a quién se le olvida aquella libretica de poemas? Llena de corazones atravesados con flechas que de un lado decían Dalia y del otro, Pedro.

—Yo no me acuerdo de eso.

—Y tampoco te acuerdas de aquel versito: *"Pedro, con esos ojos de azabache, estoy metida contigo como un camión en un bache…"*

Mila se reía a pura carcajada, pero Dalia no mostraba indicios de gracia por el chiste. El recuerdo de la libreta de poemas la trasportó a tiempos en los que su corazón, lleno de taradas ilusiones, por lo menos latía pues alguien lo llenaba.

Desde la cocina, Rosa avisó: "¡La mermelada!" Mila corrió a darle su pomo vacío a la abuela. En cuanto Rosa la vio, exclamó: "Ay mi madre, tú eres la muchacha que cruzó el otro día por el patio".

—Ya abuela, hable bajito que sus vecinos están ahí mismo —dijo Mila, haciendo muecas en dirección a la casa de Pedro.

—Ay, mija, clara estaba yo de que te había visto en alguna parte. Tú cuerpo ha estirado, pero esa carita tuya es la misma.

Los ojos de Dalia se abrieron más grandes que el reloj de pared de la casa. Ella jamás hubiese adivinado que su vieja amiga de la secundaria era Dame Fuego.

—¿Y a ti qué te pasa? —preguntó Mila cuando regresó a la sala.

—¿Tú eres…?

—Sí, ¿y qué…? ¿Vas escribir otro poema?

—¡Ay ya, chica! Basta ya con eso de los poemas, eso era bobería de niñas…

—A mí me da igual, la verdad. De los hombres, poco me importa o me sorprende. Yo después de lo de Pedro, me metí en "la lucha"[36]. Y no por necesidad, porque mi papá "hace un buen billete"[37]. Lo hago porque me gusta.

—¡No me digas! ¿Jinetear te gusta?

—Ay, mi amiga, ya los cubanos pasaron de moda. Si tú ves los troncos de "papazazos" que se montan en esos aviones para venir a Cuba. Traen labias diferentes, ropas diferentes, tratos diferentes, te tiemplan diferente. Todos dicen que soy exótica, cuando los exóticos son ellos.

—Pues mira, a mí me han dicho que aquí llegan una pila de viejos enclenques babeándose detrás de las cubanitas.

—Sí, esos también llegan, pero yo me siento en la playa y parezco un espanta moscas, ahuyentando a los babosos. Pero cuando pasa un buen moscón, saco la lengua larga como un camaleón y ¡chas! lo engancho por el cuello. Así fue que conocí al español ricote con el que estoy ahora. Ese siempre me dice que la gran maravilla de Cuba son sus chinas. Yo me le subo encima, le formo un buen meneo y sale hablando cantonés.

La fina carita de Mila se tornó de gavilana cuando dijo eso.

—¿Y no te da miedo que sea casado?

—¡Miedo! —exclamó Mila antes de reírse—. El zorreo[38] es un deporte internacional, mamita. Los mismos tupes[39] que meten los cubanos los meten ellos. Con la diferencia que con los yumas uno pasa una noche de mentiras por todo lo alto. Y con los cubanos, uno pasa una noche de mentiras igual, pero acaba arañada por las buganvillas.

[36]Prostituirse con extranjeros. Lo que hacen las jineteras.
[37]Tener mucho dinero.
[38]Flirtear.
[39]Una mentira.

Mila se empinó al pomo de mermelada aún caliente. Un espeso buche le llenó la boca y atravesó su garganta. "¡Ay, qué cosa más rica!", dijo después de un gemido.

—Y entonces, ¿te vas a casar con el español? —preguntó Dalia.

—¿Tú estás loca? Me falta probar un italiano, un francés, un portugués... Yo quiero probarlos todos, antes de entregar esta preciosura en matrimonio. Que lloren ellos, mami. Que lloren ellos —dijo Mila antes de irse.

La charla dejó a Dalia convencida de que hay ciertas espinas que al pinchar a una mujer hacen gotear la inocencia. A veces, para siempre.

Ella regresó a su cuarto, el único lugar donde los sin sentidos de la vida, tomaban algo de sentido. Pero esa mañana, nada lograba eso. De casa de Pedro llegaban más risas que protestas. Justina decía cosas en voz alta como para que Dalia las oyera: "Y como yo no soy celosa, esta tarde voy a desayunar el pene tuyo embarrado en mermelada".

Dalia regresó a la sala. Allí estaba Rosa sacando todo el dinero que tenía en el monedero.

—¿Y eso? ¿Te vas a comprar un carro? —preguntó Dalia.

—Voy a donde Kiko a resolver azúcar que ya no tengo para hacer la mermelada de mañana.

—¿Hasta allá vas a caminar? ¿Quieres que vaya contigo?

—No, ¡qué va! Que tú le tienes miedo a todo y contigo, contrabandear no es divertido.

—Yo no entiendo cuál es la diversión en ir comprar azúcar robada. Si voy contigo por lo menos te ayudo a cargarla.

—No hija no, si yo la encargo y luego Kiko me trae los sacos a la casa —respondió Rosa, saliendo con prisa de la casa.

La ida de la abuela dejó un espacio maravilloso para que Dalia pudiera sentarse a ver la programación de la mañana. Encendió la televisión y se hundió en el butacón de flores. Pero de pronto, Waldo se coló en la sala y eso le envenenó el cuerpo a Dalia.

—Mi abuela no está. Hazme el favor, regresa luego —dijo ella, con un dedo apuntando en dirección a la salida.

Él fue hacia la puerta, pero no para irse, sino para cerrarla.

A Dalia, un salto la sacó del butacón. Con voz asertiva ella le pidió: "Abre la puerta". Waldo, con toda serenidad, asintió con la cabeza, pero como si él supiera karate o magia, en menos de dos segundos, logró que Dalia cayera sobre el sofá con él encima de ella.

Dalia trataba de liberar su boca para gritar: "Suéltame, hijo de la gran puta". Pero la fuerza del hombre prensaba sus palabras.

La mano libre de Waldo zafó el botón del short de ella, bajó el zíper y entró a tocar aquel triángulo que hacía tanto volaba los fusibles de sus sesos. En menos tiempo que lo que toma decir "abracadabra", sus dedos jugaban con los pelos que tapizaban la pelvis. "¡Qué suavecita!", le decía. Ella empujaba el pecho del hombre, sin poder moverlo ni una pulgada.

Mientras la manoseaba con calma de asesino le explicaba: "Más te vale que te dejes pues la Zona siempre me pregunta si yo sé de algún negocio ilegal aquí en la cuadra y yo digo que no, sabiendo en lo que anda Rosa".

Dalia nunca dejó de forcejear, pero quedó inmóvil cuando él dijo: "Vilma sabe para qué Rosa fue a ver Kiko. Yo puedo dejar que la reporte o impedirlo. De ti depende, muchachita".

Fue así que Waldo acarició todo lo que quiso sin mayores resistencias. La mano que apretaba la boca de Dalia fue cediendo y él sugirió: "Vamos a tu cama. Cuando pruebes mi lengua entre tus piernas, querrás ser por siempre mía. Eso no falla".

—No. Pide cualquier cosa, menos sexo.

—Yo no quiero sexo. Eso lo tendremos en mi cuarto. Cuando seas mía.

—¿Quieres que sea tuya? ¿A la fuerza?

—No. Quiero que me desees porque tu desprecio duele más que diez patadas por los huevos. Quiero que un día sufras por mí hasta que vomites de dolor. Eso ojos no los quiero verdes, los quiero rojos de llorar por Waldo —respondió él, con una voz tan fría que parecía que salía de una boca de hielo.

—Pero ¿qué diablos te hecho yo a ti, so loco? —preguntó ella, empujando otra vez con fuerza contra el cuerpo del hombre.

Justo en ese instante alguien dio tres firmes toques a la puerta. Todo quedó en pausa dentro de la casa, excepto la mente de Waldo que iba a millas por segundo planeando como proseguir. Al oído de Dalia susurró: "Aquí no hay nadie. Quédate tranquila".

—¡Ábreme, Dalia! Es Pedro. Que se me olvidó mi mermelada —dijo el vecino, tocando con aún más insistencia a la puerta.

Oír eso desarregló todo para Waldo pues él bien sabía que ese muchacho, de querer hacerlo, tenía plena confianza para cruzar por el patio, agarrar su pomo de mermelada en la cocina y regresar a su casa por la misma vía.

—Yo voy al cuarto. Tú le das su mermelada y si dices algo, yo mismo denuncio a Rosa —susurró Waldo en el oído de ella.

Dalia corrió a la puerta abrochándose el short. Al abrirla, en vez de gritar o pedir ayuda, salió corriendo como una bala por el pasillo. Pedro voceó: "¿A dónde tú vas, chica?" pero ella ya casi llegaba a la esquina.

Unas diez o doce cuadras después, llegó al parque de los árboles gigantes y se escondió detrás de las raíces colgantes de uno de ellos. La histeria disparaba lagrimones de sus ojos tan rápido como sus pulmones exhalaban aire. Su espalda, recostada al áspero tronco, creaba intensos espasmos a merced de los sollozos.

Pedro salió de casa de su amiga con su pomo de mermelada bajo el brazo y su mente enfocada en el embarro de dulce que formaría en la cama con Justina. Waldo salió del cuarto de Dalia con sigilo y atravesó la oscura de la casa con deseos de estrangular a Pedro. Se montó en el Lada y rastreó el barrio en busca de su presa. Iba como hiena que no concibe que un conejo mordisqueado se haya escapado tan fácil de sus garras. La tuvo tan cerca. Le temblaban las piernas de lo molesto, pero lo tranquilizaba saber que encontrarla era una cuestión de tiempo. De Dalia no había rastros, por eso fue a ver a Vilma.

La presidenta ya se había comido todas las uñas esperando por Waldo para ir a la estación de policías a denunciar a Rosa. Cuando lo vio entrar a su sala en vez de un "hola", voceó un apurado: "¡Vamos!"

—No es el momento de denunciarlos —dijo Waldo.

—¡Vaya, qué gracia! ¿Qué te hizo la delincuentica esa que cambiaste de parecer?

—Nada. Necesito tiempo. Antes de hacer una denuncia es preciso investigar para capturar a todos los involucrados en el delito. Quizás no es solo Kiko, sino también el administrador de la bodega quien roba y vende azúcar.

A ella no le hizo gracia el argumento. Solo después de unos besos y apretones con su temba, concluyó que la estrategia de un experto en eso de perseguir delincuentes no podía estar errada.

Dalia permaneció en su escondite hasta que los lagrimones se tornaron lagrimitas. Fueron las tripas las que avisaron que la mañana se había convertido en mediodía. Y cuando recordó que a la una en punto iba a la Marina con Pedro, se llenó del valor necesario para salir de allí. Y tal como haría cualquier conejo mordisqueado, atravesó el barrio consciente de que de cualquier lado podía salir la hiena. Llegó a casa y por suerte ya su abuela había regresado de sus mandados matutinos.

Rosa, aunque cantaba Cielito Lindo a toda voz, enseguida notó la extraña palidez que cubría el rostro de su nieta. Ella conocía ese velo amarilloso que a veces cubría las pupilas de su nieta. "¿Y a ti qué te pasó, mi niña?", le preguntó. El convincente "nada" de Dalia no engañó a la abuela que siguió haciéndole preguntas.

— Nada, que no quiero que le compres más azúcar al desgraciado bodeguero. Y que no quiero que le vendas más mermelada al chivatón de mierda ese.

—Pero ¿de quién hablas, hijita? De Kiko o de Waldo.

—De los dos. ¡Prométemelo!

—¿Cómo me vas a pedir eso? Si Kiko es el único que tiene azúcar en todo este barrio y Waldo es mi mejor cliente.

—¡Ese cliente te va a meter presa! Esa azúcar es robada. Y en este país no dan permisos para instalar vendutas de comida en la casa. ¡Métetelo en la cabeza!

—Tú tienes que entender que…

Dalia emitió un grito de esos de quién lo ha dicho todo y no quiere escuchar más nada.

Rosa fue a la sala, directo a su altar a preguntarles a los santos qué diablos le pasaba a su nieta. Sus tiradas ante ellos revelaron un signo que avisaba: "el enemigo come en tu casa".

Dalia pasó por delante de su abuela con un pantalón de corduroy[40] y salió de casa sin decir a dónde. El amarillo de la tela inspiró a Rosa a hablarle a Oshún[41]. "Ay, mi Virgencita, ¿quién es ese enemigo?". Diciendo eso un escalofrío le estremeció la cabeza. De modo que terminó tirada en el butacón, sin fuerzas y con sus dos manos tapándole el rostro. Dentro de esa oscuridad, la clara visión de un Patakí[42] iluminó su mente. Rosa vio gente que arrancaban la ropa del cuerpo de Oshún, dejando la bella desnudez de la santa a punto de ser poseída por el jefe de los malhechores. Escuchó cuando Oshún hizo un llamado a su hermana Yemayá. Y vio acercarse un suntuoso vestido azul. Era el de Yemayá, que llegó a tiempo para cubrir el cuerpo de Oshún con una manta de lino.

El pecho de la viejita se agitó como si hubiese corrido varias millas. Los santos daban indicios que ella no entendía. ¿Quién le arrancaba la ropa a su nieta? ¿Quién era el jefe de los malhechores? Para calmarse se quitó el pañuelo de la cabeza y secándose el sudor de la frente, se decía una y mil veces que todo había sido sólo una visión, una terrible visión, nada que ver con la suerte de su nieta. Justo en ese instante, los gritos Justina se colaron por la ventana del cuarto y se escuchaban con suma claridad en la sala de Rosa.

—¡Pero si tú descansas hoy, muchacho! ¿A cuál trabajo es que tú vas? —regañaba Justina a Pedro.

---

[40] Pana. Del inglés, "corduroy".

[41] Orisha del panteón yoruba. Diosa del amor. Dueña de los ríos de agua dulce. Se sincretiza como Virgen de la Caridad del Cobre.

[42] Leyenda de las deidades yorubas.

—Ya te dije que cambié el turno, chica. ¡Ahora descanso el sábado!

—Cambiaste el turno del sábado para un miércoles, ¿para qué? Tiene que ser para salir con una puta, ¡porque los miércoles no dan propina!

—Lo cambié porque quiero ver el Mundial de vóleibol femenino.

—Ay, sí. Yo huelo "femenino", pero no de vóleibol. Cuidadito, Pedro. Si yo te cojo en algo… ¡Cuidadito!

Eso del vóleibol enfrió el cuerpo de Rosa. A Pedro jamás le interesó el deporte. Esa salida tenía que ver con Dalia. "¿Será Justina el enemigo?", preguntó la viejita mirando hacia a sus santos.

Pedro, en vez de sus dos habituales espray de colonia, se untó cinco. Eso desarraigó la poca cordura que Justina trataba de mantener ante su novio. "Vóleibol femenino, ¿eh? ¿Para ver ese juego hace falta tanto perfume?", gritó ella sintiendo que explotaba.

Él corrió al garaje y logró esquivar cuantos cojines y zapatos Justina le tiró. De tan solo encender la moto, las infamias que ella gritaba enmudecieron. Salió a la máxima velocidad que permitía su moto y llegó a la bodega sin darse cuenta de que su novia había salido corriendo detrás de él. Tampoco escuchó el grito que Justina dio cuando vio a Dalia montársele en el asiento trasero de su moto. Inocente al huracán de genios que había dejado en Buena Vista, Pedro manejó rumbo a la Marina.

Un engendro de enfados mezclados con celos le había robado las palabras de Justina. Ella se dio vuelta y la fuerza de sus embalados pasos dejaban claro lo enfadada que iba. Explotó frente a la puerta del apartamento de Rosa. La viejita que frente al altar les pedía a los santos que alejara al enemigo, no podía creer que lo habían traído a su casa.

—¡Su nieta me quitó el marido! —gritó Justina.

Los ojos de Rosa se abrieron tan grandes como permitieron sus párpados, sintiendo que la muerte, cuando tiene hambre, come. Y aquella niña se veía hambrienta.

—¡Esa mermelada suya tiene brujería! —prosiguió Justina—. ¡Y su nieta es una zorra! ¡Y usted es una vieja colchonera[43]! ¡Les voy a prender candela a todos!

Justina se alejó con ojos endemoniados. Para entrar a la casa de Pedro, arrancó puñados de buganvilla hasta que los jalones abrieron la reja. Llegó al garaje con espinas encajadas en sus manos y dejó su sangre en cada pomo que tocó mientras buscaba uno con gasolina. En cuanto olió lo que buscaba, gritó: "¡Te voy a freír como un platanito!" Fue al centro de la sala y allí recitó una y otra vez los pasos de su plan, hasta que sonaron coherentes: "Primero lo quemo a él. Pongo el pomo en la mesita de noche. Él llega a casa: 'Ay mami, vamos para el cuarto para que veas cuánto yo te quiero'. Y yo: 'Ay, sí, papi. ¡Vamos!' Lo tiro a la cama. Le bajo los pantalones y cuando tenga el pene bien duro, lo baño en gasolina. Enciendo un fósforo. ¡Y lo quemo! Ay bendito, ¡yo lo quemo!"

Allá en la Marina, sin embargo, la gran preocupación de Pedro era como espantar a los custodios que desfilaban por el bar babeándose por Dalia. Todos pedían conocer a "la hermanita". Él acomodó a su vecina en la barra, en una silla justo enfrente del televisor donde las miradas, por mucho que quisieran cruzarse con la de ella, no lo lograban.

El juego entre Cuba y Brasil comenzó candente. Desde el primer remate que les regaló un punto a las cubanas, Dalia empezó a comerse las uñas. Cada punto que hacía Cuba, la hacía levantar los brazos. Y con cada punto de las brasileñas, ella daba manotazos enfadados sobre la barra.

Detrás de ella, ocupando una mesa de cuatro personas, había un brasileño que también aplaudía y daba golpes en su mesa, pero por razones opuestas a las de Dalia. Pasado el rato, al hombre le costaba enfocarse en la pantalla. El pelo de ella, cayendo sobre sus perfectas nalgas de silueta amarilla, lo dejaba a él mucho más tenso que el mismo juego. Las cubanas les ganaron a las brasileñas. Dalia alzó sus brazos en forma de victoria y celebró su alegría con repetidos aplausos.

[43] Que permite sexo o romance con el marido de otro.

El brasileño aprovechó la coyuntura para ir a donde ella a regalarle un mojito. Fue ahí que vio los ojos de ella y olvidó a que iba.

—¡Gracias! —dijo ella, mirando el mojito que sabía que no debía aceptar pues venía de un cliente.

—Me llamo Joao.

En los segundos de más que duró la conexión entre sus ojos, esa jovenzuela pícara que esconden las mujeres en las pupilas se despertó y preguntó: "pero niña, ¿de dónde tú sacaste el trigueñazo este?"

El delicado aroma a fruta que perfumaba el aura de ella anonadó al brasileño. Dalia escaneó el local, necesitando que Pedro viniera a salvarla, pero como nunca lo encontró, tuvo que arreglárselas sola para explicarle al hombre que hablar con él podía meter en un lío a su amigo. Joao haló una silla para sentarse junto a ella, como si de todo lo que ella explicó, él hubiese entendido: "Ven, siéntate aquí conmigo". Ella quería decir que no, pero la jovenzuela de las pupilas imploraba: "¡Déjalo, déjalo!"

Al Pedro ver al cliente encima de Dalia en la barra, se aventó hacia ellos diciendo: "No, no, no, que salimos por el techo[44] y aquí no ni hay chimenea". La cara de cordero confundido de Joao hizo a Pedro explicárselo de modo más simple: "Que no, amigo, con ella no se puede". Joao le preguntó si Dalia era su novia.

—Es mi amiga, pero no es "de esas" —respondió Pedro señalando a dos jovencitas en el bar que almorzaban con turistas que las triplicaban en edad y grosor.

Tomó un sinfín de fallidos intentos para que Joao entendiera lo que Pedro advertía. Al fin, Joao regresó a su mesa.

Dalia bebió su mojito de un golpe y antes de irse del bar, miró hacia Joao, como queriendo que el verde bumerán de sus ojos cortara la cabeza del hombre y se la regresara a ella. Una mirada que Joao tradujo como un: "quiero volver a verte". Pedro la escoltó a las afuera del hotel y un colega suyo que tenía carro la regresó al barrio. Joao se quedó en el bar, más obstinado que piojo sobre una calvicie, contando los días que le quedaban en Cuba. "Dos noches", le decía la cuenta que

---

[44] Ser sancionado, tronado, meterse en problemas.

sacaba con los dedos. Él tenía que volver a ver a esa muchacha. Un impulso lo llevó a Pedro y usando muchas señas corporales preguntó dónde encontrarla.

—¡Los turistas serán bobos, pero no ciegos! —respondió Pedro.

—¿Dónde la veo?

—Amigo, usted tiene más chance de ver un dinosaurio en La Habana que ver a Dalia. ¡Esa chiquita no sale de su casa!

De toda esa explicación, lo único que Joao entendió fue la palabra "casa".

—Sí, "casa". ¿Dónde? —preguntó Joao.

—A ver, que usted es de los persistentes. Le propongo una cosa: esta noche yo le doy su recado a Dalia. Si ella quisiera verlo, que lo dudo mucho, yo lo llevo a su casa. Pase por aquí mañana, después de la una. Yo trabajo hasta las ocho de la noche.

Joao entendió "mañana" y repitió esa palabra dos veces.

—Mañana, a casa de Dalia —precisó el brasileño, creyendo que lo había entendido todo.

Pedro suspiró en desconcierto y se dio vuelta para seguir sirviendo a sus clientes. Al final de la tarde, ya él casi se había olvidado del encargo de Joao, cuando el brasileño regresó al bar con sus manos en posición de rezo a recordarle: "Mañana, a casa de Dalia". Pedro asintió con una sonrisa de buenos modales, pero al voltearse sacudió la cabeza.

Esa noche, la luna llena le permitió a Pedro un ápice de luz para navegar las oscuras avenidas que llevaban a Buena Vista. Por el blanco redondel del astro, pintado sobre el agua acumulada en los huecos de la calle, él supuso que había llovido. Llevaba el cansancio de un cuerpo que sabe que saltó su día de descanso. Sus hombros se doblegaban en dirección al manubrio, pero cuando recordaba cuántas sonrisas había puesto en el rostro de Dalia esa tarde, su cuello enseguida se erguía. Iba loco por llegar a su cama.

Cuando abrió la puerta de su casa, aunque no había ni una

vela encendida, él enseguida percibió la energía de dragona enfadaba que emanaba de allá adentro. Sus ojos nunca localizaron a Justina. La detectaron sus oídos cuando ella, con voz carrasposa dijo: "¿A dónde fuiste tú con esa puta?"

En vez de caminar en dirección al peligro, reflejos casi primitivos hicieron a Pedro dar dos pasos atrás. Justina salió al portal y la luna lo dejó ver con qué ojos lo miraba la fiera.

—¿¡Día de descanso!? ¿¡Eh!? ¡Eres un tronco de mentiroso!

—Justina, yo no te mentí, déjame explicarte.

—¡Yo te vi! Montaste a esa puta babosa en tu moto.

—¡Viste mal! Déjame explicarte.

—Porque las mujeres no vemos, Pedro. Nosotras olemos. Y esa descarada apesta a algo y no es a "amiga".

—¡Y yo huelo que tú estás loca de manicomio, viendo puras visiones!

—Ah, ¿sí? ¿El paseíto en la moto fueron visiones? ¿Ni aunque lo vea con mis ojos tú admites tus mentiras?

Justina corrió al cuarto y se sentó muy cerca del canistro de gasolina que ella había puesto debajo de la mesita de noche. Algo ataba a Pedro al portal, pero las ganas de ir a dormir lo hicieron entrar. Él trató de explicarle por qué Dalia había montado en la moto. Le contó detalle por detalle, los sucesos de la noche, pero dentro de la cabeza de Justina, la voz de la venganza hablaba más alto que la de su novio. De todo lo que Pedro dijo, ella solo captó la pregunta con la que él concluyó su historia: "… ¿Tú crees que si yo sintiera algo por Dalia, yo iba a traer a un brasileño a su casa a enamorarla?"

Un impasible silencio quedó entre ellos.

Pedro trató de encender una vela para ver con qué ademanes se expresaba la dragona, pero ella sopló la llama y avisó que ese litigio lo resolverían a oscuras, en la cama. Él suspiró profundo y se quitó la camisa, creyendo que se habían entendido. Su novia le tanteaba el cuerpo, queriendo bajar el pantalón. Para él, todo tomaba tamaños del que se sabe a punto de ser devorado por una de las mujeres más bellas de La Habana.

Justina llevó sus labios a la dureza de su novio y engulló el fervor que él servía en su boca. En el punto que Pedro miraba al techo y decía: "no pares que ya me vengo". Justina se levantó y vació un canistro de gasolina sobre la cabeza del muchacho.

Los ojos de Pedro ardieron como si los hubiesen pinchado con ajugas calientes. Y en cuanto su olfato le dijo que el fiasco olía a combustible, adivinó que su novia trataba de quemarlo. Pedro pegó un grito de horror y con la visión más cerrada que la de un ciego, salió corriendo de su casa. Ella le iba detrás, tratando de encender fósforos con inquina. Pero debido a la humedad de aquellos días, ninguno encendía.

Los gritos de Pedro zumbaron a Dalia y muchos otros vecinos a la calle. Fue ella la única que lo alcanzó y quien lo guio por los recovecos del barrio, lejos del alcance de la loca que lo perseguía. Tomó la fuerza de cinco hombres, uno de ellos Waldo, para retener el cuerpo de Justina y la de casi diez vecinos para arrastrarla al portal de casa de Vilma. Allí gritaba: "¡A los tres los voy a quemar vivos!" Waldo no entendía quiénes eran "los tres". Justina no paraba de insultar: "¡Pichón de jinetera! ¡Fletera[45]! Fue a jinetear a La Marina con mi marido". Bajo las órdenes de Waldo, Vilma llamó a la policía. Un patrullero se llevó a la fiera a la estación de la Quinta Avenida.

El vecindario quedó como hormiguero bajo una lluvia de migajas de pan. Algunos chismeaban sobre los tarros[45] que Pedro le pegaba a su novia. Otros ponían adjetivos a Dalia porque suponían que era ella la había ido con Pedro a la Marina a buscar turistas.

A Waldo, sin embargo, el caos lo desplazó a lo oculto de su despacho. Un tiovivo de ideas giraba a toda a máquina dentro su cabeza. Todo se tornaba catástrofe cuando en su mente se colaba la pregunta: "¿Será Dalia la Jinetera?". Él miraba hacia las pizarras

[45] Bandolera. Mala mujer.

blancas que tapizaban las paredes de su oficina. Todas repletas de apuntes que a causa del apagón sus ojos no veían, pero su mente sí pues se los sabía de memoria. Nada detenía al macabro tiovivo.

Encendió un quinqué y lo llevó la penúltima pizarra a la derecha, la del Plan D. El plan que él consideraba ser el último recurso para conquistar a Dalia. Alzó la tenue luz a donde una D roja que había en el centro de esa pizarra. De esa letra salían tres flechas. La primera apuntaba a un dibujo de dos mujeres tomadas de la mano, indicando "lesbiana". La segunda iba a un dibujo de una mujer desparramada en un sofá, indicando "vaga". Y la tercera iba a un espacio en blanco. Allí pintó una mujer montando un caballo. Si Dalia de veras andaba jineteando, aquello completaba las tres listas en las que él debía incluirla. Luego de lo cual, él podría generar una denuncia para enviarla a uno de esos centros de rehabilitación afiliados a su centro de trabajo. "Espero que nunca tengamos que llegar a esto", dijo Waldo.

Caminó hacia la primera pizarra a la izquierda, titulada: "Plan A". Buscó una esquinita vacía y allí pintó una mujer con cuernos en la cabeza. La tarruda era Justina. Sobre ella pintó rejas y dijo: "Necesitamos a Pedro cerca y a Dalia viva". Se montó en el Lada y fue a la estación de la Quinta Avenida, donde su fría palabra era ley. Allí dio órdenes para que mantuvieran a Justina, por un buen tiempo, lejos de Buena Vista.

Ya a la medianoche, cuando Waldo regresó a la cuadra, el tiovivo de ideas en su cerebro había aminorado la marcha. Por la cantidad de velas encendidas en casa de Vilma, él dedujo que ella imploraba su visita.

—¡Ay, qué nochecita! A Pedro se lo llevó una ambulancia. Dicen que no ve nada. No me puedo dormir, Waldi. He limpiado la casa cinco veces —dijo Vilma.

—Yo vengo de hablar con Justina —dijo Waldo, sentándose en un butacón que había frente a ella—. Espero que esa loca nos esté mintiendo, pero ella jura que la vaga lesbiana ahora es jinetera. Insiste que su plan es vender sexo a un compañero brasileño que pronto vendrá a visitarla.

—Ay, no, Waldi. O yo me he tomado muchas pastillas, o esto no tiene sentido. Ahora, ¿qué tiene que ver Dalia con lo que le pasó entre Justina y Pedro?

—Mucho que ver... Tenemos que averiguar si en esta cuadra vive una jinetera. ¡Estate alerta, Vilma! que aquí no se permiten turistas y quien reciba a uno sin permisos del CDR, pierde la casa.

Una especie de fatiga cerebral invadió a Waldo cuando imaginó a Dalia noviando[46] con un extranjero, casándose, yéndose del país. El tiovivo de ideas en su cabeza quería acelerar el paso. Vilma no notaba el desasosiego que él traía. Ella halaba sus rojísimos pelos como si aquello aplacara nervios. Su llanto no tenía sentido. Y mucho menos para Waldo, que carecía del arte de leer sentimientos en rostros ajenos. Él supuso que las muecas que ella hacía se debían a ganas de tener sexo.

—Bueno, dale. Si quieres templamos rápido que tengo que irme —le dijo.

Como ella no reaccionó ni a favor ni en contra, la llevó a la cocina, apagó las velas, le alzó la falda, le bajó el blúmer y empuñó su cañón como siempre imaginando que arremetía en los adentros de Dalia.

—Suave, Waldi suave... —pidió Vilma.

Ante lo cual él, ya por hábito pidió: "si hablas es para decir cuánto te gusta".

⁂

Aunque Buena Vista dormía, en la cuadra un ejército de ojos desvelados aún miraba por las ventanas. Waldo, hacía lo mismo desde su despacho y no fue a dormir hasta que vio cuando Pedro se bajó de un Moskvitch[47] verde con Dalia. Vilma los escuchó entrando por el pasillo y hasta se asomó por la ventana de su cuarto para preguntar que había dicho el doctor.

[46]Manteniendo relación de noviazgo.
[47]Marca de vehículo ruso (hecho en Moscú), importado a Cuba.

Dalia respondió: "reposo, mucho reposo".

Rosa, al verlos llegar, corrió a abrazarlos.

—Me dicen los santos que "buen hijo, tiene la bendición de Dios" —le dijo Rosa a Pedro—. Atiende a tu madre. Ponle flores. Recuerda que aquí en la tierra vivimos, pero allá en el cielo está nuestra casa.

—Yo lo sé, mi viejita. Si en los momentos más oscuros de esta noche, a quien veía era a ella.

—Y elimina a esa Justina, que mala mujer es sarna para siempre.

Dalia le trajo fomentos limpios para los ojos de su amigo y acomodó todo para que él durmiera en el sofá de su casa.

—Despiértenme antes de las doce que a la una tengo que entrar a mi turno —pidió Pedro.

—Pero, ¿cómo? ¿Tú vas a trabajar mañana? —preguntó Dalia—. El doctor te sugirió que hicieras...

—¡Sí! El descanso absoluto me lo va a dar mi jefe mañana cuando vea que los turistas no piden mojitos y no tienen quien se los haga.

Dalia ajustó las vendas de Pedro buscando que se callara. Y ya iba a apagar el quinqué cuando él dio un salto en el sofá, se destapó los ojos y dijo: "Ay mamasita, hablando de mojitos…, casi se me olvida. ¿Te acuerdas del cliente brasileño que te compró un trago en la Marina?"

—¡Claro! —respondió Dalia.

—El muy loco me pidió que lo trajera a tu casa.

—¿Cómo? ¿De veras se fijó en mí el trigueñazo ese?

Al escuchar a Dalia entusiasmada por la visita de un hombre, Pedro se sacudió los oídos. Delante de él, la primera vez que eso pasaba. La mirada de Dalia fue a la esquina del techo donde el quinqué alumbraba un cúmulo de telarañas. La penumbra ofrecía un amplio velo donde ella recordar a Joao, con porte de leñador urbano, rústico pero refinado y a sus ojos oscuros que energizaban con la fuerza de diez turmalinas negras.

—Por esa cara de monga que has puesto, supongo que quieres que lo traiga —dijo Pedro.

—No sé… ¿Qué tú crees?

—Yo creo que si nunca abrimos la reja el candado se nos oxida.

—No es eso, Pedro. Es que todo el mundo piensa que soy lesbiana. Y ahora, si cojo cartelito de jinetera, ni aunque me meta a monja sobrevivo el fuego que me abrirán en esta cuadra.

—Pues defínete mami, que arroz con leche no es ni arroz ni es leche. Tú camina y al que no le guste que sufra.

Con el cansancio y esos consejos raros labrando sus ideas, Dalia tomó una de esas decisiones que ignoran las consecuencias. "Bueno trae al brasileño, da lo mismo un cartelito más que menos", le dijo a su amigo.

Todos en esa casa durmieron sólo tres horas porque a las siete en punto de la mañana, alguien tocó a la puerta. Cuando Rosa abrió, la colonia repugnante de Waldo invadió la casa. Él no tuvo que hablar para que Dalia, desde su cuarto, adivinara a quien le debía el honor de la visita.

Después de los saludos y de los "¿cómo te sientes?", Pedro preguntó qué había pasado con Justina.

—Se la llevaron para Mazorra[48] —avisó Waldo.

—No, ¿cómo que Mazorra? —preguntó Pedro.

—Sí, con camisa de fuerza y todo. ¡Y salió bien! Porque en la China antigua, por menos que eso aplicaban "La muerte de los mil cortes". La amarraban a un palo allá afuera y cada vecino cortaba un pedacito de su cuerpo, para que muriera desangrada y avergonzada por lo que había hecho.

Mientras más explicaba Waldo, más profundo en la cama se hundía Dalia. Pedro hacía muecas, pero ni el mismo sabía si eran de terror o de alivio. "Hay veces que ni la sangre hace justicia", dijo Rosa, que traía una bandeja con dos tacitas de café para los hombres.

—Así mismo es —respondió Waldo acercándose a Pedro—.

[48]Hospital de enfermos mentales en La Habana.

Pero esta vez, fui yo quien hizo justicia para alejarla del alcance de mi amigo. Además, logré que la policía abriera el expediente del caso como ataque de histeria. No como disputa familiar. Porque en una disputa, ambos tienen culpa y no quiero mancha en tu expediente.

Pedro pestañaba un tanto más acelerado que de costumbre. De modo general, suponía que ante aquel gesto debía dar las gracias.

—Vine a buscarte para acompañarte a que firmes el testimonio —añadió Waldo.

—¿Qué testimonio? —preguntó Pedro.

—Es que Justina llegó a la estación de Quinta Avenida con un ojo morado. Yo les aseguré a los oficiales que ese piñazo no se lo habías dado tú. Que los vecinos les habían caído a golpes tratando de calmarla. Claro, yo nunca mencioné que fue Rosa quien le hizo esos moretones.

Pedro abrió los ojos y también sus manos, como preguntándole a Rosa: "¿Y eso?"

—Lo hice por mi nieta. Por ella yo soy capaz de cortarle la cabeza a alguien.

—Pero Rosa, yo no conocía esa faceta de boxeadora suya... —dijo Pedro.

Todos se rieron, menos Dalia, que no le hallaba chiste al teatro de falsa bondad que Waldo montaba en la sala de su casa. En cuanto los hombres fueron a la estación, ella llegó a la sala como una bala, preguntando: "Pero, ¿por qué tú golpeaste a Justina, Nana?"

—Mi padre me decía que para ser una rosa hay que tener espinas. Y no te olvides como yo me llamo, mi niña.

—¡Pero no había necesidad de meterse en candela[49] de esa forma!

—Sí había. Ayer, cuando Justina te vio salir con Pedro, gritaba horrores de ti. Yo fui al patio y le pedí, en buena forma, que se callara la boca asquerosa esa o yo iría a su casa a destriparla. Cuando volví al patio, me encontré una muñeca sin cabeza. La empujé con el pie y vi

[49]Buscarse un problema.

que tenía un alfiler enterrado en el corazón y que sujetaba un papel con tu nombre. ¡¿Eh?! ¡Yo creía que me daba una sirimba[50]!

—¿Qué importa, Nana? Si tú sabes que al que no cree no le entra nada.

—A ti no te entra porque enseguida yo actúo en tu nombre. Cuando vi aquello, me agaché y oriné encima de la muñeca. La metí en un cartucho y la llevé al pie de Changó. Le pedí que él mismo resolviera esto. ¿Y viste que rápido acabó en Mazorra? Kabiosile[51] es poderoso.

—Nana, ¿de qué tú hablas? Ya deja a los santos…

—Mira muchacha, yo soy nieta de esclavos. Mi abuelo me contaba los Patakíes de los Orishas[52] para que a través de ellos yo viera mis caminos. Y los santos todavía me dicen que el enemigo acecha, ¡que viene tormenta! Por eso tú, que eres hija de Changó, deberías…

—¡No, yo no! Yo estoy bien así. Yo no soy hija de nadie… —interrumpió Dalia.

—Está bien. Pero recuerda que esa piel tuya es blanca por fuera, pero por dentro es tan yoruba como la mía. A ver, si Changó quiere protegerte, ¿por qué no quieres dejarlo?

—Porque ya eso yo se lo pedí a Dios.

—Bien hecho. Pero Dios no trabaja solo, mija. A Él hay que ayudarlo. Y para eso, Él tiene sus santos. Changó, en la religión yoruba, es la mismísima Santa Bárbara en la católica… porque allá arriba en el cielo, todo es de Él y todo es lo mismo. No te confundas, Dalia.

—Ya, abuela. ¡Ya! Que todavía vamos a caer en la lista de las religiosas.

La despectiva de Dalia envió a Rosa a la cocina. El primer litro de mermelada que salió ese día, Rosa se lo entregó a su nieta, diciendo: "Esto es para Pedro, lo trabajé con miel para que Oshún lo cuide".

—¡No, Nana! ¡No le hagas brujería a Pedro!

—Eso no es brujería. Eso es cuidar a un hijo, endulzarle la

[50]Síncope. Desmayo.

[51]Palabra de origen yoruba. Significa "Su majestad". Suele referirse a Changó con esa salutación.

[52]Deidades yorubas que rigen varios aspectos del mundo, en la religión afrocubana.

vida, abrirle los caminos.

—Brujería es hechizar a la gente, sin su permiso.

—Ah, ¿ahora crees en la brujería?

—No, pero esa es la verdad.

—¿Qué sabes tú de verdades, Dalia? Si te pasas la vida mirando el noticiero.

❧❧❧ ❧❧❧

En la estación de Quinta Avenida, un sargento insistía en levantarle un acta por abuso familiar a Pedro. El testimonio de Waldo no coincidía con el que el muchacho daba.

—Mire, —explicaba Pedro— yo trabajo para el turismo y ellos hacen chequeos policiales a cada rato. Con un acta de disputa familiar en mi expediente, puedo perder eso que es mi único sustento.

—Es que lo que me explicas es una disputa familiar. La muchacha llegó aquí con un ojo morado y tú quieres que yo lo niegue —respondía el sargento—. Aquí nada coordina. Esto hay que investigarlo.

—Nada coordina —intervino Waldo—. Usted tiene razón. Esto hay que investigarlo. Y yo puedo ayudarlo a comprobar que no fue disputa familiar, sino un caso de histeria mental. Por lo pronto, deje ir a este joven a su trabajo, a cumplir como buen revolucionario. Esta misma tarde yo le traigo a la presidenta del CDR y a cuanto vecino usted necesite para que testifiquen con relación al caso. Así puede cerrar este expediente que ninguno de nosotros queremos que esto afecte el futuro de este joven que es un ejemplo trabajador, educado, como los que necesitamos para construir el socialismo.

Gracias a ese comunicado, Pedro salió de la estación ileso.

—¡Te quedo debiendo de por vida, mi hermano! —dijo Pedro al bajarse del Lada, en la puerta de su casa.

—¡Así se habla! Porque este trabajito tuyo nos puede servir de mucho —respondió Waldo.

—¿Servir de mucho? ¿A quién?

—Tu posición es oro para el Departamento de Seguridad del Estado. Digamos que alguna vez llegara a tu trabajo alguna jinetera del barrio con un extranjero. Tú me avisas enseguida. Si estás dispuesto a tirar fotos, hasta te asigno una cámara nueva. Nos llegaron unas Canon estelares para trabajos especiales.

Pedro entró a su casa lamentando no haber tenido el coraje para responder que ni por diez Canon nuevas, él hacía lo que Waldo proponía. Se vistió lo más rápido que pudo y salió en la moto rumbo a la Marina.

A pesar del sol que hacía, Pedro sudaba frío. La sensación de haber podido morir achicharrado la noche anterior aún hervía en sus miedos. Las pasadas doce horas de su vida, se podían contar como doce días macabros. Y su cansancio se había multiplicado por esa cifra.

El primer mojito de la tarde lo pidió Joao, que esperaba por que Pedro llegara para confirmar su cita con Dalia.

A las ocho de la noche ya Pedro tenía montado al brasileño en el asiento trasero de su moto. Él manejaba en zigzag evitando los huecos de la calle pues con el apagón era casi imposible verlos. Algunos había que sabérselos para no atascárseles dentro. Joao rezaba, pedía luz para ver los baches. Y como a veces hasta el diablo ayuda en las buenas causas, gracias a ese apagón, ningún vecino notó que el hombre que entró con Pedro al pasillo de Dalia, era un extranjero.

En el centro de la sala, un quinqué iluminaba la zona donde Dalia conversaba con Rosa, pero tan tenue que no brindaba una media-luz, sino un aura medio-oscura. Rosa saludó al turista, ofreciendo la más cortés de sus sonrisas. Dalia se levantó y le regaló un abrazo. La casa pudo haber sido un suntuoso castillo o una horrible choza, que Joao solo veía a Dalia. El amarillo del quinqué titiritaba dentro del verde transparente de los ojos de ella y el fuerte aroma a guayaba en ese hogar coincidía con el olor que él había percibido en ella, allá en la Marina.

Joao hablaba poco porque solo Pedro medio que lo entendía.

Pedro hacía chistes, de los cuales solo Dalia se reía. Rosa habló una vez y fue para regañar a Pedro: "¿Tú te has vuelto loco, mi hijo? ¿Cómo tú vas a traer un extranjero a esta casa?" Aunque la visita ocurrió en tales paralelos, para Joao la velada fue intensa pues los sentimientos trascendían las distancias que el idioma imponía. Esa noche, él soñó con Dalia.

Naciéndole el primer rayito de sol a la mañana, sin permisos ni protocolos, Joao regresó a Buena Vista. Cuando Dalia le abrió la puerta, un batallón de Cupidos insensatos lo impulsó a besarla. Rosa salió a la sala y sintió deseos de tirarle un batallón de flechas por el centro de la cabeza al muchacho. "Anoche en mis sueños, viajabas conmigo a Río de Janeiro", le decía Joao en un idioma que solo él entendía. Antes que Dalia respondiera, Rosa cerró la puerta y con buena dosis de pasión, los regañó a ambos.

Concluyendo la visita, Joao le entregó un papel a Dalia y a base de señas corporales, le pidió que le escribiera a esa dirección. "Es que dicen que al extranjero no llegan las cartas", respondió ella. Él escribió un teléfono al cual ella lo podía llamar. "Es que aquí los teléfonos no tienen larga distancia", explicó ella. Joao le pidió a Dalia su dirección. Rosa lo entendió enseguida. Y por eso advirtió: "… que envíe las cartas a mi nombre: Rosa Marta Salinas Pérez".

Joao se fue antes de que el bullicio del barrio comenzara. Así todo, esa mañana, en vez de a la producción de mermelada, Rosa se dedicó a visitar a algunos vecinos a ver si alguien, por casualidad, se había percatado que un extranjero había ido a su casa. Nadie hizo un comentario raro. Rosa se alegró cuando Dalia le dijo que Joao se regresaba a su país esa misma mañana.

Joao llegó a Brasil consciente de que su cuerpo había viajado, pero su corazón se había atascado en los baches de un barrio habanero. Soltando las maletas, dejó sus sentimientos tatuados en un papel. Le escribió una carta a Dalia, demasiado larga para una visita tan breve y demasiado intensa para un amorío tan corto.

En tanto, allá en Buena Vista, cuando la luz de las dos velas pintaba un corazón en el techo de su cuarto, Dalia llevaba una mano a su corazón, sintiendo que alguien se había colado en ese vacío. Los informantes del barrio pasaron el frío diciembre preguntándose que había sido de Dalia y apuntando sus cámaras nuevas a cuanto visitante entraba al pasillo. A veces, en las noches, Waldo la visitaba, pero ella no salía del cuarto. Y si Rosa salía a algún lugar, ella no abría la puerta.

—Yo creo que eso de "jinetera" fue pura locura de Justina —le dijo él a Vilma.

—No sé. Esta mañana yo la vi que salió a la punta del pasillo, pelúa[53], en bata de casa, descalza. Salió a buscar una carta.

—¿Una carta?

—Sí, Rosa me comentó sobre un sobrino suyo de Oriente que quiere mudarse para acá. El chiquito le escribe a la vieja todas las semanas. Parece que quiere vivir con ellas porque Rosa me preguntó sobre el proceso de inscribir a un oriental en un CDR de La Habana.

—¡De eso nada! Aquí en este barrio no queremos a más nadie. Y mucho menos de esa familia que todos son delincuentes.

—Ay, no. No te me alteres, Waldi, que se me acabaron las pastillas de los nervios.

Waldo salió de casa de Vilma a indagar sobre esas cartas. Rosa le contó una larga y triste historia sobre un tal sobrino huérfano que quería vivir con ellas. Waldo, aunque se mostró compadecido por el hombre, le dejó saber que traerlo al barrio estaba prohibido. Tomó café con la viejita y aprovechó para preguntar por Dalia.

—Tu nieta duerme mucho y te ayuda poco… —se quejó Waldo.

—Bueno. Es que el frío la tiene recogida. Ella me ayuda cuando puede.

Dalia, que leía una y otra vez las cartas del brasileño, ni olía la colonia que invadía la casa cuando Waldo entraba, ni escuchaba la martirizante voz del hombre explicando a la viejita cuanta falta les hacía un hombre poderoso que las cuidara. Un diccionario portugués–español la ayudaba a descifrar las cartas, ya que parecían como sacadas de una canción de Nocturno: *"El amor a primera vista es lo que abre tus ojos cuando viajas ciego. Es ver a alguien y de pronto necesitar todo lo que lleva dentro.*

[53]De peluda. Despeinada.

Existe. Lo leí en la Biblia. Es el tipo de amor que unió a Adán y Eva y el que nos convirtió en los humanos que hoy somos…"

Para ella, más que de amor, aquellos escritos eran una ventana a otro mundo. Y mientras los largos apagones de enero y febrero le oscurecían la vida de todos en el barrio, Dalia hacía un portal a la luz con lo que decía Joao. No solo aprendía portugués, sino también, el idioma con el que amaban los extranjeros. Muy diferente al amor con el que Pedro amaba a sus novias y totalmente opuesto al amor con el que Waldo la quería poseer a ella.

Ya para marzo, Dalia notó que apenas necesitaba el diccionario para entender lo que decía Joao pues sus cartas llegaban cada vez con más frases en español. Aunque también notó que en esos días su casa no olía a nada y que la batidora pica piedras de su abuela ya no hacía temblar la casa en las mañanas. "Es que no hay gas", le dijo Rosa a Waldo un día que él fue a ordenar tres litros.

—¡Pero no llore, mi vieja! Ya verá que lo resolvemos —dijo Waldo abrazándola.

El saber a su abuela llorando hizo a Dalia salir del cuarto.

—Es que ni siquiera hay luz para refrigerar la pulpa. Hace tres días que no viene el gas para cocinarla. La comida la estoy calentando en un reverbero y ya hasta el alcohol para encender la mecha se me está acabando. ¡No hay nada, Waldo!

La mirada de Waldo se enfiló en Dalia, pero ella no lo miró porque sabía que dentro de los negrísimos ojos del vecino ella leería el mensaje de siempre: "Todo esto es tu culpa". Un pánico, ligado con asco la regresó al cuarto. Desde allí ella escuchaba a Waldo opinar: "Si su nieta encontrara a alguien que las mantuviera, usted no tendría que matarse haciendo tanta mermelada para mantenerla a ella". Tales verdades le enfriaban el alma. Una culpa se sentó en el centro de su alma cuando ella cayó en cuenta de que llevaba meses en cama leyendo cartas. Un lujo que en una casa sin comida nadie debía darse.

"¡No hay!" se había convertido en el lema de aquellos días. Quizás Joao era la solución de sus problemas, pero Waldo el único que a veces daba algo de dinero a Rosa para que alimentara a su nieta. Como si al diablo le gustara apretar todas las tuercas a la vez, por el resto del mes de marzo, Dalia no recibió ni una sola carta del extranjero. Mucho de lo que se comía en casa en esos días provenía de las bondades de Waldo. Abril trajo lluvia y casi a sus finales, el cartero llegó con algo para ella. Una carta del brasileño que comenzaba anunciando: "*...no puedo vivir un día más sin olerte. Voy a Cuba a confirmar que esta idolatría es cierta*".

—¡Joao viene! —dijo Dalia, casi saltando ante los ojos de su abuela.

—¡Cuánto me alegra, hija! —respondió Rosa sin gota de alegría.

—Pero Nana, ¿cómo hago? Tú tan deprimida y yo paseando con un turista.

—No, mi niña, ve. No dejes que mis carencias se conviertan en las tuyas. Quizás lo que tú necesitas es un hombre que te saque adelante. Pero ten cuidado, que en la calle andan locos detrás de las muchachitas que salen con turistas.

—No. Mi amiga Mila está en eso. Más jinetera que ella hay que mandarla a buscar a la fábrica. Y no le ha pasado nada.

—Sí, pero basta que seas buena para que te agarren en las malas.

Dos noches después, Rosa mataba cucarachas en la cocina, cuando alguien tocó la puerta. Creyendo que era un cliente con hambre nocturna, Rosa gritó: "¡No hay!" Era Joao, que dejó de tocar cuando Rosa, por cansancio, llegó con el quinqué a abrir la puerta. Al ver al brasileño, en vez de alegría, a la abuela le entró nerviosismo. Dalia corrió a la sala a confirmar que no soñaba. Lo besó con las ganas que casi tres meses de cartas habían acumulado. Y para la sorpresa de todos, Joao hablaba un español comprensible. Había estudiado sin descanso para poder comunicarse con su cubana.

Rosa cerró la puerta y los dejó a solas en la sala. El combustible del quinqué se gastó y los novios todavía se besaban en el sofá. Cuando llegó la mañana, la primera pregunta de Rosa fue: "Y ahora, ¿cómo hacemos para que este hombre salga de aquí sin que lo vean?"

Dalia fue al patio y con solo dos gritos, despertó a Pedro.

"Ayúdame a sacar a Joao por tu casa, anda", le dijo en secreto. El brasileño nunca entendió porque en vez de por la puerta, tenía que brincar el muro mohoso que separaba la casa de Dalia de la del vecino. Lo brincó con una expresión muy confundida. Ella, después del beso de despedida, le dijo: "después te explico".

Todo salió bien, menos un detalle: en la casa de Pedro, una mujer con una voz muy parecida a la de Justina, conversaba con Joao. Cuando Pedro notó la cara de horror que Dalia puso al oír esa voz, le explicó: "Es que le dieron de alta en Mazorra. Parece que para la locura ya hay cura". Las dos manos de Dalia se abrieron como pidiendo una mejor explicación que esa, pero Pedro la dejó allí sola. Él debía lidiar con el extranjero que tenía en su casa.

Justina aprovechó la coyuntura para subirse sobre un banquito y asomar la cabeza por el muro para ver a la vecina. Traía un moño de pelo amarrado con una hebilla que formaba un abanico detrás de su cabeza. Dalia la miraba perpleja, como si al muro se hubiese asomado un fantasma.

—No te asustes. Estoy tomando unas medicinas que me tienen tranquila.

—¡Qué bueno! —dijo Dalia.

—Dije tranquila, no estúpida. Yo sé que las mujeres de este barrio se vuelven locas por mi marido. Mi problema es solo con las que cruzan la raya.

Dalia abrió los ojos, sintiendo que quizás para la locura había cura, pero para los celos todavía no había pastillas. Por suerte Pedro regresó al patio y también se asomó por el muro.

—Lo saqué por la puerta de atrás porque allá afuera está Vilma. ¡Pero salió echando sangre!

—¿Cómo que sangre?

—Sí, se dio tremenda enredada con la mata de buganvilla.

—¡Ay, Dios! No sabes qué trabajo me costó fijar un punto de encuentro con él para mañana. Él no entiende que no debe regresar a mi casa.

—¿Y dónde se van a ver?

—En la Playita 16.

—Perfecto. Está frente al mar, rica para romancear y se presta para citas escondidas como esas.

—¡Oye, pero como tú te sabes trucos, mijito[54]! —dijo Justina, cruzando los brazos.

—Por el servicio militar, mami. Nosotros hacíamos guardia cerca de ahí y siempre veíamos parejitas apretando[55] en los banquitos de esa costa.

Dalia, mientras más los escuchaba, menos los entendía. Ella se despidió, entró, comió y los vecinos todavía debatían el drama de la Playita.

Al día siguiente, como si alguien quisiera asegurar un día de paz para ella, en su casa había gas, azúcar, electricidad y Rosa cantaba "amor es el pan de la vida…" La casa, además, olía a guayaba. Todo parecía de un orden perfecto, como para ella ir a encontrarse con Joao. Pero en la punta del pasillo vio a Kiko que traía un saco inmenso sobre el hombro.

—¿Rosa está ahí? —le preguntó el muchacho, descansando el saco en el piso.

Kiko sabía por qué Dalia ni respondía que sí, ni que no.

—Mami, déjate de aspavientos. Esto es azúcar, no una bomba.

—Robada. Si cogen a mi abuela con eso sale por el techo[56].

—Oye, para comer hay que ser valiente.

—Sí, el problema es que aquí para ir preso, solo hay que tener hambre.

—Mira, esto es un encargo que ella hizo y yo vine a traerlo.

El joven hablaba como si la crisis del país le hubiese hecho olvidar que robar era un delito y lo que traía era producto de contrabando. Nada de lo que Dalia dijo pareció recordárselo.

[54]Mi hijito.

[55]Besuqueándose.

[56]Se mete en grandes problemas.

"¿Está o no tu abuela?", insistió Kiko. Dalia dijo que sí con la boca y que no con la cabeza.

Waldo, desde las alturas de su despacho la vio saliendo de casa, por primera vez en mucho tiempo. Casi convencido de que su viejo plan A no había funcionado, él creía ineludible dar comienzo a su plan B. Pero antes quería hablarle.

Sacó el Lada de su garaje y llegó a ella casi en caja quinta.

—Mermelada, vamos a dar una vueltecita —avisó él, desde la ventanilla.

—Deja de molestarme, Waldo. Se lo voy a decir a tu mujer.

—Móntate, que te conviene. Tengo algo que ofrecerte…

—¡Ni ofreciéndome un diamante monto yo contigo en ese carro! Ya para de comportarte como un tarado.

Doscientos metros de "no", "déjame tranquila" y "vete para tu casa" llenaron la copa de la paciencia del hombre, de modo que aceleró y no frenó hasta llegar a la estación de la Quinta Avenida. Aquello le dio comienzo al famoso plan B para conquistarla.

Sobre el mostrador de la estación estaban los reportes de los casos urgentes del día. Entre ellos, Waldo insertó una orden de arresto para una tal Rosa Marta Salinas Pérez. Las razones: desvíos de recursos a la revolución y venta de productos alimenticios sin permisos legales. Regresando él a la cuadra ya había patrulleros estacionados afuera de casa de Vilma y dos policías sacaban a Rosa por el pasillo de la casa. Un carro se llevó a la abuela y el otro esperó a que dos policías terminaran de hacer el registro.

Waldo entró a casa de Dalia, saludó a los oficiales y además de unos cuantos pomos de mermelada, se llevó las prendas interiores de la joven para su casa. Se sentó delante de la ventana de su despacho a oler los blúmeres y a esperar que ella regresara. Pero justo a esa hora, en la Playita 16, Dalia se dejaba acariciar por su brasileño. El bello vaivén de las olas del mar la seducía a darle besos al hombre y a sentirse como el personaje principal de una de las telenovelas que transmitían en Cuba.

Cayendo la tarde, Dalia llevó al muchacho un lugar muy

especial, al cual muchos locales jamás habían visitado: el bosque de La Habana, una joya que la ciudad escondía en su mismo centro, un espacio escondido de los años donde miles de pomposos árboles vivían como troles generosos, chupando suciedad de la ciudad y devolviendo oxígeno limpio. Allí los pajaritos paseaban de un árbol a otro, como duendes tropicales. Bellas enredaderas subían por los troncos, cargadas de flores, formando bufandas encantadas para luego caer de las cimas y volar al descuido del viento.

—¡Qué belleza! —comentó Joao, en cuanto la grandeza del lugar le permitió una frase.

—Aquí me traía mi padre cuando yo era pequeña. Es el único recuerdo suyo que yo tengo. Pero cada vez que él me traía aquí, mi abuela se ponía furiosa.

—¿Furiosa por qué?

—Nunca me dijo. Yo creo que ella temía que él me dejara aquí botada, o me matara...

—Pero ¿cómo va a matarte?

—Bueno, es que él era un padre diferente. Él me tuvo, con una jovencita del pueblo allá en Oriente. Dicen que mi madre, durante el embarazo, subió a una loma para que nadie supiera que la habían "perjudicado". Mi abuela le llevaba comida, pero mi padre jamás iba a verla. Yo nací en una cueva. Acabada de tenerme, mi madre regresó al pueblo, sin barriga y sin mí. Nunca dijo donde había estado, pero así todo, sus padres la echaron de la casa. Cuando mi abuela se enteró del escándalo, corrió a la loma y me encontró allí que ya ni lloraba de lo hambrienta. Me llevó a su casa, me alimentó y me registró como su hija. Mi padre, que odiaba a los niños, huyó a La Habana. Poco después, mi abuela lo vendió todo y vino para acá también, con la esperanza de que él un día me quisiera. Al principio él me sacaba a pasear, pero ella le prohibía que me llevara lejos. Él me traía a este bosque. A ella no le gustaba.

Joao, que pensó que nada podía enamorarlo más de ella, sintió que aquella historia lo había logrado. Le dio un abrazo que valió más que cualquier frase de lástima.

—¿Y tus padres? —le preguntó ella.

—Viven en Río. Acaban de celebrar su aniversario 35 de matrimonio. Yo les conté de ti.

Dalia temió preguntar qué decían ellos sobre el amorío de Joao en Cuba. Y él temió hablarle de la opinión que sus padres tenían de las cubanas.

—¿Y con qué sueña, Dalia? —preguntó Joao.

—¿Yo? Al parecer, con sueños equivocados.

—Yo solo he oído hablar de sueños imposibles... de esos, todavía.

—Yo soñaba con tener madre y padre, como todos los niños. Pero soy huérfana. Soñaba con ser negra, como mi abuela. Pero soy blanca. Soñaba con hacerme voleibolista cuando creciera. Pero no soy nada.

Él le preguntó si entre sus sueños estaba el matrimonio, pero Dalia respondió: "yo creo que el momento preciso para todo lo que es lindo es ahora". Como no existe mejor cambio de tema que un beso, Dalia llevó sus labios a donde el brasileño no tuvo otra que besarlos. Luego, se quitó una por una las prendas que cubrían su piel.

Joao dijo un: "Perdóname, Dios" y dejó que un impulso lo llevara a la desnudez de ella. Sus manos enseguida tomaron la redondez de los senos de Dalia. Sus labios descendieron a besar, pulgada a pulgada, la flecha que iba desde el pecho hasta la pelvis de su chica. Cuando sus dedos fueron a tocarla, Joao sintió que toda la humedad del bosque no llegaba ni a la mitad de la que ella guardaba entre sus piernas.

Ya lista, Dalia se dio vuelta y con las manos sobre el tronco del árbol, permitió que el hombre hiciera lo que él gustara a sus espaldas. Joao le besó el cuello y en la suavidad de la más húmeda de sus frutas, adentró su pene. Iba decidido a llegarle a sus finales, pero un manto de sangre vistió su fálico trofeo. Él preguntó si ella tenía el periodo. Un silencio dejó la pregunta inconclusa. Y cuando de ese silencio fueron naciendo las respuestas, los ojos de Joao se abrieron y su boca dijo: "Disculpa".

Vistió a Dalia y llevando sus manos en forma de rezo, le dijo: "Me dejé llevar por las circunstancias. Te he hecho mal. Te he faltado el respeto". Una de las cejas de Dalia se elevó mucho más que la otra. Fue ahí que su novela brasileña se tornó un drama de Corín Tellado.

—¿Disculpa por qué? —preguntó ella.

—Me dejé llevar. Pequé. Pecamos.

—¿Qué pecamos ni pecamos?

—En la iglesia esto que pasó se ve mal.

—¿Qué iglesia? Estamos es el bosque.

—En mi iglesia, en la casa de Dios.

—Ay Joao, no seas bobo. ¡Estamos en Cuba! Nadie se va a enterar de eso en Río de Janeiro.

Las labias del brasileño sonaban tan viejas que ya en Cuba ni los abuelos las decían. Cuando todo aquello comenzó a dar error tras error en el sistema de creencias de ella, Dalia dio fin a la cita y propuso verse a la misma hora, en la Playita 16, el siguiente día.

Él fue a su hotel y ella a Buena Vista.

Ese día, Dalia entró a una casa más oscura que nunca. Lo primero que notó fue que el reloj que adornó la pared toda su vida, no estaba. Llamó a su abuela dos veces. Nadie contestó. La buscó por toda la casa. En la cocina no había comida ni calderos. Solo cucarachas aprovechadas que rastreaban las vacías mesetas en busca de boronillas.

Rumbo al cuarto, ella pisó un tenedor que había en el suelo. La poca luz que entraba por las ventanas dejaba ver todas las gavetas abiertas. Y cuando salió a la sala, muy asustada, Waldo estaba en la puerta.

—¿Qué tú haces aquí? ¡Vete, que no es un buen momento! —dijo Dalia.

Él, en vez de obedecer, dio dos pasos hacia ella. Dalia se agachó y tomó el tenedor que había en el suelo y lo apuntó a la cara de Waldo.

—Baja eso, yo vengo a darte noticias de tu abuela.

—¿De qué tú hablas?

—A ver. ¿Por dónde comienzo? Como responsable de Vigilancia, tengo el deber de informarte que...

—¡Habla! ¿Qué le hiciste a mi abuela? —gritó ella.

—. . .que esta mañana, la policía vino y se la llevó presa.

—¿Qué? —dijo Dalia sintiendo que sus ojos, su garganta y su pecho se llenaban de lágrimas.

—. . .y a recordarte que de tú ser mía, nadie se hubiese atrevido a hacerle eso a tu abuela.

El tenedor cayó al suelo y las dos manos de Dalia fueron a tapar el horror que palpitaba en su rostro.

—Se la llevaron, ¿a dónde? —preguntó ella.

—No sé, a Vilma le dieron el parte, dice que. . .

Dalia salió corriendo a preguntarle a Vilma y la respuesta de la presidenta fue: "Rosa está donde están todos los que rompen la ley". Fue a casa de Pedro, pero él no estaba. El loco–sordo no había visto nada. Ningún vecino tenía información. Dalia sabía que todos sabían, pero nadie quería incriminarse. Mientras menos solución hallaba, más fuerza cogía el ciclón que circulaba en su pecho. Y cansada de dar vueltas alrededor del butacón de las flores, cayó sentada en él.

Justo cuando una ola de llanto más alta que la casa, venía a ahogarla, Waldo salió del cuarto de ella y dijo: "¡Qué falta te haría alguien con influencia que te pudiera ayudar!" Ella saltó de susto y preguntó: "¿Qué tú haces aquí, chivatón de mierda?" Algo más fuerte que el ciclón le decía que él la había delatado.

—¿Chivatón, yo? ¿Tú no sabes hace cuando tiempo hace que yo vengo rogándole a Vilma que no delate a tu abuela? Yo no soy el ogro que tú pintas, Mermelada. Es más, si tú fueses más dócil conmigo, ustedes dos fueran las reinas en esta cuadra. ¿O es qué tú no tienes ojos?

—¡Vete! ¡Vete antes de que te meta las uñas en los ojos y te los saque!

Waldo, que la creía capaz, caminó a la puerta y desde esa distancia dijo: "Si cambias de idea, me llamas". Tiró un papel al suelo con el número de teléfono de su casa y añadió: "Pero no hables. Si yo escucho tu llamada, saco el Lada y te llevo a encontrar a Rosa".

Dalia quedó a solas, en una sala donde además de un televisor, un quinqué y un tenedor, no quedaba nada. Subió la vista al altar para regañar a los santos por haber dejado que se llevaran a Rosa, pero a ellos también se los habían llevado. Las ganas de gritar no la dejaban ni moverse, ni siquiera para recoger el papel que Waldo había tirado en el suelo. Ni idea tenía por dónde comenzar a buscar a su abuela. Y cuando una angustia más inmensa que sus límites la invadió, ella salió de su casa y corrió a la Quinta Avenida. En la estación tomaron el parte y le explicaron que el proceso encontrar a su abuela era, regresar a casa y esperar que de alguna estación alguien la llamara.

—¡No! Ustedes me tienen que decir ahora mismo donde está ella —insistió Dalia.

—Ya te dije que no sabemos. Regresa mañana, si gustas… —repitió el oficial antes de llamar al próximo en la fila.

Dalia salió al portal de la estación sin intenciones de irse a casa. Quizás si se sentaba allá afuera algún oficial se dignaba a ayudarla. Ni cuando sus sollozos se convirtieron en llanto, alguien fue a consolarla. Ni Waldo, que la miraba desde el parqueo de la estación recostado a su Lada. Tomó un buen rato para que Dalia se percatara que él esperaba por ella. Y cuando lo vio, caminó despacio en dirección a él.

—Odio cuando me rechazas —le dijo Waldo en cuanto ella llegó al Lada.

—¿A dónde se la llevaron?

—Vilma mencionó "desviación de recursos". Eso me da una idea de dónde puedan tenerla.

—¡¿Dónde?!

—Santo Suarez, un reparto lejano. Pero a esa estación no dejan entrar a civiles. Yo te llevaría, pero tú dices que ni ofreciéndote un diamante te montas en mi carro.

La mirada de Dalia fue al cemento. Desde lo más ínfimo de su ego salió una respuesta que negaba eso. Dio una vuelta al Lada y se montó en el asiento de pasajeros.

Eso marcaba, para Waldo, el punto cero del plan B para conquistarla. Rumbo a Santo Suarez, la brisa de abril entraba fogosa por la ventanilla. Le desordenaba el pelo a Dalia y a su vez secaba una que otra lágrima que osaba salirse de sus ojos. Ante ella, calles y edificios que jamás había visto. Y al rato, no quedaba más nada que mirar que las dos luces amarillas del Lada proyectadas sobre una larga avenida. A ambos lados, matorrales.

Animado por las tranquilas lejanías, Waldo extendió su brazo hacia lo que él ya concebía como su futura esposa. Sus dedos acariciaron el tenso cuello de la chica. Ella apagó la mente y dejó que él prosiguiera a gusto. Dudaba que esquivar esas caricias condujera a Rosa. Waldo bajó la mano al tirante de la camiseta de ella. Buscando un nuevo límite, lo engrampó con un dedo y lo bajó suavemente hasta que descansó en el codo de la chica. Con tres dedos se dio a acariciar el fino pezón que se asomaba. Unos cien metros transcurrieron sin que ella esquivara los avances. Pero al fin, uno de sus brazos, casi por reflejo, esquivó la atrevida mano del hombre.

El súbito arremeter de un pie de Waldo contra el freno, causó que el Lada zigzagueara y se saliera de la carretera. Las luces del vehículo ya no se veían pues el auto terminó dentro de un tupido matorral. Los grillos se espantaron. Dalia gritó, pero salir de allí no era posible. No solo porque las crecidas hierbas no la dejarían abrir la puerta, sino porque un puño de Waldo aprisionaba su pelo.

Aunque sus ojos apenas veían a Waldo, ella escuchaba la respiración del hombre muy cerca de su oreja. Su falda permitió libre acceso a una intrusa mano que llegó a lugares que ella nunca hubiese dado entrada. Dalia sostuvo esa mano con las dos suyas y en vez de gritar: "¡Para!", le pidió: "¡Paciencia!"

—¿¡Qué paciencia!? —preguntó el hombre muy cerca del oído de ella— Si llevo años esperando a que seas mía. Meses regalándote comida. He comprado mermelada a Rosa toda la vida. Te he salvado de cuantos líos he podido. ¡Ya perdí la paciencia!

—Sí, pero ya yo me he dado cuenta de que…

Waldo aminoró la intensidad de su respiración para escuchar lo que, en voz muy leve, decía ella.

—… que detrás de esa máscara tuya, hay un hombre que siempre me ha querido.

—¿Qué tú dijiste?

Ella podía escuchar el arremeter de su propio corazón contra las paredes del pecho. La incesante respiración de Waldo, sin embargo, se había detenido del todo.

—¿Qué tú dijiste? —él repitió, halando el pelo de ella con tanta fuerza que casi la sienta entre él y el timón del Lada.

—…que tienes razón.

—Que yo tengo razón, ¿en qué? —preguntó Waldo.

—…que sin un hombre poderoso como tú, en este país, yo no sobrevivo.

Los grillos comenzaron a cantar como si ya se hubiesen adaptado a la realidad de tener un carro atascado en el matorral. Las impacientes manos de Waldo prosiguieron su función de toquetearla, aunque un tanto más pausadas.

—…pero como tú mismo dijiste "debemos hacerlo en una cama", no en el asiento de un Lada —respondió ella.

Waldo dio repetidos golpes sobre su frente, como si mover el cerebro lo ayudaría a creer que lo que acababa de escuchar venía de la boca de Dalia. Aquello aceleró el tiovivo de ideas dentro de su cabeza, a velocidades implacables. El plan A y el plan B parecían haber resultado a la vez. Las ideas saltaban del tiovivo como si quisieran desprenderlo de la base, hasta que él logró decir: "¡Yo quiero que te cases conmigo!"

—¿Casarnos? ¿Tú no tienes una mujer y un hijo?

—¡Tú, despreocúpate de lo que yo tengo! Yo quiero que tú vivas en mi casa. Tenerte en mi cama cuando yo regrese del trabajo.

Waldo obligó la cara de Dalia en dirección a él para que a pesar de la oscuridad, el verde asustado de los ojos de ella se conectara con el negro verdugo de los suyos. "Promete que a partir de hoy tú eres mía", le dijo.

—Lo prometo… —murmuró ella.

Esa respuesta desorbitó el corazón de Waldo. Una inmovilizante alegría desató una lista de todo lo que él debía poner en orden para casarse con ella. Él hablaba de divorcios, de juicios y de trámites astutamente calculados para que todo se diera.

—Tú no estás mintiendo… ¿verdad? —preguntó él—. Porque la venganza contra las mentiras piadosas es todo, menos piadosa.

Convencida de que a veces, desistir del amor es una forma de obtener todo lo demás, ella respondió que "no" con la cabeza.

Con la desesperación de un niño que acaba de robar un juguete anhelado, Waldo bajó ambos tirantes de la camiseta de Dalia y jugó con los senos. De ella no nació una pizca de rechazo, solo una voz muy tenue con la cual pidió ya ir a buscar a su abuela.

Después de unos cuantos acelerones al pedal del Lada, el carro regresó a la carretera. Endrogado por el frenesí de ese episodio llegó a la estación de Santo Suarez. Ella por poco cae de rodillas sobre la gravilla al salir del Lada. Él, sin embargo, se tomó unos minutos detrás del timón para adentrarse al personaje que debía jugar ante sus colegas.

—¿Qué pasa? —preguntó ella al ver que él no salía.

—Aquí tengo un amigo que conoce a mi mujer, pero como nuestra boda ocurrirá tan rápido le voy decir que eres mi esposa.

Ella, que hacía mucho rato había dejado de procesar razones, asintió con la cabeza. Y sintió que el fiasco valió la pena cuando, rumbo a la estación, él le prometió que esa noche Rosa dormiría en casa.

—General Walterio Gómez Sequeira, ¿a qué le debo el honor? —preguntó el oficial.

—Es un asunto delicado. ¿Podemos pasar a una oficina?

—¡Por supuesto! ¡No faltaba más!

El oficial le comentaba a Waldo cuán ocupados estaban allí, que parecía haber un brote de criminales en la isla. A cada rato llevaba la vista a Dalia como preguntándose quién era ella. Waldo le entregó un papel con el nombre completo de Rosa y dijo: "Algo salió mal que metieron presa a esta compañera". El oficial frunció el ceño y salió a investigar el caso.

Waldo y Dalia quedaron a solas bajo la tenue luz que ofrecía el bombillo de la oficina. Él la sentó en sus piernas y con una sonrisa en los labios le dijo: "Yo jamás olvido aquellos días en que tú brincabas el muro de mi patio buscando mandarinas. Tú tenías unos cinco años y yo treintipico. Íbamos juntos al final del patio a recoger setas y decías que cuando crecieras te casarías conmigo. Y ahora que cumplo cincuenta cumplirás esa promesa. ¡El mejor regalo de cumpleaños…!"

Como el oficial regresó Waldo paró de revivir recuerdos. Se inclinó sobre el bureau para continuar la charla y ella, con falta de aire, se escabulló a su silla.

—Esto no fue un error. Hubo una denuncia y muy seria: desvío de recursos a la Revolución, venta de alimentos ilícita desde el domicilio. Por la edad de la compañera decidimos enviarla a un centro con mejores condiciones para procesarla.

—¿Qué condiciones? ¿Qué procesarla? ¿Dónde está mi abuela? —preguntó Dalia.

—Cariño —dijo Waldo—, te traje para que lucieras bonita y para que mi amigo conociera a mi esposa nueva, pero aquí el que habla soy yo.

—No sabía que se había casado otra vez, General. ¡Qué sorpresa! —dijo el oficial.

—Pues sí. Yo, desde que vi esta belleza, supe que tenía que tenerla.

—Ese es el mejor amor que hay.

—Pero bueno, a lo que vinimos —dijo Waldo—. Lo que dice en la denuncia no es mentira, pero la compañera Rosa es agente mía. Sus delitos están coordinados con el Departamento de la Seguridad del Estado. Por ella interceptamos bodegueros que desvían recursos, ciudadanos que manejan divisas. Ahí donde usted la ve, ella ha salvado a esta revolución de grandes pesadillas.

—Y, ¿cómo confirmamos eso? —preguntó el oficial.

—Por casualidad, en el registro que le hicieron ¿le encontraron una cámara Canon?

—No sé. Tendría que revisar el expediente.

—Pues revise. Esa cámara se la dio mi oficina hace unos días para que hiciera su trabajo. Y le digo más, mañana les traigo un aval acuñado por el Departamento de Seguridad del Estado, confirmando que Rosa es informante nuestra. Yo lo único que necesito es que la suelten esta noche.

Cuando el oficial salió a hacer sus averiguaciones, Dalia le preguntó a Waldo: "¿Qué cámara es esa?".

—Yo se la di —respondió él, guiñando un ojo.

—¿A mi abuela? ¿Para qué?

—Me dijo que no tenía fotos tuyas desde tus quince años. Se la di para que te tirara fotos. Yo me ofrecí para revelarlas en el cuarto oscuro de mi trabajo. Pero ahora que tendré a la original en mi cama, yo mismo le tomaré fotos.

Cuando el oficial regresó el General acariciaba a su nueva esposa. Dalia casi se lanza al cuello del hombre cuando vio que el papel que le entregó a Waldo era una orden firmada para que dejaran salir a Rosa.

A pesar de lo oscuro de las calles, Waldo llegó a la próxima estación como si su Lada se supiera el camino de memoria. Antes de bajarse del carro se reuntó un poco de colonia. "¿Te gusta?", le preguntó. Dalia tosió solo dos veces, porque una cálida mano del hombre atrajo su cuello hacia él. "Mínimo me merezco un beso", dijo Waldo. Y con la confianza del que sabe que manipula algo que le pertenece, la besó ávidamente.

Ella secó la humedad que el sudado bigote de Waldo dejó en su cara. Todo en vano, pues las lágrimas que corrían por su rostro lo humedecían todo de nuevo. Los fútiles bombillos del estacionamiento no le dejaban ver la puerta de la estación. Y cuando al fin la silueta de un hombre abrazando a una viejita apareció en el campo de su vista, Dalia salió del Lada y corrió a ellos.

—Ya, mi niña. No pasó nada —decía Rosa—. Fíjate que me querían quitar mi pañuelo rojo y mis collares. Les dije que si me tocaban Changó les jorobaría los pies a todos. Me trajeron para aquí y hasta me asignaron una cama.

—¿Cómo pasó esto, abuela? —preguntó Dalia.

—El enemigo anda cerca, mi hija. Me lo dicen los santos.

—Esa fue Vilma —interrumpió Waldo— Y yo voy a hablar bien claro con ella. Le voy a advertir que a partir de hoy ustedes dos son las protegidas mías, las reinas de la cuadra.

Rosa contaba los eventos de la noche como si en vez de presa, ella hubiese pasado el día en una película de acción. Para Dalia, el camino de regreso no pareció tan largo como el de ida.

Entrando a la casa, Rosa se sentía más fuerte que el hierro. Iba rumbo a los santos a darles las gracias sacarla del aprieto tan rápido. Para su horror, en aquella esquina no encontró a nadie. Y cuando Dalia encendió el quinqué y la viejita vio que en su cocina no quedaba ni un caldero, rompió a llorar como si de pronto el hierro que traía se hubiese evaporado.

Al día siguiente, Dalia se despertó más temprano que el sol y que todos en la cuadra. Se vistió para impresionar y se pintó los labios de rojo. Caminando hacia el mar, un trueno por poco derrumba el cielo. Se sentó en un banco de la Playita 16 a esperar a Joao y a ver cómo el mar, con las horas, tomaba el gris de las nubes.

—¡Tenemos que hablar! —dijo Joao al llegar.

—Y a mí me urge… —respondió ella.

Convencido de que Dalia, tal como él, quería platicar sobre el suceso del bosque, Joao dejó que ella comenzara.

—Necesito un juego de calderos —le informó ella.

—¿Calderos? ¿Qué son calderos?

—Cazuelas, sartenes. Vasijas para cocinar. Te doy lo que pidas por un juego de calderos.

—¿Lo que pida? Eso suena a quien quiere venderse… ¿Me

crees capaz de comprarte?

¡Qué impotencia sintió Dalia, al saberse a merced de un hombre al que le tomaría mil noches entender la noche que tuvo ella! Joao no dijo más nada y ni siquiera dio pie a explicaciones. Preguntando algo tan simple como: "¿Por qué calderos? ¿Qué te pasó?", él hubiese comprendido.

—No te me trabes en las semánticas. Yo no me ando vendiendo. Es una forma de decir las cosas —le dijo Dalia—. Necesito calderos para cocinar. Eso es todo.

La frialdad del pedido provocó en Joao aires de decepción. Así todo, buscó un taxi para que los llevara al hotel Comodoro, el único lugar de La Habana donde vendían calderos. Al querer entrar a la tienda con ella, un custodio le pidió a Dalia que esperara afuera.

—¿Y eso por qué?, si se puede saber —preguntó Dalia, corta de nervios.

—Porque aquí las tiendas son para extranjeros, mami, no para cubanos. ¿Acaso tú tienes pasaporte?

Dalia se echó a un lado para que Joao pasara a la tienda. Y si ya consideraba el valor de sí misma ser bastante pequeño, mirando a bultos de turistas entrar por la puerta de esa tienda, se sintió insignificante. "En la puerta no puedes estar", añadió el custodio, señalando hacia la acera para que ella se quitara del paso de los clientes. Y justo cuando comenzó una llovizna, Joao salió de allí con sartenes y cazuelas que parecían diseñadas por la Cadillac de los calderos. Brillosos, limpios.

"Y ahora, ¿podemos hablar?", preguntó el brasileño.

Dalia dijo como diez "no" con la cabeza. Agarró las dos bolsas y salió corriendo con ellas a lo alto, cuidando que con tanta prisa las cazuelas no chocaran unas contra las otras.

—¿Cuándo te veo? —gritó Joao, con una mano al aire.

—Mañana, ¡A la misma hora! ¡En el mismo lugar! —respondió ella de lejos.

El regalo de Dalia secó las lágrimas de Rosa.

—Pero ¿de dónde tú sacaste esto, mi hija?

—¿Qué pasa? ¿No te gustan? —preguntó Dalia.

—Sí. Claro que sí.

—Y entonces, ¿a qué se debe esa cara de disgusto?

—Es que cuando saliste, me vino Oggún[57]...

—¿Vino quién?

—Oggún, el dueño del hierro, de las cadenas, de los barrotes, de las llaves. El enemigo mortal de Changó. Por ende, enemigo tuyo.

—Nana, ¿de qué tú hablas?

—Oggún y Changó se morían por Oya[58], una joven bella, de cuerpo hermoso como el tuyo. Oggún le ofreció a la chica una corona dorada, con siete rayos de hierro para que se casara con él. Pero ella amaba a Changó que solo poseía otanes[59], caracoles y boberías como esas. Changó fue pedir la mano de Oya y recibió el ashé[60] para casarse y tener muchos hijos con ella. Cuando Oggún se enteró, envió un machete embrujado a Changó, con un mensajero. En cuanto Changó usó el machete, hechizó el bosque, haciendo que los árboles avanzaran hacia él para matarlo. Él perdió esa batalla. Quedó tirado en un arroyuelo. Muy herido. Y cuando regresó al pueblo, ya Oya se había casado con Oggún.

—Nana, por favor, para de enredar las cosas más de lo que están.

—No, mija. Estos Patakíes son las voces de nuestros ancestros. Y en esta vida, quien no sabe de dónde viene, nunca sabe a dónde va. ¡Aquí hay machete embrujado! Hay un hombre pobre que te ama, pero los santos predicen que el enemigo gana, que Oggún se queda contigo. En cuanto abrí los ojos, Dalia, cayó un trueno en Buena Vista. Ese fue Changó, avisando. Cuando él habla en el cielo, retumba todo aquí en la tierra.

—Sí, estaba tronando, pero ya el viento se llevó la tormenta.

[57]Deidad de la religión yoruba. Orisha guerrero. Dueño del monte. Se sincretiza con San Pedro.
[58]Deidad de la religión yoruba. Diosa de los vientos. Sincretiza con la Virgen de Candelaria.
[59]Piedras sagradas en la Regla de Osha (o santería). Generalmente de ríos o cascadas.
[60]Suerte. Bendición. También equivale a "Amen" o "que así sea".

Así que, descansa.

Dalia nunca le confirmó a Rosa que el hombre con celos era Waldo, ni que el enemigo ya le había propuesto quedarse con ella para siempre. Su función era consolar a su abuela que sin santos y sin comida en la cocina, deambulaba por la casa como un zombi.

Waldo, en tanto, consolaba a Vilma que prometía perder la cabeza si él la dejaba. Romper relaciones con ella no resultó del todo posible y explicarle quien era la nueva dueña de su enfoque, podría generar una guerra que él no necesitaba. De casa de la presidenta, él siguió a casa de Dalia. Se moría por contarle que al día siguiente iría a casa de su abogado a comenzar lo del divorcio.

Joao, por el contrario, envenenado por el fiasco de los calderos, se preguntaba si valía la pena ir a ver a Dalia a la Playita al día siguiente. En Brasil, de las cubanas se decía que usaban a los turistas para que ellos les compraran todo lo que ellas no podían comprar en la tienda. Allá hablaban de productos como perfumes, vestidos, zapatos. Nunca de calderos.

Waldo llegó a casa de Dalia con una bolsa gigante repleta de regalos para ella: azúcar, pan, huevos, café y hasta una cafetera nueva. Pero no pudo hablar con ella a solas porque Rosa a pesar de los regalos, lloraba sin consuelo. Dalia ni le dio las gracias. Sin embargo, en la mañana, después del desayuno, salió a su encuentro con Joao. Las olas tempranas llagaban a las rocas, tranquilas, pero cuanto el sol salió de entre las nubes, se tornaron espumosas y esbeltas.

Joao llegó en un taxi y al verla de lejos, sintió que mariposas aleteaban dentro de su pecho, confirmando que haber ido a verla, era lo correcto.

—¿Podemos hablar? —dijo él, después de un saludo y un beso.

—Hablar, ¿de qué?

—¿Qué tal si comenzamos por lo que pasó en el bosque?

Una ceja de Dalia se alzó un poco.

—He tenido mucho tiempo para pensar. Es que, para mí, fue tanto un honor como un pecado, ser tu primer hombre. En un bosque…

—¡Dale otra vez con eso! Pecado, ¿ante los ojos de quién, Joao?

—Yo sé que suena raro. Brasil es un país muy abierto con eso, pero yo no lo soy. Quiero que sepas que me siento atado a ti y no solo sentimentalmente, sino también moralmente. Entonces, sucedió eso de los calderos., no sé, creo que estoy dudando…

Dalia lo miraba y no veía más que un hombre escondido detrás de su propia montaña. Joao hablaba de sus miedos a Dios, de sus miedos a las cubanas, de sus miedos a no estar sintiendo lo correcto. Típico hombre que jamás lo ha perdido todo y se aterra ante la idea de perder algo.

—Pero así todo, quiero regalarte un anillo.

—¿Un anillo?

—Sí, es una promesa. Para que me seas fiel.

—¿Fiel? Para eso no hace falta anillo. Yo te doy mi palabra.

Joao bajó una rodilla a las filosas rocas de la playita y con el mar como testigo, puso el regalo en un dedo de Dalia. Le besó la mano y los labios.

Dalia sugirió regresar al bosque de La Habana. La Habana, sucia, sonreía al verlos pasar y ella lo guiaba al bosque, convencida de que volverían a pecar. Por aquel trigueñazo, valía la pena ir al infierno. Además, si el diablo de veras ganaba la batalla, como decían los santos, era preciso disfrutar cada paraíso que surgía por el camino.

Después de una buena sesión de pecados entre las flores, ella pidió terminar la cita pues no quería estar mucho rato lejos de su abuela. Entrando a casa, Rosa no tardó en preguntar de dónde había sacado aquel anillo.

—¿Viste que bonito? Dice Joao que es para la fidelidad. O algo de eso.

—Sí. Se llaman "anillos de promesa". Antes se estilaba mucho darlos.

—Pues yo ni idea que era, pero me quedaba lindo, así que me lo enganché.

Rosa sabía la fortuna que su nieta llevaba en el dedo. Dalia no.

En eso escucharon unos pasos que entraban veloces por el pasillo. Era Pedro, que se acababa de enterar de lo de Rosa. "Chico, dónde tú te metes cuando uno más te necesita?, preguntó Dalia al verlo. Pedro, le explicó que últimamente no dormía en casa. Algo que Dalia y Rosa comprendieron como: "Después del trabajo me estoy quedando con otra novia".

—Pero ¿qué fue lo que pasó? ¿Quién puede haberte delatado, mi vieja? —preguntó él.

—No sé, mi hijo. Mis santos dicen que el enemigo siente celos. ¿No habrá sido Justina?

—No, abuela. Ella ahora toma pastillas y va a psicoterapia. Está calmada.

—Ay, yo no sé. Es que loco de un día es loco para siempre. Y ahora tú ni si quiera duermes en la casa. ¡Yo no entiendo como tú volviste con una mujer que te quiso prender candela!

—Yo no volví. A ella le dieron el alta en Mazorra y regresó sola.

—¡Ufff! Esa mujer no te conviene.

—Es curioso que diga eso, Rosa. Mi madre siempre me decía: "Mujer a la que esa buganvilla haga sangrar, no sirve". Y Justina se pasa la vida enredada con esas matas.

—¡Inteligente, esa santa!

—. ¡Las veces que me ha amenazado con arrancar las buganvillas!

—¿Y entonces, hijo? ¿Qué más señales quieres?

—Yo lo sé. Si ya yo andaba saliendo con otra muchacha…

—Y a esta nueva, ¿la han arañado las buganvillas?

—Ah, más veces que a Justina.

Mientras más Rosa lo regañaba, con más ganas Dalia sacudía su cabeza.

—A ver, Pedro, con los hombres pasa como con las abejas. Ustedes se la pasan entretenidos con la abejita que anda volando por allá afuera: la fácil, la del bar, la de la fiesta. Pero la reina siempre está en el panal. Para encontrar una buena mujer tienes que obviar a las evidentes —le aconsejó Rosa.

—¡Ay, mi abuela! ¡Linda su teoría! Pero yo creo que aquí en Cuba ya no hay panales.

—En alguna casa de esta ciudad tiene que haber una muchacha buena.

Al final, Pedro nunca se enteró quien había incriminado a Rosa y tampoco convenció a la abuela de que no había sido Justina quien lo había hecho. Antes de irse, la abrazó y le pidió que cualquier cosa rara que pasara en la casa, que por favor lo llamara. La noche transcurrió tranquila, a puertas cerrada. Y al día siguiente, en cuanto la luz del día se lo permitió, Dalia echó dos mudas de ropas en una bolsa y le avisó a Rosa que regresaba en tres días.

—Pero, ¿qué es eso? ¿a dónde tú vas? —preguntó Rosa.

—Al hotel con Joao. Me da miedo seguir paseándome con él por toda La Habana.

—Ay mi Virgencita de la Caridad, ¡pero esa idea es la peor de todas! Los hoteles están repletos de policías.

Rosa se quedó en la casa rezando. Dalia salió con un paso armónico y seguro, sintiendo que el enemigo ganaba solo si ella lo dejaba. Ella iba a afincar la relación con el brasileño y contradecir a todos los santos. Temía que, de no hacerlo, su destino iba a ser, para siempre, la casa de Waldo. Su paso aminoró un tanto cuando vio a Pedro, sentado en su moto, charlando con su amiga Mila.

—Mermelada, ¿Qué tú haces por aquí? —voceó él.

—Eso mismo te pregunto yo a ti —respondió ella, acercando su mejilla para darle un beso.

—¿Pedro? —intervino Mila—. Él vino a contarme que estaba en proceso de echar a su mujer a la calle para que yo vaya a vivir a su casa. ¿Qué tú crees de eso? ¿Le creo o no le creo?

—Yo no sé. Lo que importa es lo que creas tú —dijo Dalia, disimulando su desconcierto.

—Ay, ¿te imaginas a esta mami en la casa de las buganvillas con este "mulatón" precioso? ¡El sueño de todas las chicas de este barrio!

Dalia en vez de responder, optó por despedirse.

—Y tú, ¿a dónde vas, Mermelada? —preguntó Pedro.

—¿Yo? A jinetear.

—¡Regia! —exclamó Mila.

La respuesta de Dalia dejó a Pedro sin chistes. Al ver que su amiga iba rumbo a las avenidas por donde paseaban los turistas, dejó a Mila haciendo planes de señora y arrancó la moto para alcanzar a su vecina.

—¡A jinetear! Defíneme eso, porque en mi diccionario al lado de esa palabra dice "prostituta" —dijo Pedro.

—Ay, mira qué raro, porque en el mío dice "conseguir un yuma para irse".

—¡Qué yuma ni qué yuma, muchacha! Dale para tu casa —gritó Pedro, halando a Dalia para que se montara en su moto.

—¡Suéltame! Que aquí todos tomamos malas decisiones.

—¿A ti qué te pasa? ¿Por qué me dices eso?

—¡Por tramposo! Justina ahí en tu casa y tú dándole falsas esperanzas a Mila.

—Nada de falsas esperanzas. Justina trató de achicharrarme. Y quiero ver si funciona con Mila.

—¿Cómo va a funcionar? Esa niña anda con mil extranjeros. Capaz que te pegue el SIDA ese que andan trayendo los turistas a la isla.—Mira quién habla, la que va en busca de uno…

—Al menos yo lo necesito. Tú no, tú juegas con los demás por gusto.

—Pero, ¿por qué tan ácida? ¿Qué yo te he hecho, chica?

—No es lo que me has hecho. Es lo que no me has hecho,

Pedro. Yo te he buscado mucho en estos días, pero cuando yo te necesito, tú andas detrás de alguna falda. Ayer mismo, fuiste a ver a mi abuela y a mí ni me preguntaste cómo estoy, cómo me siento yo con todo esto. ¿Cómo pretendes dar amor a dos mujeres, si no sabes ni cómo tratar a una amiga?

Dalia se dio vuelta y dejó a su vecino en la moto, gritando: "Regresa, Dalia. Dime cómo te sientes". Ella no se detuvo, pero tuvo que reírse de lo irreal que sonaban las preguntas de su amigo.

Ese día, Joao esperaba por ella en la Playita 16, con una flor y una sonrisa.

—¿Qué quieres hacer hoy? —preguntó él.

—Quiero ir a tu hotel y no salir de tu habitación hasta que te vayas de Cuba.

—Pero tú dijiste que a las cubanas no las dejan entrar a los hoteles, ¿entendí mal?

—No. Pero si le pagas a un custodio para que él me entre escondida, no debe haber problemas.

Joao titubeó. Lo que Dalia proponía era soborno, uno de los tantos delitos que él jamás había cometido. Aceptó convencido de que debía decir que "no". Para su sorpresa, al llegar a la garita trasera del Comodoro, el custodio le hizo la oferta a él: "Oye amigo, si quieres tabaco, ron, entrar a alguna putica, lo que sea, vienes a verme". Para entrar a Dalia, lo único que Joao tuvo que negociar fue el precio. Por diez dólares al día, el custodio le aseguró que ni la camarera de limpieza lo molestaría. Ya con Dalia dentro de sus cuatro paredes, Joao pecó a gusto hasta que llegó el día de irse de Cuba. Él prometió escribirle y ella no olvidarlo. "Este viaje confirmó mi idolatría", dijo él antes de montarse en el taxi que lo llevaría al aeropuerto.

Dalia regresó a casa con la palabra "idolatría" estremeciéndole los huesos. ¿Sería aquello el famoso "pan de la vida"? ¿Sería Joao la solución de sus tragedias? Llegó a casa con la ilusión que infunden los buenos amores. Al medio día, en el noticiero en vez de huracanes pronosticaban crisis y miserias. Hablaban de una racha económica funesta y de envíos de petróleo crudo pactados con la Unión Soviética, que ya no se recibirían. Transmitían una y otra vez el pasaje de un discurso de Fidel Castro diciendo: "*...y si nos despertáramos con la noticia que la URSS se desintegró, cosa que esperamos que no ocurra jamás, aún en esas circunstancias, Cuba y la revolución cubana seguirían luchando y seguiríamos resistiendo*".

En menos de una hora, la palabra "idolatría" dejó de definir los ánimos de Dalia y "resistir" se convirtió en el lema del día.

Ella miraba la piedra del anillo que Joao le regaló. El diamante destellaba con viveza ante los rayos del sol que entraban por la ventana, pero el recuerdo del hombre se desvanecía, como si hiciera años que él hubiese estado en La Habana.

Hamburguesas de plátano

El hambre llevó a Dalia a la cocina. Rosa parecía en medio de una incertidumbre peor que la de Fidel Castro. Ella picaba algo sobre la meseta y en voz baja protestaba: "Si se va la luz, no tengo cómo batir la mermelada. Si se va el gas no puedo cocinar la pulpa. Si no cocino la pulpa, se me echa a perder porque no hay electricidad para guardarla. Si se echa a perder, no tengo azúcar para hacer más mermelada mañana. Y ahora si no hay petróleo, los guajiros[61] no podrán traer guayabas".

Dalia se había enfocado en los trocitos verde–amarillos que su abuela picoteaba. Ella veía que ante el aire se tornaban prietos y no lograba discernir si eran de origen animal, vegetal o plástico. Empinó la nariz hacia ellos, pero el olor tampoco le dijo. Le preguntó a su abuela de qué eran, pero Rosa les echó sal y los embadurnó de una mezcla de limón con ajo, pretendiendo que no oía. Dalia repitió su pregunta.

—Ya, niña. ¿Tú no tienes otra cosa que hacer que molestar en la cocina? —protestó Rosa.

—Pero, ¿qué rayos es eso que tú picas?

—¡Cáscara de plátano!

—¿Cómo que cáscara de plátano? ¿Para qué? —preguntó Dalia.

—¡Buenísimo para la salud que es! ¿Tú no sabes que en la cáscara de todas las frutas están todas las vitaminas?

—¿Vitaminas? Pero, ¿qué vas a hacer con eso? ¿Fortificar la mermelada?

[61] Gente del campo.

—¿Qué mermelada? Estoy haciendo hamburguesas para vender.

—¿Para vender? ¿Te volviste loca?

—¿Qué voy a hacer? ¡Sin guayabas, no puedo hacer mermelada!

—¡Exacto! Y sin carne, no puedes hacer hamburguesas.

Rosa machucaba los trocitos, según ella, para convertirlos en una pasta que en consistencia pareciera carne.

A Dalia se le quitó el hambre. Sentía fieros deseos de gritar y no quería que su abuela recibiera esos gritos. Salió a caminar. Iba sin rumbo, pero buscaba algo. Quizás un trabajo. Algo que reportara unos quilitos[62] para que su abuela olvidara aquella terrible idea de vender hamburguesas de cascara de plátano. En Buena Vista había luz, pero no se oía un radio. Quizás con eso de la crisis, todos en el barrio exploraban nuevos modos de sustento. Olía a incertidumbre general. Y de ninguna de las sucias esquinas del barrio emanaba una idea. Hasta que frente a una vieja mansión de amplios y suntuosos ventanales, vio un cartel inmenso que decía: "Hágase estilista en diez días". Fue así que la genial idea de hacerse peluquera le vino a la mente. En dos saltos subió una escalerita que la llevó a la puerta, pero no tocó pues había una nota que decía: "Perdiste el viaje. Trabajamos hasta el mediodía".

Dalia regresó a casa con un ápice de esperanza, pero entrando a su cuadra, lo poco de buen ánimo que traía se le agrió al instante. Pedro y Mila se apeaban del Lada de Waldo, justo enfrente de la casa de las buganvillas. Mila entró a la casa con un muñeco de peluche de la altura de ella en una mano y una bolsa gigante en la otra. Pedro bajó dos maletas, pero no entró, sino que esperó a que Dalia llegara para saludarla. Waldo perfirió no tropezar con ella frente a los vecinos. Entró en el Lada a su casa.

—¿Cuán ácida está la Mermelada hoy? —preguntó Pedro estirando el cuello para besarla.

—Déjate de gracia. ¿Qué hace esta chiquita aquí? ¿Y Justina dónde está?

—¡Se ve que no estabas aquí anoche! Esa loca quiso

[62]Diminutivo de quilos. Dinero.

achicharrarme otra vez. ¡Yo creo que ella piensa que la gasolina es perfume!

—Pedro, no juegues con eso. ¿Qué pasó?

—Por suerte, no mucho. Yo había salido con Mila. Justina pasó por tu casa y Rosa le dijo que tú no estabas. Ella pensó que yo andaba contigo. Cuando yo llegué, me formó la Demajagua[63]. Pero esta vez, en cuanto se pasó de loca, llamé a Waldo. Él mismo trajo a la policía. Encontraron un tambucho de combustible al lado de mi cama. Esta vez sí que me iba a quemar como un chicharroncito.

—¿Y se la llevaron?

—Dice Waldo que la volvieron a "hospedar" allá en Mazorra.

Mila venía rumbo a ellos, dando saltos y emitiendo unos saludos casi eléctricos.

—Es que ayer fue el cumpleaños de mi amor —dijo Pedro abrazando a su novia nueva.

—¡Ya somos vecinas! Cuando quieras me llamas por el patio y cruzo a verte —dijo Mila.

—Ay, Mermelada, por poco se me olvida —dijo Pedro— Waldo me comentó que en la estación Justina mencionó a un brasileño que cruzó el muro de tu casa y cayó en la mía. Por suerte, también le contó sobre los arañazos que la buganvilla le hizo en el cuello y sobre la sangre que chorreaba por su camisa. Gracias a esa historia, Waldo la dio por loca, pero ¡anda al hilo[64]!

—Ayayai, ¡qué regia[65]! ¿De veras estás jineteando? —preguntó Mila.

Dalia hizo una mueca.

Ella no tenía que alzar la vista a la planta alta de la casa de Waldo. Algo en sus espaldas le decía que desde allí él la estaba mirando. Llegó a su casa deseando no tener que salir de allí más nunca, pero la primera pregunta que Rosa hizo le dio ganas de mudarse a la luna: "¿Ya

[63]En Demajagua (Cuba, Provincia Granma) se inició la guerra que condujo a la independencia de Cuba de España. La expresión coloquial "formar la Demajagua" indica iniciar conflicto o pleito.
[64]Mantenerse alerta.
[65]Majestuosa, real.

quieres tu hamburguesa?"

Un redondel de cáscara de plátano acabado de freír cayó sobre el pan más tieso que había en toda La Habana. Ella lo mordió y como crujió, sintió deseos inmediatos de escupirlo. Masticó sin respirar. Esa experiencia propició que al día siguiente, mucho antes que la batidora pica piedras la despertara, ella saliera de casa decidida a estudiar algo que reportara algún dinero para la casa.

—Oye, ¿a dónde vas, vestida de maestra de matemáticas? —preguntó Mila, que a esa hora tomaba café en el portal de casa de las buganvillas.

—A un salón de peluquería, ¿por qué?

—¿Peluquería? ¡Pedri! ¡Pedri! Dame dinerito —voceó Mila.

Pedro salió al portal con su taza de café en la mano y le regaló a su novia el primer billete que salió de su bolsillo. Mila le corrió detrás a Dalia que desde el primer "Pedri" había salido andando.

—¿Qué pelado nos hacemos? —preguntó Mila.

—Yo no voy a pelarme.

—¿Y a qué tú vas a una peluquería, chica?

—A hacerme peluquera. Yo no tengo un "Pedri" que me dé dinerito.

—¿Y para qué tu jineteas, mija?

—Yo no salgo con el brasileño por dinero.

—Ay, pero que monga. Si tú tiemplas con un tipo, él tiene que mantenerte. Al final, eso es para lo único que sirven ellos...

—Bueno, por ahora, no me queda de otra que luchar "el dinerito" yo misma.

—Ay, no... ¡qué paseo más aburrido! Tú me caías mejor cuando eras poeta. Mejor regreso a casa, que todavía tengo que desempacar mis maletas y hacerle el amor a mi marido. Además, hoy viene Waldo a almorzar a nuestra casa. Si quieres te invito...

Dalia apresuró tanto el paso que Mila no tuvo otra que darse vuelta y regresar.

En el estudio de peluquería dieron fecha de comienzo, duración y costo del curso a todas las aprendices. De regreso a su casa, vio que Mila se daba sillón en el portal de Pedro. Disimuló no haberla visto, pero la vecina volvió a llamarla: "Ven acá niña, que tengo una idea genial". Dudando lo de "genial", Dalia regresó a hablar con ella.

—Mira, me quedé pensando en eso del "dinerito". ¡Yo tengo un punto que paga por "tortilla"!

—Traduce, por favor.

—Un punto es un yuma. Tortilla es cuchi-cuchi[66] entre mujeres.

—Y la parte genial de tu idea, ¿cuál es? —preguntó Dalia, cruzando sus brazos.

—Bueno, a mí me han dicho que tú le das a los dos bandos[67]... Y aunque a mí me gustan los papis, por una preciosura como tú puedo sacrificarme.

El rostro de Dalia expresaba más disgusto que lo que su voz jamás podría. Mila aprovechó el perplejo silencio de su amiga para precisar: "El yuma es alemán. No está bueno, pero paga bien".

Pedro, que había escuchado aquello desde la sala de su casa, salió como un torbellino al portal a asegurarle a su novia que Dalia no era "de esas".

—¿De esas? ¿Te atreves? Entonces yo puedo jinetear, pero ella no —dijo Mila, deteniendo en seco su sillón.

—China, tú jineteas porque quieres, no por necesidad.

—Sí, pero cuando te dije que iba a hacerlo, ni chistaste. Y si Dalia da el culito a un yuma, eso sí es problema.

Ante tales dosis de arrebato, Dalia salió de allí dándole un tirón a la reja. Al llegar a su cuarto y caer en la cama, supo que entre Mila y Justina, la única diferencia era que una tenía el pelo lacio y la otra, hecho crespitos.

Dalia se tapó los oídos por un rato, deseando que fueran las diez de la noche para que los alaridos de Nocturno opacaran las idioteces

66. Tener sexo.

67. Tener relaciones íntimas con hombres y con mujeres.

que se decían sus vecinos. La mayor desilusión de todas fue que, al destaparse los oídos, la cama de Pedro ya chirriaba y Mila pedía fuego.

Nada de eso se sintió tan obstinante como escuchar la voz de Waldo almorzando con ellos, al mediodía.

Aunque de voleibolista no le fue bien, Dalia esperaba que de peluquera le fuera de maravilla. Un gran porciento de la gente del barrio tenía pelo y en algún momento de la vida, necesitarían un cortesito. El primer día del curso se sintió como el comienzo de una nueva etapa de vida.

Para el desayuno había Cerelac[68]. Una leche que, según su abuela, venía de las plantas, no de las vacas y que en cuanto caía en el estómago, llenaba como si la hubiesen ligado con cemento. Con tales pesadeces, Dalia salió de casa. Pero llegando a la punta del pasillo vio que Waldo salía en el Lada, acompañado de una mujer. Su esposa. Primera vez que Dalia lo veía salir con ella. Quizás por eso, llegó al curso de peluquería de buen ánimo.

Los suntuosos ventanales del salón parecían haber sido apedreados por un batallón de niños. Allá adentro, todas las aspirantes a estilista protestaban porque a la silla a la que no le faltaba una pata, le faltaba el espaldar. La instructora puso fin a la algarabía, recordándoles que pasar horas de pie era obligatorio en ese oficio. Todas se recostaron a la pared.

La señora que quedó al lado de Dalia aparentaba ser del doble de la edad de ella, pero los rayitos dorados en su pelo le daban aires muy joviales. Sus ojos, tan oscuros como el castaño de su pelo, no disimulaban lo cansados.

—¡Qué coincidencia, vecina! —le dijo la señora.

—¿Vecina? Ay, disculpe. ¿Usted y yo somos nos conocemos?

—¿Tú no eres la famosa Chica Mermelada?

[68]Leche de soya, popular durante la crisis de los años noventa en Cuba.

—Eso dicen. ¿Y quién es usted?

—Me llamo Felicia. Yo soy la vecina de la casa que queda enfrente a tu pasillo. Yo sé de ti porque mi marido le compra mermelada a Rosa. Que por cierto, se la come toda, lame el plato y a mí no me la deja ni probar.

—Ah, ya sé. ¡Es que nunca la había visto!

—Hace cinco años ya que vivo ahí, pero mi marido no me deja hablar con los vecinos. Y ahora que se hizo responsable de Vigilancia, está más apático todavía.

La señora no se callaba y en la cabeza de Dalia solo pulsaba una pregunta: ¿Qué hacía una mujer tan bella con un tarado como Waldo?

La instructora caminaba con un fino estilo por todo el salón, sujetando una cabeza de muñeca. Hablaba de pelados que tenían nombres europeos, como si de veras existieran tantas maneras diferentes de darle tijeretazos al pelo. Pidió una voluntaria para una demostración y Felicia, de valiente, levantó la mano. Ella llegó a la instructora con un pelo que caía ondulado sobre la espalda y regresó a donde Dalia con un corte que se llamaba "media americana". Un estilo fácil de lograr porque no era más que dejar el pelo más largo de un lado que del otro y luego tirar los largos hacía los cortos.

—¿Qué tú crees? ¿Parezco otra? —preguntó Felicia, meneando con finura su cabeza.

Dalia asintió, con deseos de decir que no. Parecía la misma, pero con menos lujo y con ojos igual de cansados.

El día dos del curso se pareció mucho al primero. La única diferencia fueron las gafas negras con las que Felicia entró a la clase. Cuando la instructora pidió una voluntaria para una demostración, nadie levantó la mano.

—Yo debería ir otra vez —murmuró Felicia.

Dalia sugirió que no lo hiciera.

—Es que a mi marido no le gustó este pelado. Dice que en vez de "media-americana" me hicieron una "medio-idiota". Dice que el pelado tiene un nombre contrarrevolucionario.

—Ave María, ¿qué estupidez? —dijo Dalia, alzando un poco la voz.

Felicia bajó las gafas para mostrar sus ojos. Traía uno negro.

—Ay, ¡¿y eso?! —exclamó Dalia.

Las aprendizas más cercanas voltearon a mirarlas y Felicia enseguida alzó las gafas.

—Llámale a la policía a tu marido —murmuró Dalia.

—Él es la policía.

—¡Pues rómpele un ladrillo en la cabeza!

—Entonces me llama la policía a mí y soy yo la que va presa.

El corazón de Dalia quería salírsele del pecho. Sus ojos miraban a todos con rabia, sobre todos a las chicas que seguían volteándose para que ellas se callaran.

—Y hace unos días me pidió el divorcio —confesó Felicia, antes que las ganas de llorar no la dejaran decir más.

Esa noticia paralizó a Dalia. La instructora dio quince minutos de receso y a Dalia le urgía salir del salón, pero la señora no paraba contar historias de su vida privada.

—Yo no sé qué está pasando, vecina. Quizás lo he dejado de atender como marido. O quizás está entrando en la crisis esa que les da a los hombres a los cincuenta. O quizás conoció a otra…"

Por mucho que Dalia buscó, no encontró con qué alentarla. Le soltó el único consejo que ella se sabía: "No te preocupes, que a veces cuando la vida te quita una cosa, es para darte una mejor".Felicia ni la oyó. "Yo creo que la cosa es con Vilma", le dijo.

Cuando la clase recomenzó y la señora no tuvo otra que atender a la instructora, Dalia voló a la calle. La palabra divorcio había desatado en ella un volcán de culpas. Ella atravesaba el barrio sujetando dos tijeras con deseos de enterrárselas a algo. Por mucho que trataba de no conectar la desdicha de Felicia con las falsas promesas que ella le había hecho a Waldo, todo apuntaba a causa y efecto entre esos dos eventos.

Un rubio salió del portal de un edificio a la acera y le preguntó:

"¿estás bien?". Su cabeza iba tan embaucada en conjeturas que ella no hallaba respuesta a esa pregunta.

—Es que llevas esas tijeras como si fueran puñales —dijo el muchacho.

—¡Y ojalá que lo fueran!

—Finges valentía, pero a tus ojos no les cabe una gota de miedo más.

Al escuchar eso, un flaco que había sentado en el portal del edificio voceó: "¡Coñó! Este tipo es hasta poeta".

Fue ahí que Dalia cayó en cuenta quienes eran los muchachos. Ese era el flaco que hacía un tiempo le había corrido detrás para olerle el pelo. El rubio hizo seña para que su amigo se callara y mirando a Dalia, dijo: "No le hagas caso. Si quieres, te acompaño…"

Ella salió disparada en dirección opuesta a ellos. La idea de ir hablar con Waldo parecía terrible pero necesaria. Parada frente a la reja de casa del temible vecino, desistió de la idea y optó por la inmunidad del butacón de su sala.

En el altar de su abuela había santos nuevos y un búcaro de flores blancas. La casa olía a funeraria. "De aquí no salgo más nunca", le dijo a los santos, justo cuando Rosa entraba a la casa.

—Acabo de vender mis primeras hamburguesas —exclamó la viejita.

—¿A quién?

—Al loco–sordo. Dice que de no haberle dicho que eran de plátano, él hubiese apostado a que eran de res.

—Pues claro, si aquí nadie se acuerda a lo que sabe eso. Puedes moler tu zapato y hacerlo hamburguesa, que la gente te cree que es carne de res.

Esa corta charla le recordó a Dalia cuán importante era regresar al curso de peluquera al día siguiente.

Felicia nunca se ofendió por la lejanía que Dalia mantenía en la clase. Al contrario, hasta la entendió. Sin apenas conocerla, ella le había contado sus más íntimas tragedias a la muchacha. A cada rato Felicia la miraba. Algo en Dalia inspiraba paz y confianza. Ella la creía todo lo opuesto a como su marido la describía. Había veces que en sus insólitos ataques, Waldo la llamaba "la escoria de allá enfrente", "la vaga lesbiana", "la nieta de su abuela". Y en todos los reportes de Vigilancia, por alguna razón, salía a relucir el nombre de aquella chica.

El último día del curso, cuando todas las estudiantes salieron del salón con sus certificados de estilistas profesionales, Felicia fue a despedirse de su vecina.

—Discúlpame por lo del otro día.

—Para nada. No hay problema. Espero que tu relación vaya mejorando.

—Por ahora está todo en pausa. Con moretones en los ojos, ningún hombre se atreve a llevarte ante un juez.

—Ay, ¡qué bueno! Espero que recapacite.

—Yo también. Y si las cosas se normalizan en mi vida, quiero habilitar un salón de peluquería en la casa. Es un lugar muy bonito, con vista a mi orquideario y a una fuente de agua que cae sobre una poceta llena de carpas chinas. Lo construí yo. Es bello. Si no tienes otros planes, puedes trabajar allí conmigo. Juntas atraeremos muchos clientes y nos irá de maravilla. Y si no llegan clientes, podemos tomar té chino que sabe mejor que té corriente. Podemos hacernos amigas. Yo no conozco a nadie en Buena Vista.

Dalia quería responder: "¡Ni que estuviera loca!". Pero como hilos de bondad entretejían las palabras de Felicia, simplemente respondió:

—Gracias, lo tendré en cuenta, pero es que ya tengo otra idea para mi negocito como peluquera.

—Ah, ¿sí? ¿Cuál es esa idea?

Dalia se rascó la cabeza y tuvo que inventar algo que sonara coherente: "Yo estaba pensando… algo así como... una peluquera ambulante. Yo tengo una filarmónica. Voy a salir a la calle con ella, anunciando mis servicios. Así como hacen los vendedores de escobas, ¿tú sabes?"

Felicia asintió con su cabeza, sonrió y le deseó suerte.

A la mañana siguiente, en cuanto se fue la luz, Dalia se puso un short viejo, con bolsillos traseros medio descosidos, geniales para colgar las tijeras y salió al barrio a ejecutar su improvisado plan de negocios. A fin de cuentas, era el único que tenía.

Pasó días tocando filarmónica por el barrio, tratando de conseguir clientes. Las notas musicales atraían algunas miradas, pero sus ofertas no atraían gente. Las tardes de mayo azotaban con un sol que calentaba con su termostato al máximo. Ya a eso de las tres de la tarde sus chancletas ardían bajo la planta de sus pies.

Un día, el cansancio la tiró en un contén, justo en frente del edificio de tres pisos donde vivía el rubio de los rizos.

—Cuando escuché tu filarmónica, bajé —le dijo el joven que, por la falta de aire, se notaba que había volado escaleras abajo.

—¿Tú serás un fantasma, chico? Te apareces por todos lados.

—No. Pero parece que hay un fantasma que siempre te trae a esta cuadra. Dime, ¿qué tú vendes?

—Busco a quien pelar. A hombres por diez pesos y a mujeres por veinte. Llevo casi un mes en esto y ya no me queda voz con qué gritar.

—¡Mira eso! Y yo que daría cuarenta por que tú me pelaras, si los tuviera.

Asumiéndolo como un halago, Dalia le regaló una media sonrisa al rubio. Algo que el muchacho tomó como un ápice de aceptación, viniendo de una chica a la que todos en el barrio daban por inalcanzable. Se sentó en el contén, a un metro de ella y le preguntó: "Y entonces, ¿cómo puede hacerse uno amigo de la Chica Mermelada?"

Dalia se levantó sin responder y se fue sin decir adiós. No quería amigos. Eso es lo que los hombres pedían antes que todo pasara a idolatría y luego a decepción. "El pan de la vida" para ella, siempre resultaba ser un pan con drama.

Waldo no paraba de acosarla. Joao, que hacía casi dos meses que se había ido a Brasil, no había vuelto a escribir. Dalia miró a su anillo, que brillaba ante el sol como si la promesa del brasileño hubiese sido verdadera y sintió ganas de llorar. Entrando a su cuadra, su amigo Pedro llegaba en su moto y al verla gritó:

—Mermelada, ¡estás más perdida que la papa!

—Y tú, con esos chistes, estás cada vez más pesado que el Cerelac —respondió ella.

—¡Ufff! Veo que tienes la aspirina a punto…

Ella siguió de largo como deseando llegar a su butacón.

—No, de verdad, chica. He pasado por tu casa a verte pila de veces. Rosa me dijo que andabas trabajando de no sé qué…

—De peluquera.

—Bueno, por lo menos práctica tienes. Llevas años pelando guayaba.

Por la mueca que hizo Dalia, Pedro dedujo que ese chiste tampoco le hizo gracia a su amiga.

—¿A cuántos pelaste hoy? —preguntó él.

Dalia respondió haciendo un cero con dos dedos. Ella supuso que Pedro respondería con otro de sus chistes, pero esa respuesta le dio idea a Pedro de lo mal que su amiga se debía sentir.

—¿Y por qué peluquera, Mermelada?

—Yo pensé que como pelo es algo que casi todo el mundo tiene, ser peluquera sería un buen negocio.

—Sí, ¿pero tú alguna vez viste a un hambriento, pelado bonito? Ese negocio en tiempos malos no camina.

—¿Y qué es lo que camina aquí, Pedro?

—El turismo, Dalia. Mira, haz un curso de guía turística, de traductora, de carpetera de un hotel…

—Ay, Pedro, si a mí los turistas me caen mal. Además, todos vienen diciendo que les encanta Cuba y lo que vienen es a usarla.

—¿Qué tal de cocinera?

—¡Le estás pidiendo a la jicotea[69] que vuele! Yo no sé cocinar.

—Ay, Mermelada, opciones hay…

—Bueno, ¡¿dime cuáles?! —dijo Dalia cruzando los brazos—. Porque mi abuela ahorita, o cae presa o termina en Mazorra. ¡Ahí está haciendo hamburguesas de cáscara de plátano, por si quieres venir a almorzar con nosotras!

Dalia se dio vuelta y dejó a Pedro dando ideas y alientos que ella no quería oír. Llegó a casa sin gota de azúcar en la sangre. En la mesa un plato tapaba una hamburguesa acabada de hacer. Así todo, Rosa preguntó: "¿Quieres que te la vuelva a pasar por la manteca?" Dalia supuso que no era por lo fría, sino por lo tiesa. De todos modos, dijo que no. "¡Si le echas bastante kétchup, ni te enteras de que es plátano!", sugirió la abuela. Dalia no respondió.

Después de comer, se tapó las ampollas en sus pies con unas gazas y salió a buscar clientes a quien pelar. Ya el sol se iba y a sus pulmones no les quedaba aire para soplar la filarmónica. Justo en ese instante, alguien mostró interés en sus servicios. Pero no era un cliente, era Waldo que regresaba de su trabajo y entrando al barrio la vio en acción.

—¿Qué rayos tú haces dando esos chillidos por el barrio? —preguntó él, bajándose del Lada.

—¿Y qué rayos haces tú aquí parado metiéndote conmigo?

—Más te vale que no me estés evitando. Llevo un mes buscándote y tú nunca estas. Dice Rosa que te hiciste peluquera. ¿Qué estupidez es esa?

—Es una forma honesta de ganarse la vida.

69. Tortuga.

—¿Trabajando por cuenta propia? ¿Sin permisos legales? ¿Tú no sabes que eso está prohibido? Tú eres la mujer de un General. ¿Qué es lo que necesitas? ¿Dinero? —gritó Waldo, tirando un bulto de billetes a la cara de Dalia.

Los ojos de ella más grandes no pudieron abrirse. En la expresión de ella, él leía un desentendimiento total con aquel plan que ellos habían hecho.

—Yo virando cielo y tierra al revés. De abogados, de cortes, de papeleo. Todo para cumplir tu deseo…

—¿Mi deseo? ¿Cuál deseo?

—Tu promesa. Tu palabra. Nuestro trato. Como quieras llamarle. Más te vale que sepas de lo que estoy hablando.

La voz de Waldo nunca flaqueó, pero las rodillas de Dalia temblaban. La mano con que la agarró, sudaba. "Olvídate de mí, Waldo", pidió ella, liberando su brazo del engrampe.

Para Waldo, el castillo de su plan B se vino abajo en ese instante. Uno por uno, recogió los billetes del suelo y con los escombros que dejó el encuentro, se montó en el Lada. Quemó gomas saliendo de aquella esquina y llegó a donde sus pizarras, desquiciado. Pasó horas frente a la que decía "plan C", trazando flechas que nunca se alineaban para formar un plan que funcionara.

Rosa cocinaba trocitos de algo cuyo olor no era a fruta ni a vegetal. Y en cuanto Dalia entró a su casa, ese aroma la sedujo a la cocina. Si su nariz no la engañaba era carne de puerco. De momento, pensó que alucinaba. Pero cuando comprobó que estaba en lo cierto, un engendro de genios, ligados con hambre, explotó dentro de ella. En su desvarío, ella juraba que la olorosa limosna venía de Waldo. Sus orejas, tan rojas como su sangre, no escuchaban nada y sin siquiera desearlo, le gritó a su abuela:

—¿Quién te dio eso?

Del susto, la espumadera de Rosa por poco vuela al techo.

—¡¿Quién?! ¿Quién te lo dio? —gritó Dalia, aún más alto.

Ella creyó que el perplejo silencio de la viejita confirmaba que el donante de la carne había sido Waldo. Eso desató un trance de histeria que ni ella misma podía detener. Gritaba "¿quién te lo dio?" a todo lo que daba su voz, pero no permitía espacio para que Rosa respondiera.

Pedro, que por primera vez escuchaba a Dalia en tal estado, saltó por el muro del patio y se coló en el cuarto de ella: "¡Fui yo! ¡Fui yo quien se lo dio!", repitió él hasta que Dalia por fin lo oyó.

—¡Mentira! ¿Por qué todo el mundo miente? —gritó ella, tapándose los oídos.

—¿De qué tú hablas, Dalia? ¿Cuándo yo te he mentido? Me robé esa carne del hotel. La traje para ustedes, que llevan meses comiendo hamburguesas de cosas raras.

—¡Todo es mentira! —decía ella desquiciada.

Repitiendo eso dejó caer su cuerpo entre los abiertos brazos de Pedro, como niña que acaba de golpearse la cabeza y busca consuelo en un padre.

—¿Qué te pasa a ti últimamente, Mermelada? ¿Dónde está mi amiga risueña? La que le da lo mismo nadando que remando. La voleibolista. La dueña de la cancha… —preguntó Pedro, dando golpecitos en la espalda de ella.

El peso de esa escena aventó a Rosa a la sala donde una hilera de santos la miraban tan azorados como ella a ellos. "Kabiosile Changó, entrando diciembre te daré un tambor[70] para que entres a esta casa y que mis deseos se escuchen en el cielo, tan claros como las señales que hace rato me vienes dando", dijo Rosa haciendo cruces ante su torso.

—Dalia, ¿y qué fue del brasileño? —preguntó Pedro que bien sabía que en esos tiempos la salvación era encontrarse un turista con quien irse del país.

[70] Toque de santo. Ceremonia que se otorga a un santo, a base de tambores.

—Vino, dijo que me quería y más nunca ni escribió.

—¡Pues entiérralo y siembra otro! Extranjeros sobran.

—Da igual. Todos vienen a este paraíso a vacilar.

—Eso sí. Hay que verlos en La Marina. Comen como reyes y regresan a sus países sin siquiera saber que en Cuba hay Periodo Especial. Porque aquí siempre andan en plan "ajustador de teta", apretando a los de adentro y engañando a los de afuera.

Dalia cayó sentada en su cama, con los codos sobre las rodillas y sus manos sujetando su fallida frente.

—Pero no te desanimes, Mermelada, que algo siempre se resuelve. Mira, ¿no te has enterado del negocito nuevo que anda de moda?

Los ojazos de ella concedieron atención a Pedro.

—La jugada es casarse con un cubano.

—¿Con un cubano? ¡Ah, claro! Porque con dos que pidan limosna, se llena más rápido la latica.

—Oye, ¡tú siempre contra el tráfico! Atiéndeme. Aquí, cuando dos cubanos se casan, el Gobierno les da acceso a cinco cajas de cerveza. Y se las venden a 25 pesos cada caja. Pero ahora que la cerveza anda más perdida que chicharrón en tamales, la gente está pagando hasta 200 pesos por una caja. Cinco cajas se te convierten en mil pesos, Mermelada.

Dalia calculaba cuántos litros de mermelada debía vender Rosa o cuantas cabezas ella debía pelar para generar esa suma. Cien litros o cien cabezas.

—El amigo mío del Moskvitch verde me pasó la bola[71]. Como él es un "borrachín", él mismo te lleva al punto de venta y te compra las cinco cajas de cerveza al palo[72]. Además, dice que dan derecho a un hospedaje en un hotel por cinco noches, lo cual se vende hasta 200 pesos la noche. Y de ahí sacas mil pesos más.

[71] Dar un aviso.
[72] De un golpe, de súbito.

—Ay, Pedro, ¿quién va a comprar hoteles y cervezas, con la escasez de comida que hay?

—Mermelada, el hambre da estrés. Y lo único que cura eso es tomar, bailar y templar. La gente ya está que compra ron en vez de comida.

Si la idea de Pedro no era otro de sus chistes, dos mil pesos servirían para que Rosa no tuviera que hacer mermelada por unos meses.

—Ah, y entonces, en Fin de Siglo[73] dan una toalla o una sábana por pareja, por una casillita de la libreta[74]. Y no sé la toalla, pero la sábana te vendría muy bien porque la tuya tiene más huecos que el queso mozzarella —añadió Pedro, finalmente haciendo sonreír a Dalia.

En la casa de al lado, Mila estimaba que la charla entre su novio y Dalia ya había pasado del "momentico" que él había pedido. "Papi, ya es hora de que vengas", lo llamó Mila con voz dulzona.

—¡Me voy! Que esta china no prende candela, pero es medio ninja y enseguida saca los kendos[75] —dijo Pedro, plantándole un beso en la mejilla a su amiga.

Dalia quiso pedirle a Pedro que se quedara. Quizás con más tiempo y menos nervios, ella podía llenarse de valor para contarle lo que acontecía con Waldo. Pero Mila volvió a llamarlo y dos pestañazos después, ya su amigo había brincado el muro del patio.

Rosa se daba una ducha y Nocturno se desgañitaba, cuando alguien tocó la puerta de su casa. Era Waldo que acababa de recibir una llamada de su abogado y quería hablar con Dalia. Lo de la división de bienes para el divorcio ya estaban listo y con la separación, a Felicia no le tocaría ni un ladrillo de la casa. Como el Lada era del Gobierno, lo único que él tenía que darle a su mujer después del divorcio, sería un estipendio mensual para el hijo.

Aferrado a la ilusión de que aquel viejo plan B no había fracasado, fue a proponerle a su vecina llevarla a vivir con él a su mansión, enseguida que Felicia se fuera. Pero nadie abrió la puerta.

[73]Famosa tienda de La Habana.

[74]Libreta de Abastecimiento, para racionalizar venta de productos.

[75]De las películas de Bruce Lee. "Nunchaku" o arma de entrenamiento en artes marciales.

Waldo regresó a su despacho destrozado. Abrió una botella de Whiskey y después de unos tragos, lo borró todo de la pizarra que decía "plan C" y pintó una D roja con velos blancos. De ella, salía una flecha hacia un dibujo de un bebé. Si él lograra engendrar un hijo en el vientre de Dalia, resultaría más fácil convencerla a ir a vivir con él a esa casa. Pero, ¿cómo lograrlo?

Los tragos generaban estrategias descabelladas y carentes de toda coherencia: "raptándola, drogándola, violándola", decían las flechas. Repitiendo ese proceso varias veces tenía que resultar en embarazo. Un plan que bajo los efectos del Whiskey sonó del todo ejecutable.

Boda por cervezas

En el cuarto de Dalia, la luz de una vela se movía con calma sobre las paredes. Un viento de lluvia que se colaba por las hendijas de las ventanas quería apagarlas. En la mente de ella deambulaba la palabra matrimonio.

—¡Qué extraño que un hombre te regale un anillo como ese y luego se desentienda de esa forma! —dijo Rosa, antes de dormirse.

—Lo único que sé de los hombres que conozco es que no los conozco —respondió ella.

La noche le dejó restos de su lluvia a la mañana. Dalia, salió temprano. No a buscar cliente a quien pelar, sino a buscar candidato con quién casarse. Y aquel fantasma que siempre la llevaba al rubio de los rizos, ese día la empujaba hacia el edificio con la fuerza de todos sus músculos. Ella quería proponerle el negocio de la boda para vender las cervezas. En cuanto el muchacho abriera la puerta, ella le iba preguntar: "¿Te quieres casar conmigo?"

Ya frente al edificio, Dalia no sabía en cuál de los tres pisos viviría el rubio. Justo en ese instante, un trueno retumbó en el cielo. Ella dio un salto y casi por instinto, gritó: "Ay, ¡Changó!". De pronto escuchó una risa burlona que la asustó mucho más que el trueno. Al fijarse bien, había un hombre desparramado en la penumbrosa entrada del edificio, alzando una botella de ron. Era el flaco que siempre andaba con el rubio. "Mira quién está aquí. La Guayabita", dijo él, muerto de risa. La entrada olía a orine puro. Ella buscaba una manera de pasarle por al lado para entrar al edificio.

—Ven; siéntate aquí, "para olerte mejor", —dijo el flaco, dando palmadas sobre el charco de orine que había en el piso.

—Yo vengo a ver a… ¿Cómo se llama él? ¿Sabes de quién te hablo? —preguntó ella.

El flaco se tomó un tiempo para que la pregunta transitara los ríos de alcohol que corrían por las hendiduras de su cerebro y en cuanto pudo, preguntó: "¿A quién? ¿Al niño lindo? ¿Al hermano bueno? ¿Al preferido de papá? ¿Cómo es que se llama mi hermanito, chico?".

Dudando que eso de "hermanito" fuera cierto, ella respondió: "Si, ese mismo."

—¡No está! Él pinta casas para que su hermano coma y tome ron —dijo el flaco.

—¿Dónde vive él?

—En el cuarto piso…

—¡Qué chistoso! Este edificio tiene solo tres pisos.

—Es que él vive en las nubes, en la casa detrás del mar, la de los ladrillos… —decía el flaco, entre pujonas carcajadas.

El trueno trajo lluvia. Dalia se fue corriendo, sintiendo que hasta el clima atentaba contra sus planes de luchar por un sustento. Entrando al pasillo, ella podía oler un aroma a guayaba salcochada. Sonrió al darse cuenta que su abuela había conseguido con qué hacer mermelada. Pero la dicha duró poco. Cuando entró a casa Waldo estaba en la sala.

—Pero ¿qué haces tú tan temprano en la calle, muchachita? —preguntó él.

—¡Ufff! Me voy a dormir —dijo Dalia.

—Aprovecha, que cuando te cases, no hay eso de dormir la mañana.

—Mi niña, necesito que me peles el resto de las guayabas para hacerlas pulpa. —voceó Rosa desde la cocina.

—Mira que saco de bellezas les traje —dijo Waldo— Ya le dije a Rosa que mientras yo exista, ella no tiene tendrá que hacer hamburguesas inventadas.

Allá en el cuarto, Dalia lo trató todo para calmar la histeria que causó ese comentario. Y se tapó los oídos justo cuando Waldo le preguntó a la abuela:

—¿Mi vieja, no le gustaría tener un nietecito?

Agarró dos tijeras y salió corriendo de la casa, así mismo bajo la lluvia. Cruzó parques, saltó muros y cortó caminos a través de platanares. Corrió hasta que sus pulmones quedaron sin aire.

Tal falta de rumbo la llevó a una sección del barrio que ella no conocía, pero por lo despintado apostaba que todavía era Buena Vista. Sus ojos rastreaban la calle con destreza panorámica. Le daba lo mismo encontrar a alguien con quien casarse, que a quien pelar o a quien matar. No llevaba la filarmónica, pero tenía su voz y con ella anunciaba a gritos sus servicios.

Como si en vez de lluvia en el barrio hubiese caído una bomba biológica, nadie respondía. Ella se sorprendió cuando una voz de mujer preguntó: "Eh, ¿qué haces tú por aquí, mi amiga?"

Era Mila, que llevaba un vestido tan negro como su pelo, bajo una sombrilla tan roja como sus labios. Salía de un pasillo y le hacía señas a Dalia para que fuera a donde ella.

—Te ves muy bonita —dijo Dalia.

—Es que mi español está en Cuba.

—Ay Mila, ¿y Pedro?

—Él me da la semana cuando algún yuma viene a ver a su chinita. Yo lo conocí antes de conocerlo a él, así que no se puede poner bravo.

La ceja de Dalia con su mala maña de dispararse al cielo, no pudo disimular el gesto.

—Dalia, enfócate. No porque sea tu amigo él es un ángel. Ya te dije, ¡que lloren ellos!

Dalia que creía a Mila el peor partido para Pedro, la consideró la mitad exacta de la naranja que era su amigo.

—Mira, mi español trae un amigo.

—¿Tú sabes si necesita pelarse?

Mila se reía a carcajadas. "¿Quieres pelar a un yuma?", le preguntaba.

De un carro de lujo que había parqueado a unos metros de ellas salieron dos hombres. Aunque por su cuerpo chorreaba agua, Dalia se metió bajo la sombrilla con Mila. Uno de los hombres le preguntaba a Mila si esa era la amiga preciosa que ella había ido a buscar. Y el otro miraba a Dalia con ojos de quien quiere desnudarla.

"Mira Pascual, esta preciosura es peluquera y quiere pelarte, ¿tú te dejas?", le preguntó Mila al muchacho. Él, que se dejaría hasta colgar por los huevos si aquella chila lo pedía, asintió con la cabeza.

En esos bajones que causan los desesperos, Dalia aceptó montarse en el carro con ellos. Por el camino, Mila propuso ir a un restaurante, pero el short lleno de huecos de Dalia no se prestaba para ir a ningún lugar turístico. Y las tijeras que llevaba en sus bolsillos, mucho menos.

Los españoles estacionaron en el Hotel Habana Libre y con aires de "dueños del lugar" hicieron señas a las chicas para que los siguieran.

—Mila, vamos rumbo a la puerta principal de un hotel, ¡esto es candela! —avisó entre dientes Dalia.

—Muchacha, aquí hasta los que limpian están comprados. La única regla es que no te separes de tu yuma y no te pasa nada.

Llegando al lobby, el novio de Mila alzó una mano hacia un custodio, enseñando dos dedos, como diciendo: "estas dos vienen con nosotros". El de la puerta respondió con los dedos gordos de sus manos apuntando al cielo.

El elevador más lento de La Habana los llevó al décimo piso.

—¿Cómo hacemos? —le preguntó un español a otro.

—Voy con esta niña a mi habitación para que me pele y luego nos vemos —propuso Pascual.

—Apúrense, que vamos a ordenar comida… —pidió Mila.

Dalia siguió al hombre. El frío del aire acondicionado congeló la húmeda ropa de ella. Su quijada temblaba, pero así todo preguntó: "¿Cómo quieres que te pele?"

—¿Cuánto tú cobras?

Como ella nunca le había pelado a un extranjero, con duda dijo: "diez".

—¿Diez dólares? ¡Qué barato! Y si te esmeras te doy diez más de propina —respondió él.

Una la cuenta mental rápida generó que, si en el barrio daban cien pesos por un dólar, por ese pelado ganaría mil pesos. Más mil de propina, aquello reportaba la misma cantidad que el negocio de casarse con un cubano. En menos de tres segundos, Dalia asintió.

El hombre abrió la puerta del balcón y se sentó en una de las dos sillas. Desde allí, la ciudad parecía una niña inocente que invitaba a jugar. Mojada, como si se hubiese pasado la mañana llorando y veinte grados más caliente que la habitación del turista.

—Entonces, ¿cómo quieres que te pele? —preguntó ella, posicionando las tijeras.

Pascual haló a Dalia por los bajos de su short.

—Mi amigo me dijo que por veinte dólares, afuera de este hotel las chicas dan una completa. ¿Y tú que das, bonita?

Ella se tapó la cara con una mano. No creía cuan fácil había caído en la trampa. La desesperación tenía arte para apagar el chucho de la astucia y encender el de la inocencia. Calculó que en ese momento, contaba con solo dos opciones: una, actuar molesta y la otra, con mucha inteligencia.

—¿Por veinte dólares? Yo doy hasta dos completas —le respondió, guiñando un ojo.

—¡Joder! ¿Qué es eso?

—Si quieres saber pues ve al baño. Llena la bañadera.

—No sé qué será, pero ya me gusta.

Pascual sacó una botella de su maleta y sirvió dos vasos de vino tinto. Dalia sostuvo su copa, pensando que irían a brindar. Pero él puso la suya sobre una mesa y desabotonó la blusa de ella. "Si sigues, arruinarás el estriptis…", advirtió ella. Mientras el hombre llenaba la bañadera, Dalia se quedó mirando a La Habana, preguntándose por que una ciudad tan bella tenía que ser tan cruda.

Él se metió en el agua a esperar por su estriptis. "Arriba, bonita que ya estoy listo", la llamó para que una de las dos completas comenzara. Cuando salió al balcón para averiguar por qué Dalia se demoraba, ella no estaba. Se asomó a los bajos del hotel, presintiendo lo peor. La puerta, medio abierta, de la habitación delató por donde se había escapado esa cubana.

Dalia bajó las escaleras rezando porque nadie la pillara. En los bajos, una puerta que decía "no pase" la llevó a un basurero, al cual la lluvia le había triplicado la peste a podrido. Ella corrió por encima de esa hediondez hasta llegar a un parque donde bultos de gente esperaban autobuses que jamás venían. Cruzó anchas avenidas por las cuales en vez de carros transitaban bicicletas y llegó al Bosque de La Habana. Quiso entrar y no salir nunca. Pero a sus pulmones les faltó oxígeno para dar un paso más. Cayó de rodillas en una esquina. Alguien la montó en el tubo delantero de su bicicleta y la llevó derrengada sobre el timón hasta Buena Vista.

En vez de a su casa, Dalia fue directo a casa de las buganvillas a dar duras palmadas sobre la puerta.

—¿Qué manera de tocar es esa, Mermelada? —protestó Pedro cuando la vio.

—Cásate conmigo.

A Pedro, esas palabras le causaron más impacto que ladrillo al pecho. Los ojos de Dalia esperaban cerrados por una respuesta. Los de Pedro la miraban como esperando que ella hablara. Con un hilo de voz, él preguntó: "¿Qué tú dijiste?". Dalia, aunque sin ganas, tuvo que reírse. Y fue ahí que los nudos que se habían formado en la garganta de su amigo comenzaron a zafarse.

—Amaneciste chistosa — dijo él.

—No es chiste. Si te casas conmigo, me sacas de un tremendo aprieto.

Dalia, puso sus manos en gesto de rezo.

—Anda, Pedrito...

—¡Ave María purísima! Pero ¿yo tendré cara de escaparate que por donde quiera me entra el comején?

—Con ese dinero, en mi casa comemos por meses. Y abuela no tendría que hacer más mermelada. Y ya viene la temporada de huracán y todas las frutas se pierden.

—Ay, Mermelada. ¡En qué líos que tú me metes! ¿Y lo de peluquera?

—Tú mismo lo dijiste. Eso no da, Pedro.

Él daba vueltas en la sala de su casa como si los bajos de su pantalón tuvieran bichos. A cada rato miraba a Dalia que esperaba con ansias una respuesta.

—Dale, ¡métele caña! —dijo Pedro, dando dos aplausos que ensordecieron los oídos de ella.

—¿De veras? ¿Pedrito, de veras? ¿Harás eso por mí?

Pedro asintió con gesto de "¿qué remedio?" y ella lo abrazó como si él le acabara de regalar una fortuna.

—Y entonces…

—Nada, nos casamos y vienes a vivir conmigo a oírme roncar todas las noches.

—¡Ya, viejo! Serio. ¿Cómo hace uno para casarse?

—Fácil, vamos al registro civil. Y ellos nos casan. Nos dan cupones para los tarecos que el gobierno da. Los compramos y luego los revendemos.

—¿Y entonces? ¿Cómo nos divorciamos?

Pedro no respondió. Solo dijo: "Tú encárgate del papeleo y no repitas mucho la palabra 'boda' que de oírla me salen ronchas".

—¡Boda, boda, boda, boda! —dijo Dalia, levantándose para

abrazarlo otra vez.

Dalia llegó a casa dando saltos y mirando al cielo, como agradeciendo. Fue así que el negocio de peluquera ambulante sufrió muerte natural. Ella resolvió todo para, en menos de una semana, casarse con su amigo.

Rumbo al registro civil, la cabeza de Pedro iba hinchada. Por alguna razón, ese día, no le salían los chistes. En sus sesos taladraba el hecho de que, en menos de una hora, su mejor amiga y hermana se convertiría en su esposa. Sus manos congelaban el manubrio de la moto y aún no sabía si el hormigueo que sentía en su pecho, era a causa de la alergia que le causaba la palabra boda, o qué cosa.

Dalia le preguntó si ya Mila había regresado a casa y aunque él sabía la respuesta, dijo: "A mí eso no me importa".

Entrado al registro civil, Pedro agarró la mano de Dalia. "Así entran los novios a este lugar", dijo él. Ella tuvo que pedirle que aflojara el puño pues le iba a triturar la mano. Cuando una jueza les avisó que el momento había llegado, a él le costó un mundo avanzar en dirección a la oficina.

La jueza leyó mandamientos que sonaban a plena maravilla. Y cuando les preguntaba algo, ambos buscaban la ecuanimidad para responder que sí o que no con la cabeza. La pregunta más fácil de todas fue: "¿Y prometen amarse y ayudarse, para bien o para mal, por el resto de sus días?" A fin de cuentas, eso habían hecho ellos toda su vida. Dalia dio su firma y más atrás, la dio él. Lo que ellos nunca anticiparon fue que la jueza terminaría su fantástico interrogatorio diciendo: "Ya se pueden besar".

Los novios se miraron y tragaron en seco. Dalia sintió que la mano de Pedro ya había triturado la de ella.

"Bésense", repitió la jueza. Pedro cerró los ojos y llevó sus labios hacia donde su amiga los debería besar. Ella cerró los suyos y unió sus labios con cuidado a los de Pedro. Pero ambas manos del novio tomaron el cuello de ella, como deseando que lo tierno del momento no acabara. Y cuando al fin se separaron, la jueza tuvo que exhalar un: "¡Qué beso!"

En el carnet de identidad de ambos quedó escrito y acuñado el nombre, número de identidad y fecha de nacimiento del nuevo cónyuge. Pedro aún leía el nombre de Dalia en su carnet, cuando la jueza avisó: "Ya pueden irse".

—¿Y a qué se debió tanto teatro? —preguntó Dalia, al montarse en la moto.

—Dicen que solo un beso confirma si el amor es verdadero —dijo Pedro—. Por un mal beso, la jueza podía descubrir que la boda era un negocio.

—¡Eres un genio, chico! —exclamó Dalia, dando golpecitos en la cabeza de su amigo.

En su primera semana de casados, él hizo todo lo posible por no volverse a encontrar con ella. No obstante fue a casa de su amigo, el del Moskvitch verde, para avisarle que Dalia tenía cervezas que vender. Al instante, el tipo llegó a casa de ella para llevarla al punto de venta.

Esa tarde, Dalia entregó a Rosa los primeros mil pesos que ella había hecho en su vida. Contando el dinero, Rosa sintió que el diablo intentaba romperle el alma.

—¡Qué cantidad de dinero, mi hija! ¿De dónde lo sacaste?

—De un negocio nuevo, abuela.

—¿Un negocio? ¿Cómo cuál?

—Ni tan antiguo como ser doctora, ni tan a la moda como ser jinetera —dijo ella, pegándole un beso en la mejilla con ánimos de "estate tranquila".

En los días que prosiguieron, a la casa llegó sábana nueva para una de las camas, zapatos blancos de tacones para ella y un ajustador para la abuela. Solo faltaba vender el acceso al hotel. Ella salió a caminar el barrio a ver si a alguna pareja le convenía, pero regresó a casa con ampollas en los pies y con el papel del hotel todavía en el bolsillo. Como última opción, fue a casa de Pedro.

—¡Tu esposo no está! —dijo Mila cuando abrió la puerta.

—Pero, ¿por qué te lo contó? Eso fue un negocio.

—¡Debieron habérmelo dicho! Lo planearon a mis espaldas. Ante todo, hay que ser honesto.

—¿Qué honesto ni honesto? Si tú estás con un español estando con Pedro.

—Pero él lo sabe. Él sabe cada detalle y no le importa un bledo. Y no por eso mi amiga tiene que ir a casarse con mi novio. ¡A mis espaldas!

—Ay, Mila. Discúlpame. Tienes razón. Yo ni siquiera pensé en ti. Necesitaba dinero. Quería vender las cervezas y ceder la luna de miel. Eso es todo.

—Esto es traición. Ambos me traicionaron. Y la de un hombre no me duele tanto, pero la de una amiga me descuartiza.

Mila la miraba con ojos más halados que nunca. Su carita de porcelana parecía que se rompía de tantos malos genios. Dalia sacó el papel del hotel de un bolsillo.

—Mira, acepta esto como mis disculpas, por favor. Dáselo a Pedro. Dile que se pase la luna de miel contigo.

—¿Que pase conmigo, qué? ¿La luna de miel de ustedes? —preguntó Mila—. ¡Tendrás poca vergüenza!

Así todo, Mila le arrebató el papel de la mano y le cerró la puerta en la cara.

Dalia regresó a su casa y se cobijó en la oscuridad de sus propios apagones, tildándose de "mala amiga", de "buena para nada". Por mucho que trató nunca entendió por qué a Mila, que no le importaba nada, le importaba tanto eso. ¿Será que de veras amaba a Pedro?

Siguiendo el hilo de los recuerdos Dalia llegó a la convicción de que la primera traicionera de esa historia había sido Mila. Era esa la amiga que desde la secundaria se acostaba con el hombre que ella veneraba en sus libretas de poemas.

Luna de miel salada

En cuanto Pedro llegó a casa, la visita de Dalia salió a relucir. —Tu esposa nueva vino y trajo esto… —dijo Mila, lanzando el papel que Dalia le dio a la cara de Pedro.

—Ay, Chini, pero qué áspera. Deja la bobería que yo ando tranquilo.

—Ah sí, tranquilísimo. ¡Y te casaste con otra estando conmigo!

—Yo nada más te quiero a ti, mami…

—Ahórrate los consuelitos baratos que yo ni te voy a dar gritos ni te voy a prender candela. Ganas no me faltan, pero es que ustedes los hombres no se merecen ni un ápice de nuestros nervios.

—Y entonces, ¿qué tengo que hacer para que se acabe el kung–fu este entre tú y Dalia?

—Sencillo. Sal por esa puerta y no regreses hasta que esa luna de miel esté vendida que yo misma quiero entregarle el dinero a tu nueva esposa.

—¿Y eso, por qué?

—¡Que te vayas!

El grito hizo a Pedro saltar tan alto que cuando tocó el suelo ya tenía los pantalones puestos. Para ejecutar la venta, él solo tuvo que cruzar la calle y tocar la puerta de casa de Waldo. Felicia abrió y lo miró con la expresión de quien ve, por primera vez en cinco años, a un vecino en la puerta de su casa.

—¿Usted es la señora de Waldo? —preguntó Pedro con tono indeciso.

Felicia no sabía si decir que sí o que no. Los papeles del divorcio esperaban encima de la mesa porque ella los firmara. Y como ella tardó tanto para contestar, Pedro preguntó: "¿él se encuentra?".

Waldo ya bajaba las suntuosas escaleras espirales de la mansión que nacían en las alturas de la casa y terminaban en la entrada. Felicia se esfumó de la escena y Waldo, con una sonrisa ultra amable en los labios, preguntó: "¿A qué debo el honor?".

—Te traigo una cosita que creo que te va a gustar —susurró Pedro.

—Algo me dice que ya me gusta esa "cosita" —respondió Waldo, suponiendo que se trataba de alguna evidencia—. Entra, vamos a mi despacho.

Las escaleras los llevaron a una oficina que por el tamaño de las ventanas podía haber sido muy clara, pero los cortinajes negros que la tapaban le daban al lugar aires de cueva siniestra. En vez de cuadros, blancas pizarras vestían las paredes. En todas, flechas negras conectaban letras, dibujos y garabatos. La constante en todas las pizarras era una D mayúscula, siempre en rojo. Lo único humanamente legible en todo aquello era un letrero que se extendía a través de las pizarras centrales que decía: "Lo opuesto al amor no es odio. Es el rechazo".

—¿Alguien te rechaza, mi herma? —preguntó Pedro.

—¿Qué tú crees?

—Bueno, cada vez que me tropiezo contigo por ahí, te veo muy bien acompañado.

—Nada. Eso es un dicho que decía mi padre.

Antes de que Pedro preguntara acerca de los jeroglíficos en sus pizarras, Waldo señaló a un butacón de piel negra que quedaba de espaldas a todos sus apuntes y le pidió al vecino que se sentara. "Y ¿Entonces?", preguntó abalanzando su cuerpo hacia Pedro.

—Herma, vengo a verte porque que eres de mi plena confianza. Traigo un papel que da derecho a cinco días en Santa María del Mar, a consumir en pesos cubanos.

—¿Tú no sabes que en este país yo tengo acceso al hotel que yo quiera, en la playa que yo quiera, el mes que yo quiera? Todo gratis.

—Es un hotel de lujo.

—Ay vecino, esta casa es mi hotel. Aquí yo tengo todos mis lujos.

—Sí, pero este tiene piscina y vista al mar. Quizás a tu mujer le guste…

—A mi mujer me la como aquí todos los días. Si yo voy a un hotel, es para comer carnita nueva.

—Bueno herma pues llevas a una carnita nueva.

—Pedro, no hay muchas que sean material de hotel. ¿Por qué no te lo quedas y llevas a Mila?

—No. La verdad es que me casé para sacarle dinero a esto. ¿Tú no tendrás un socio poderoso que…?

—Tú estás loco… ¿te casaste con esa chiquita?

—No. No con Mila. Me casé con una socia para vender la cerveza, el hotel… Tú sabes…

—¿Te casaste con quién?

Fue ahí que Pedro sintió que le tocaba pisar el freno de la charla. "Una amiga. Da igual quién", le respondió.

—No da igual, —advirtió Waldo— si quieres que yo lo compre no da igual. Porque el ingrediente principal del fraude no es la confianza, es la inteligencia. Y hay cinco cosas que yo tengo que cuidar: mi casa, mi mujer, mi hijo, mi Lada y mi puesto en Seguridad del Estado. ¿Qué tal si tu amiga conoce a mi mujer? ¿Qué tal si conoce a alguien en mi trabajo? ¿Qué tal si llega a oídos de Vilma? Vaya, para donde quiera que tires esa bola, rompe algo.

—No, compadre. Es de confianza. Es Dalia —respondió Pedro.

Oír ese nombre encendió el bombillo de loco furioso en los sesos de Waldo. La noticia hundió su pecho en un lodo, dentro del cual emanaba un volcán con ganas de escupir lava. Así y todo, respiró profundo y fingió una mirada de ojos tranquilos. Su vista gravitó a la única pizarra vacía que quedaba en el despacho. Allí se figuró pintando una D roja con flechas que guiaban al cementerio.

—Herma, ¿tú estás bien? —preguntó Pedro.

—Requetebién —dijo Waldo, logrando que la ultra amable sonrisa regresara a sus labios.

Pedro puso el papel sobre la mesa, pero Waldo no creyó prudente leer ese documento delante de otro ser humano.

—Esto que me propones es grave —explicó Waldo—. Fíjate, tiene desvío de recursos, suplantación de identidad, falsificación de documentos. En otras palabras, esto es años en la cárcel.

—Mira, mi hermano. Yo sé, pero es que necesitaba…

—Oye, sin miedo… Cometemos mil delitos si hay que cometerlos. Pero te advierto, la ley se rompe de la forma lo menos ilegal posible.

—¿Y cómo sería eso?

—Fácil. Tú y Dalia, como dueños del hotel, tienen que ir el primer día con el Carnet de Identidad a firmar la entrada. Esa noche, organizamos una descarga en la habitación. En la mañana, ustedes se van y yo me quedo ahí con mi carnita. Si alguien pregunta, somos amigos de Pedro. Todo casi legal. ¿Te cuadra?

—No suena mal, pero hay un problema. Sacar a Dalia de su casa es un lío. Sobre todo, si hay onda de fiesta.

—Pero ¿qué quiere ella? ¿Lotería sin comprar billete? —dijo Waldo, dando un manotazo sobre su bureau.

Quedaba confirmado. Era ese nombre lo que lo desquiciaba. De nuevo a su pecho le nacían volcanes y su mente figuraba como estrangularla.

—Ya, tranquilo. Déjame eso a mí. Yo me las arreglo para que ella vaya —dijo Pedro.

Waldo solo sonrió porque, de hablar, ahuyentaría al vecino.

—Oye, ¿y puedo traer a Mila? Es que si me voy de fiesta con Dalia lo que me toca después es la tortura china esa de la que tú siempre hablas.

—Ni se te ocurra. Los invitados los pongo yo. Gente de mi confianza —explicó Waldo, tragando en seco—. Y a Dalia no le cuentes nada de esto. Mira que tengo entendido que hace poco se hizo compinche de mi mujer en la escuela de peluquería. Si se lo cuenta a Rosa, el barrio completo se entera y si llega a oídos de Vilma, ahí mismo arde la cuadra entera.

—Pero bueno, ¿cómo voy a hacer para llevar a Dalia hasta Santa María si no puedo decirle nada?

—Le dices la verdad. Que tiene que ir a firmar la entrada del hotel para protegerse del riesgo que implica un trance como este.

—Ya, está bien. Yo me las arreglo, ¿para cuándo es eso?

—Viene el invierno y en esos meses no hay quien se meta en una playa. ¿Qué tal este mismo sábado? Tú, llegas temprano en la tarde y nosotros te caemos a eso de las siete.

La mente de Pedro no operaba a las extremas velocidades de la de Waldo y antes de encontrarle fallas al plan, ya él había asentido diciendo: "Trato hecho".

Waldo sacó un sobre de su gaveta y contó mil pesos. Cada billete le supo a puro rechazo. Le entregó el dinero a Pedro y esperó a que él se fuera para leer el documento de la luna de miel en detalle. El papel temblaba entre sus dedos. "¿Cómo podré casarme con esta idiota, si se acaba de casar con Pedro?", era la pregunta que taladraba en su mente.

Fue a la pizarra que decía "plan C" sintiendo que en vez de flechas, esas D rojas se merecían puñaladas. Pasó horas ingeniando estrategias para el sábado. El descabellado plan de raptarla, endrogarla y violarla aún no gozaba de un curso definido pero, al menos, ya tenía un lugar donde ejecutarlo.

❧❧❧ ❧❧❧

Pedro llegó a su cuarto bamboleando mil pesos frente a la cara de Mila. Y aunque ella no podía creer cuán rápido él había resuelto esa venta, le arrebató el dinero de la mano, sin mayores halagos.

—¿A dónde vas tú en bata de casa, muchacha? —preguntó Pedro, cuando vio que Mila iba rumbo a la puerta de salida.

—Voy a ver a tu esposa. A pagarle por haberme quitado el marido —respondió Mila.

—Oye, dale suave con las estrellitas ninjas. No te vayas a fajar con Dalia. Mira, dile que la recojo el sábado a las cuatro de la tarde para ir al hotel a firmar la entrada.

—¿Y por qué no se lo dices tú, chico?

—Ay, Chini, no vuelvas a sacar los kendos. Anda, díselo.

En menos de dos minutos, ya Dalia tenía el dinero en sus manos y sabía lo del sábado.

—Hazte la idea de que yo morí —dijo Mila, cuando le entregó el sobre.

—No, Mila, no digas eso.

—De los hombres no espero nada, pero de ti...

—Tú te haces la que ningún hombre te importa, pero si esto te ha dolido tanto, quizás es porque estás enamorada de Pedro. Cómo dice mi abuela: "el mentiroso más peligroso de todos es el que se miente a sí mismo". Ya déjate de boberías. Pedro es mi amigo y desde el día de la boda, ni lo he visto.

—¿Te has puesto a pensar en eso? ¿Por qué Pedro no te ha querido ver desde ese día?

La visita dejó a Dalia con mil pesos, una amiga menos y sin respuestas para la última pregunta de Mila.

La semana transcurrió tranquila. A Mila se le escuchaba a veces pidiendo fuego y a Pedro feliz de darlo. A Waldo lo engullían las pizarras. Ya había dibujado las olas de Santa María con un plumón azul y sobre ellas flotaba una D que teñía de rojo el agua. De todo ese macabro romance salían flechas que terminaban con Dalia embarazada y con él, dueño de su vecina.

El sábado, como acordado, Pedro pasó a buscar a Dalia y fue en la recepción de un bello hotel frente a la playa que ellos instalaron su primera charla.

—¿Y ahora qué? —preguntó Dalia jugando con las llaves de la habitación.

—Esperamos a que llegue la gente, entregamos los papeles y nos vamos.

—¿Qué gente?

—La gente que invitamos para que el intercambio de huéspedes no sea tan obvio.

Un largo trillo los llevó a un edificio que en vez de un hotel parecía un albergue de obreros. El 101 pintado en el llavero los condujo a su morada. Pedro entró a encender el aire acondicionado. Pero como en el mar en vez de peces parecía que nadaban imanes, Dalia sintió fuertes deseos de ir al agua. Se quitó las sandalias, cruzó sobre la arena y metió sus pies en la calentísima playa.

Cuando el dorado intenso del sol que ya se iba cubrió la superficie del mar, un policía que cuidaba la zona fue a donde ella.

—¿Qué tú haces aquí haciéndote la extranjera? —le preguntó él.

—¿Ahora la puesta de sol también es solo para extranjeros?

—Sí, mamita; lo es. Aquí en Cuba nadie gasta el almuerzo en esa bobería, a no ser que estén luchando la cena —respondió el policía.

Tenía sentido. El romanticismo no era uno de los sabores del día. Dalia se tomó el trabajo de explicar al oficial qué hacía allí sola.

—¿Acaban de empezar una vida juntos y tu esposo ya te dejó sola? —preguntó el policía.

—Sí, yo creo esta luna tiene muy poco de miel.

—Yo creo que es de sal —se burló él—. Mira, regresa con tu marido que a las mujeres solas nos las estamos llevando en camiones a recoger tomates.

Dalia corrió a la habitación. Quería contarle a Pedro sobre el susto que había pasado en la playa, pero al abrir la puerta, además de un frío intenso, allá adentro había un mundo de gente, como si hubiesen llegado todos en la misma guagua. La música no dejó que Pedro escuchara cuando ella preguntaba qué diablos pasaba ahí, pero él bien entendía el repetitivo gesto de "no" que ella hacía con la cabeza.

Una joven tan rubia, que podía ser rusa, entró a la habitación y robó la atención de todos. La chica alzó un dedo para llamar a Pedro. Y sin siquiera saludarlo, le dio un beso en la boca. Detrás de la rubia, venía una trigueña altísima, de pelos tan rizados que de haberlos estirado les habrían llegado a las rodillas. Era bella, como salida de una revista. El hombre que venía detrás de ella no era tan alto y se daba un aire a Waldo. Más que un aire, parecía ser su hermano mellizo. Dalia tuvo que mirar tres veces porque sus ojos no querían creer que Waldo acababa de entrar por la puerta. ¡Era Waldo!

Ella salió a la terraza a ver si el aire de mar le regresaba la calma. El sol ya se había hundido en el agua y de su lujoso dorado quedaba solo un tono rojizo. La música hacía vibrar los cristales de la puerta de la terraza. Feliz de serle invisible a los invitados, ella buscó la esquinita más oscura de la baranda y allí se recostó a mirar el hilito de luna que le había salido a esa noche. La puerta de la terraza se abrió, escandalizándolo todo por un momento. Al cerrarse, frente a ella apareció un vaso de ron, con refresco de cola.

—¿Qué tú haces aquí? —preguntó Dalia, cuando vio que Waldo sostenía un trago para ella.

—¿Cómo que qué hago aquí? A mí me invitaron a celebrar la boda de mis vecinos. Y como la vecina que se casó iba a ser mi esposa pues traje a mi novia.

—Mira Waldo, yo hace tiempo he estado por explicarte que…

—Olvídate de eso, Mermelada, ¿viste el tronco de trigueña con que yo ando?

—¡Felicia es diez veces más bella!

Dalia hizo por regresar a la fiesta, pero él llevó una mano a su corazón y como si lo que iba a decir viniera de allá adentro, exclamó:

"¡Quiero pedirte disculpas!"

—¿Waldo pidiendo disculpas? —preguntó ella, con una de sus cejas disparada al cielo.

Dalia aceptó el ron y hasta se dio un buche. Aquello si era noticia. Lástima que el trago que Waldo preparó, traía un 'noki' disuelto, una pastilla que ligada el alcohol causaba un knockout completo.

—Yo siempre digo que un buen perdedor es quien tiene un plan que prosigue al fracaso. Además, siempre hay un clavo listo para sacar el que alguien te encajó.

—A ver, ubícate, porque yo no te encajé ningún clavo. De hecho, la historia es al revés… —dijo ella.

—Tienes razón. Por eso te pedí disculpas. Y no sé si tú lo has notado, pero yo te he dejado tranquila…

—Sí, lo he notado. Es una maravilla.

— Las cosas pasan como quieren pasar y no como nosotros las imaginamos.

Waldo bajó su vaso a la altura del de Dalia y brindaron.

Justo en ese instante, Pedro logró zafarse de la aspiradora rubia que lo había engrampado en la entrada de la casa y salió a la terraza en busca de su amiga. Desde la puerta vio cuando ella conversaba risueña con Waldo.

—Dalia, entra, vamos a bailar —sugirió Pedro.

—¡Mira! A mí ni me hables.

—Chica, con tanto dulce que tú comes, ¿por qué siempre tan ácida?

Waldo le preguntó si quería más ron y ella respondió: "Sí, por favor". En ese momento, la mano de la rubia haló a Pedro de regreso a la fiesta.

Mientras Dalia se tomaba el segundo trago con Noki disuelto, Waldo le contaba las proezas de su puesto como General, que incluían haber estrechado la mano de Fidel Castro en numerosas ocasiones. Pero a ella, en ese momento, nada la impactaba. Era como si alguien hubiese bajado el volumen de la música en la fiesta y hubiese atenuado el sonido de las olas.

Cuando él notó que la vista de ella parecía más lejana que el mismo horizonte, le avisó tres veces: "Voy a entrar que mi novia se va a poner celosa". Ella también sintió necesidad de entrar, pero sus piernas no hacían lo que su mente pedía.

—¿Me puedes hacer un favor? —preguntó Dalia—. ¿Puedes pedirle a Pedro que salga un momento?

—Claro que sí, Mermelada. Yo le digo. Nos vemos allá adentro.

Waldo atravesó el gentío de la fiesta y salió por la puerta principal de la habitación. Dio la vuelta al edificio para llegar al costado de la terraza donde estaba ella. Se sentó en un sillón a observar la silueta de Dalia que luchaba por mantenerse en pie, agarrada de la baranda. La jugada de su plan C se iba desenvolviendo más rápida y simple que lo que él jamás pudo haber planeado en sus pizarras. Y cuando las piernas de ella flaquearon del todo, su vaso vacío rodó hasta la arena y ella cayó desplomada sobre el suelo de la terraza.

Alguien la cargó. Y la pizca de mente intacta que le quedaba a Dalia, le dio para suponer que había sido Pedro. Waldo se lo confirmaba susurrando a su oído: "Todo está bien. Soy yo, Pedro. No pasa nada". Él la llevó en sus brazos a un oscuro palmar que vestía los bordes traseros de la playa. Sonreía con orgullo.

—¿Recuerdas cuando decías que cuando crecieras te ibas a casar conmigo? Cruzabas el platanar y caías en mi patio a robar mis mandarinas. ¿Nunca te preguntaste qué tenía esa mandarina que te desmayabas ahí mismo en la tierra? ¡Cómo te disfrutaba! Pero nunca te lastimé. Esperé años. Quería hacerte el amor cuando fueras mi esposa. Pero te casaste con otro. ¿Por qué hiciste eso? Dicen que las ganas de desistir se hacen más potentes, justo cuando uno está cerca de lograr un sueño. Pero eso a mí no me pasa. Tú te habrás casado con otro, pero la luna de miel la tendrás conmigo. Los hijos serán míos, Mermelada.

Waldo dejó de hablar cuando llegó a un costado del palmar, desde el cual ya no se divisaba el hotel. Allí acomodó el desplomado cuerpo de ella y, con ganas de lobo, hundió su nariz en lo profundo del cuello de la muchacha. Aspiró profundo. Olfateó a lo largo de su piel. Él apenas la veía, pero era Dalia. Su aroma tenía arte para despertar hambre de cavernícola en sus tripas más recónditas.

Recostó una linterna pequeñita contra una palma para alumbrarla. Y para su sorpresa, los ojos de la inconsciente habían quedado bien abiertos y miraban fijos hacia los cocos que les nacían a las palmas. Él, mientras tanto, la miraba como depredador hambriento que ve a su presa ensartada en un pincho, rotando sobre un fuego lento y la sabe ya lista.

Le quitó el short con descuido y las demás ropas con cuidado. Le mordió la piel como si quisiera que las huellas de esa noche no se borraran por el resto de su vida. Él disfrutaba la docilidad de su drogado cuerpo. Y con deseos bestiales, adentró su durísimo pene al más íntimo de los oasis de su amada. La cercanía del clímax reunió la potencia instigada por la rabia de las largas tandas de cortejos banales, así como la impaciencia de tantas horas frente a las pizarras que solo generaban fallidos planes. Waldo pensó que ese día, al vaciar sus deseos, expulsaría todo eso. Pero el orgasmo llegó y hasta el clímax le supo a rechazo.

Un empuje de ira le hizo dar una bofetada a su impávida presa. El impacto la rodó boca abajo sobre la arena. El pecho de Waldo latía agitado, como si en vez de sexo hubiese acabado de correr millas por la playa. Y cuando se puso de pie se le salieron dos lágrimas. Al sentirlas correr por su rostro, llevó sus dedos a ellas. No para secarlas, sino para comprobar que eran líquidas. Y lo eran. Fue ese día que Waldo lloró las dos primeras lágrimas que él recordaba haber expulsado en toda su vida.

Flotando sobre la visión de su propia atrocidad, él temió que la única persona con el poder de convertirlo en un ser medianamente humano, era ella. Sonrió y algo parecido a lo que la gente dice que es la alegría, reinó en su cuerpo. Fue en ese instante que decidió jamás desistir de tenerla.

Si un milagro ocurría, esa noche, al derramar su genética dentro de ella, generaría un hijo que lo pondría un tanto más cerca de su meta. Si no, habría más fiestas, más noches.

Waldo tanteó en su bolsillo y encontró una cuchilla. Y por si acaso, su plan C fallaba, cortó un trozo de pelo de la cabeza de Dalia, algo imprescindible para que el plan D funcionara. Metió el pelo con mucho cuidado en una bolsita plástica. La vistió y como quien regresa un juguete a su caja, devolvió a Dalia a la oscuridad de la terraza. La sentó en un sillón, puso una botella vacía a sus pies y entró a la fiesta.

La trigueña esperaba por él en el sofá, con ojos rabiosos y brazos cruzados.

—¿Ya viste lo que tenías que ver? —preguntó ella.

—Ya lo vi, sí… ¿Y tú qué viste?

—Yo vi que mi amiga fue a templarse a tu amigo y llevan como media hora en el cuarto. Y yo, loca por irme.

—Eso es bueno. Parece que a Pedrito le gustan las rubias.

—Sí, parece que a los hombres les gusta todo lo que no tienen.

—No, no… A los hombres nos gusta lo que nos gusta, mi niña; lo tengamos, o no. Y cuando nos gusta, es para siempre.

—Ustedes son, todos, una partida de comemierdas.

Waldo mascó una goma de menta. Y cuando quiso besar a la trigueña, ella lo esquivó con un empujón, pensando que él buscaba sus labios. Le iba a decir tres groserías, pero justo en ese momento, Pedro cayó sentado al lado de ellos.

—¡Uf! Esa chiquita es un molino. ¿De dónde tú sacaste a la rubiecita, Waldo? ¿De la historia del Quijote?

—Te dio buena cintura, ¿eh? —preguntó Waldo, muerto de la risa.

La rubia llegó y se sentó encima de Pedro, diciendo: "¡Ay, la vida misma, este mulatico!".

—Bueno, todo parece indicar que la despedida de soltero te tocó después de la boda —dijo Waldo, entregándole un vaso de ron a su amigo.

—Hablando de boda, ¿dónde está Mermelada? —preguntó Pedro.

—No sé. Yo la dejé en la terraza, conversando con un tipo.

—¿Qué tipo?

—Yo no sé. Esta mujer también se la robé al Quijote y me ha tenido bien ocupadito.

Cuando una mano de Waldo fue a donde los senos de la trigueña, la rubia dio un salto y halando a Pedro, dijo: "¡A bailar se ha dicho!" Pedro se levantó, pero no para bailar, sino para escanear la sala en busca de Dalia. Se asomó a la terraza, la llamó por su nombre, la buscó en la entrada del edificio.

—¡Dalia no está por ningún lado, compadre! —dijo Pedro a Waldo, que parecía en medio de una intensa discusión con su trigueña.

—¿Cómo que no está? —preguntó Waldo.

Cuando la música paró y las luces de la habitación se encendieron, los invitados protestaron al unísono. Así y todo, dejaron de bailar y fueron a buscar a la chica que describía Pedro. Nadie sabía quién era. Ni siquiera la habían visto. No fue hasta que uno fue al costado de la terraza a orinar, que la encontraron.

Ver a Dalia desplomada sobre aquel sillón causó un infarto emocional en Pedro. Él la llevó a la cama, le echó fresco, le echó agua en la cara. Nada la despertaba.

—Yo creo que tomó de más —dijo uno de los invitados que entró al cuarto a curiosear.

—Déjala ahí para que pase la borrachera —dijo Waldo, entregándole otro vaso de ron a Pedro.

—Sí, dale papi. Vamos a bailar —sugirió la rubia.

La trigueña no decía nada. Ella posaba con ánimos de leona enjaulada, queriéndose comer vivo a Waldo.

—¿Qué pasa, papi? ¡Déjala dormir! —insistió la rubia, halando a Pedro.

—Mira la cantidad de arena sobre la almohada. A ella le pasó algo allá afuera… —dijo Pedro.

—¡Tomó de más! Eso es todo.

—No. El aliento de ella no huele a alcohol. Dalia ni toma.

—Anda, chico…

—¡Ya, déjame! Ve y diviértete tú.

La rubia dejó de insistir. La envidia de quien lo daría todo, por que alguien en el mundo cuidara así de ella, la detuvo en la puerta.

—Disculpa, no quiero ofenderte —dijo Pedro, al ver que la rubia no se iba—. Y si lo que quieres es bailar, yo vivo justo enfrente de casa de Waldo. Búscame, que otro día te llevo a una discoteca.

La rubia se acercó a Pedro, le dio un beso en la mejilla y muy cerquita del oído le dijo:

—El primer paso de ser un hombre es saber cuidar a una mujer. ¡Me gustas!

—¿Cómo te llamas? —le preguntó Pedro, mientras acariciaba la cabeza de Dalia.

—Da igual. Mujeres como yo no deberían ni tener nombre —dijo la rubia, antes de regresar al tumulto de gente que bailaba en la sala.

Con las horas, el volumen de la música y de las risotadas de los invitados fue decreciendo. Dalia seguía inconsciente, pero respiraba. Todos los tragos de ron que Waldo le llevó a Pedro terminaron en el tragante del lavamanos. La almohada lo tentaba a recostar la cabeza para dormir, pero no quería quitar la vista de encima de ella.

Cuando el bombillo de la habitación cambió turno con los rayos del sol, Dalia emitió un leve quejido. Pedro la zarandeó con desespero, preguntando: "¿Estás bien, Dalia?". Poco a poco, en el blanquizal de los cachetes de Dalia fue apareciendo un color rosa muy tenue. Los ojos que él miraba, aún no lo veían a él. Una gruesa palidez cubría las verdes pupilas de ella y cuando logró pestañar y enfocar la mirada, vio la cara más desfigurada que jamás había visto en su amigo. "¿Dónde estamos?", preguntó ella, sin altas ni bajas entonaciones.

—Juntos. Siempre estuvimos juntos —le dijo Pedro.

—¿En la fiesta? ¿Todavía estamos en la fiesta?

La preocupación por no haberle avisado a Rosa dibujó expresiones de pánico en el rostro de ella Y con las pocas fuerzas que traía en su voz, dijo: "Necesito llamar a mi abuela". Pedro, que bien conocía esa urgencia, caminó por encima de la camarilla de gente que dormía sobre el suelo de la sala, pero nunca encontró un teléfono. Ninguno de los cuerpos se parecía al de Waldo, ni al de la rubia, ni al de la trigueña. Sin decirle a nadie que se iba, salió con ella en la moto. En una esquina lejana, encontró un teléfono público para que Dalia llamara a su abuela. Después que los lamentos y las protestas de Rosa usaron los veinte centavos que costó la llamada, Pedro le preguntó a su amiga:

—¿Qué te pasó anoche, Mermelada?

—Me quedé dormida, supongo…

—¿Con quién tú conversabas allá afuera?

—Con Waldo. Y después…

Detrás de esa pausa, Dalia notó que no había "después". Una cortina mental le oscurecía la escena.

—¿Por qué no me acuerdo? —preguntó ella.

—Trata de recordar, ¿con quién tú fuiste a la arena? —insistió Pedro.

—Yo no fui a la arena.

—Bueno, ¿qué es lo último que recuerdas?

—Waldo se despidió de mí y entró a la habitación, diciendo que su novia se ponía celosa.

—Dice Waldo que tú hablabas con un tipo, ¿te acuerdas de alguien?

—En la playa había un policía que...

—¿Tú crees que el policía te llevó a la arena?

—Tengo un vago recuerdo de haberme quedado sola mirando el mar. Me sentía rara, como nerviosa, pero no podía decirlo, ni demostrarlo, ni gritarlo.

—¡No digo yo! Si te tomaste una botella de ron entera, Mermelada.

—No, yo solo tomé dos tragos.

—¿Sí? ¿Y con dos tragos te emborrachaste?

—Bueno, quizás no me emborraché. Quizás me desmayé. ¿Recuerdas cuando de niña yo salía a jugar y a veces me desmayaba en la calle? Era como si de pronto me cortaran la luz. El médico nunca supo por qué me pasaba eso. Solo dijo que era nervioso.

—¿Y ayer tú estabas nerviosa?

—Puede ser. Yo odio sentirme encerrada con tanta gente en un lugar. Y cuando vi a Waldo, mi estómago se viró al revés. ¿Qué idea te dio a ti invitar a un chivatón a esa fiesta?

—Bueno, es que…

Pedro puso cara de culpable.

—¡No! Ahora no me vayas a decir que ese chivatón fue quien compró la estadía en el hotel.

—Es que… Ese chivatón ha metido las manos en la candela por mí. Cuando lo de Justina, él arriesgó su cargo, no solo una vez, dos veces.

Los argumentos de Pedro confirmaban lo que Dalia temía.

—No, Pedro… ¿A ese loco? Tú mismo dijiste que casarse por negocio, era ilegal. ¿Cómo le vas a vender el hotel a un tipo de la Seguridad del Estado?

— Olvida eso. En el contrabando hay reglas. Waldo es el maleante mayor que hay en este barrio. Y yo a él le sé un mundo. Figúrate que él no sale de la Marina, siempre con una chiquita diferente. Si me delata, yo también lo delato.

—¡No, Pedro! Imposible delatar a esa gente. Por arte de magia, hasta sus delitos terminan siendo tuyos. Ellos son tan hijos de mala madre que son capaces de comprar la luna de miel, disfrutarla y luego meterte preso por fraude. Y se ponen tan dichosos que luego el Gobierno hasta le reembolsa el gasto.

Pedro arrastraba sus dedos por la cabeza, una y otra vez. Ella dejó de hablar. La cabeza le dolía de tanto tratar de extraer con pinzas los sucesos de la noche anterior. La cortina mental no cedía.

Nada tuvo sentido hasta que, esa noche, ella salió de la ducha y el espejo del baño delató que a su pelo le faltaba un mechón y que algo les había pasado a sus senos. Su torso, cubierto de chupones, la hacía parecer un dálmata. "Quizás me desmayé y alguien me llevó a la arena", pensó. Ella cubrió su cuerpo con mucha vergüenza, como si alguien hubiese usurpado su piel. El nombre de Waldo le venía a la mente pero a sus recuerdos no.

Con las tijeras de su viejo oficio emparejó el mechón de pelo corto con el resto de su cabello. Pero los detalles que aquella cortina mental escondía, no dejaron de martirizarla por un buen tiempo. Con los días, los moretones pasaron de rojos a morados y luego a azul claro.

Una mañana, un fuerte aguacero la despertó. Ella sintió una intensa necesidad de salir al pasillo. "¡Tiene que ser bendita esta lluvia, si es que allá arriba de veras vive Dios!", pensaba mientras dejaba que el agua corriera por su cuerpo. De pronto, un trueno retumbó como si una tribu lejana hubiese usado un tambor celestial para decir algo. Rosa se asomó a la puerta y en vez de advertir el peligro de bañarse bajo los truenos, gritó: "¡Ahí está! ¡Kabiosile Changó!".

—¿Cómo hago para que me ayude? —preguntó Dalia abrazando con ahínco su cuerpo.

Rosa salió a donde la lluvia la empapaba a ella también y cubrió a su nieta con una manta roja. Luego le azotó el cuerpo con un gajo para espantar los malos augurios y al ritmo de los azotes rezaba: "Changó, Dios del trueno, del rayo, de la centella, dueño absoluto de la religión. Castiga con tu hacha de doble filo a los enemigos de esta niña. Quema con tu fuego el mal que la acecha. Ahuyenta la tormenta. Entra en Dalia. ¡Ay, Baba[76]! yo mañana te cocino un quimbombó".

—¿Y ahora? —preguntó Dalia, cuando cesaron los azotes.

—Ahora, vístete de sus colores: rojo y blanco. Y cuando escuches un trueno, tú lo llamas: "Kabiosile Changó" para que él te encuentre y te proteja. Eso no falla.

[76]Padre, en yoruba.

Temporada de huracanes

Blanco su vestido y rojos sus labios, Dalia miraba el televisor. El noticiero avisaba que un fiero huracán corría en dirección a la isla. Típico de septiembre, pero atípico en magnitud. El monitor de las emociones de ella, que en esos días pitaba en línea recta, nunca conectó el huracán con la tormenta que Changó avisaba. Y como si las casualidades quisieran tornarse causales, el silbato del cartero sonó. En cuanto Dalia escuchó que el hombre traía carta para su abuela, ella corrió a la punta del pasillo. Para su sorpresa, el cartero puso un bulto de sobres en sus manos.

—¿Ocho cartas? —preguntó Dalia.

Todas venían acuñadas con fechas de meses anteriores. Joao le había escrito dos o tres cartas por mes.

—Pero, ¿por qué no las trajiste antes? —preguntó ella, con ganas de golpear al cartero con las cartas.

—Porque no hay zapatos, mamita. Hay que ahorrar suela.

—¿Hay que ahorrar suela?

—Sí. ¿Tú no escuchaste el discurso de Fidel? Vienen tiempos de crisis y hay que resistir. Aquí no hay popis[77] para salir a repartir cartas cada vez que alguien quiera escribir. A partir de ahora, se repartirá correspondencia cada tres o cuatro meses.

—¿Y a usted no le da vergüenza decir semejante imbecilidad?

—No. Si yo hasta me alegré con la noticia. Uno da tres vueltecitas

[77] En Cuba: tenis, zapatos para caminar o para hacer deportes.

por este barrio caliente y los zapatos largan la suela. A ustedes lo único que les interesa es recibir carticas. Pero mira los huecos que tienen estos popis. ¡Esto es de salir un día nada más! ¡Mira!

El cartero apuntaba con ímpetu a los huecos, pero Dalia miraba fijo a su cara con deseos de abrirle un hueco a él entre las cejas.

—No pongas esa cara de Hidra[78], mimi, que te va a salir otra cabeza —dijo el cartero, en voz baja.

—¿Y qué tal si yo voy a buscar mis cartas a la posta? —preguntó ella.

—¡No se puede!

—Pero yo quiero mis cartas todos los meses.

—¡No se puede! Y te pusiste de suerte que yo tengo un hermano en Miami que me manda popis. Hay carteros que no pueden salir a repartir porque…

Como los deseos de golpear a ese hombre no se le iban, Dalia prefirió darse vuelta y dejarlo hablando solo en la punta del pasillo.

—Nos vemos en diciembre o enero, mamita. Y por si acaso… ¡Feliz año nuevo! —gritó el cartero, justo antes de que ella entrara a su casa.

Ya en su cama, Dalia le daba vueltas al anillo de promesas que Joao le había regalado, mientras leía las cartas. Comenzó por la que él le escribió llegando a Brasil: *"Aterricé en una ciudad que siempre creí mi paraíso y de pronto no es más que una esquina del mundo donde simplemente faltas tú"*.

Todo apuntaba a que aun la quería. Algunas cartas hasta daban indicios de sus deseos de concretar ese amor con planes más serios: *"Te aseguro que esta espera valdrá la pena para ambos. Te prometo que cada minuto en la distancia se convertirá en años de felicidad para nosotros. Tú, por favor, cumple tu promesa"*.

Joao no la había olvidado. Todas sus cartas aludían a la infatuación que él sentía por ella. La frente de Dalia cayó sobre la almohada, como si su enladrillada conciencia pesara más que lo que su cuello soportaba. Lamentó mucho no haber atribuido el silencio del

[78]De la mitología griega, monstruo en forma de serpiente capaz de generar cabezas.

brasileño a la falta de popis del cartero, a la falta de recursos del país o a la posibilidad de que alguien hubiese interceptado las cartas. El camino más seguro fue descartar el amor. La carta más reciente comenzaba diciendo: *"Amor mío, acabo de tramitar algo que le pondrá fin a esta espera…"*. Justo ahí la cerró.

Arrancó una hoja de su vieja libreta de poemas para escribirle una carta a Joao que parecía escrita para ella misma:

"¡Qué terrible es cuando el error del prójimo se convierte en un dolor que nos cambia para siempre! No sé si pueda decir que te amo porque en estos días, me cuesta decírmelo a misma. Aquí todos traicionan como si les hubiesen remplazado los corazones con piedras. Pierden el tiempo como si alguien les hubiesen regalado una cajita llena de años. Mi gran error fue hacerte una promesa. Me casé con Pedro. Pensé que me habías olvidado cuando en realidad fui yo quien olvidó recordar que tú existías".

Dalia estrujó la hoja, como si sus puños quisieran triturar el dolor que inspiraban esas palabras. En la carta más reciente de Joao, ella se enteró del plan que le pondría fin a la espera: *"Compré un apartamento en Río y a fin de mes me entregan las llaves. Apenas las tenga en mis manos, me voy a Cuba a ponerlas en las tuyas…"*

Esa última línea lanzó un resorte dentro de su espinazo. Si su matemática no fallaba, en menos de una semana Joao llegaba a La Habana. Su mente hizo una lista de tareas urgentes. La primera: divorciarse.

En tanto, allá en Río, Joao andaba las calles bajo los efectos de grandes ilusiones. Ensayaba cómo pedirle a Dalia que fuera su esposa. Visitaba sastres que hicieran trajes de tela ligera para casarse en la playa y tiendas que vendieran bobitos[79] blancos para la luna de miel. Hablaba con joyeros sobre anillos de boda y averiguaba sobre permisos oficiales para que una cubana viajara a Brasil. Solo le faltaba convencer a sus padres para que fueran a su boda en La Habana.

—No, hijo; a ese país, no —le decía su madre—. Ahí hasta han prohibido la religión. Y la gente, en vez de creer en Dios, ¡hace brujería! Aquí en Río tenemos condiciones para hacerte una boda linda que ojalá sea con una mujer de buenos valores, de buena familia, conocida

[79]Ropas de lencería.

de nuestra iglesia. Ya sabes qué opinamos sobre las cubanas. Te hemos contado un sinfín de historias…

—Ve a Cuba, hijo —le decía su padre—. Cuando regreses, celebraremos la ceremonia en nuestra parroquia. Y acogeremos a tu nueva esposa, como si fuera una joven de acá.

—Los entiendo —respondía Joao—, pero les prometo que Dalia no los defraudará. Ni a ustedes, ni a nuestra iglesia.

Entrando el domingo, en vez de acudir a la misa con sus padres, Joao tomó el avión que lo llevaba a su cubana.

Pero allá, en La Habana, Dalia ya no sabía qué otra esquina de la ciudad rastrear para encontrar a Pedro. En la casa de las buganvillas nunca parecía haber nadie. Dalia fue hasta la Marina Hemingway, donde un custodio le informó que Pedro ya no trabajaba en ese hotel. Justo cuando salía de allí, hundida en un hormigueo de dudas, una voz muy conocida que hablaba en perfecto italiano con un extranjero, le robó la atención.

—¡Mila! —gritó Dalia.

Mila se dio vuelta y, en vez de alegrarse, lanzó una de sus estrellitas ninjas: ¿Yo a ti te conozco?

—No seas chistosa. Ando buscando a Pedro. Necesito divorciarme. ¿Dónde lo encuentro?

—¡Ah, sí! Ya sé quién eres. La mujer de mi marido, ¿no?

El italiano amigo de Mila las miraba casi apostando que se iban a los golpes.

—Mila, olvídate de eso ya…

—No, mami. La primera traición es tu culpa. La segunda, es mi estupidez.

—Basta ya de teatro que si nos ponemos a ver, tú fuiste la que me quitó a Pedro.

Mila no respondió. Más bien le viró la espalda y ordenó un firme "Andiamo[80]" al italiano. Un taxi de turismo se los llevó y Dalia

[80] Vamos, en italiano.

caminó a su casa sin indicios de Pedro. Pero esa noche, cuando ella escuchó movimiento en la casa de las buganvillas, corrió a tocar la puerta.

—¡Entra, que me tengo que ir! —dijo Mila, dejando la puerta entreabierta.

Dalia entró y Mila fue al cuarto. La poca luz que se colaba por la enrejada ventana alumbraba el búcaro blanco con flores plásticas que la madre de Pedro siempre tuvo sobre la mesa del comedor. Pero a las flores ya no se les reconocían los colores. Mirándolo, Dalia recordó las veces que, de pequeña, ella tuvo que mover ese búcaro para almorzar con Pedro allí.

—Este hombre hace un mes que no viene y yo tengo que resolver —gritó Mila.

—¿Qué tú haces? —preguntó Dalia, caminando hacia el cuarto.

Mila escogía con desespero algunas prendas y las metía en bolsas.

—Pero, ¿qué te pasa? ¿Por qué lloras? —preguntó Dalia.

—Mi marido se casa contigo y mi novio solo me quiere para tirarme fotos.

—¿El italiano ese es tu novio?

—No, hablo del español. Pero a ese italiano me lo tiemplo hoy. ¡Lo conocí justo cuando acababa de mandar al español a la mierda! Traté de robarle la cámara y el muy desgraciado me amenazó con llamar a la policía.

—No entiendo nada, Mila. ¿Qué fue lo que pasó?

—Y mira… Me compró este vestido…

Dos dedos de Mila sostenían un conjunto de tiras negras que lo menos que parecía era un vestido.

—¡Todo esto es tu culpa! —gritó Mila.

—¿Cómo que mi culpa?

—La noche que me dejaste sola en el Habana Libre, amanecí

con el español y con su amigo en la cama. Y lo peor es que no recuerdo ni qué hice. Ellos entraron unos polvos a Cuba, metidos dentro del culo , que de olerlos, hasta mi nombre se me borró de la mente. Lo que sé es que me tiraron muchas fotos. Pero este italiano que yo conocí hoy tiene un barco. Y cuando me case con él, voy a ir a buscar a ese español donde quiera que se meta. ¡Voy a destriparlo!

—Mila, ¿dónde está Pedro?

La muchacha hizo un gesto para que Dalia saliera del cuarto pero a su vez, señalaba a la mesa del comedor. Justo al lado del búcaro de flores, había una carta encabezada por un gran "Cubanacan[81]", firmada por un Director. El documento confirmaba un trabajo en un hotel nuevo en Guardalavaca. Según la fecha de inicio, Pedro llevaba casi cuatro semanas por allá.

—Creo que él regresa este fin de semana. Y creo que viene por un mes. Así que tendrás tiempo de comértelo, bebértelo y después divorciártelo.

Dalia llegó a su casa leyendo la carta. Ese "Guardalavaca" le sonaba a un lugar del cual Rosa siempre hablaba.

—Eso es en Holguín, mi hija —le dijo Rosa—. Cuando mi padre venía de Oriente, nos llevaba a una playita virgen que hay allí. Recuerdo que él se iba a pescar y yo rezaba todo el día por que él regresara. En la noche, todos celebraban que había buen pescado para la cena. Yo solo celebraba que él estaba de vuelta.

—Pues de virgen le queda poco a tu playita. Acaban de construir un hotel y ya debe estar infestada de extranjeros.

Sin saber a qué se debían los fastidios, Rosa le sirvió la comida a Dalia. La luz del quinqué creaba misterio sobre los frijoles negros y acentuaba el delicioso dulzor que emanaba de los plátanos fritos. A veces, en la penumbra, la comida de su abuela sabía más rica. En ese momento, alguien tocó la puerta. Dalia protestó alto: "Oye, ¡qué puntería! Yo te digo a ti que la gente huele la comida". Nadie abrió, pero la visita siguió tocando.

Al escuchar un animado "Dalia" dicho por la voz de un

[81] Compañía cubana de turismo.

extranjero, ella por poco se cae de la silla. Cuando Rosa abrió la puerta, Dalia corrió a él y besándolo pensaba: "ay Dios mío, ¿ahora cómo me divorcio?".

Joao, acostumbrado a las penumbras de esa casita, entró y supo donde sentarse. Rosa cerró la puerta para evitar miradas vecinas. Él llevó a la abuela muy cerca del quinqué y puso una cajita en sus manos. Adentro había una cadena de oro y el pendiente de un ángel abrazando a una niña.

—¿Para mí? —preguntó Rosa.

—Cuando lo vi, me acordé de usted y de su nieta —respondió Joao.

La abuela acercó la medallita al quinqué y observándola, las lágrimas le encharcaron los lagrimales.

—Te cuento, hijo —dijo Rosa mirando el pendiente—, más verídico no puede ser ese mensaje. Cuando esta preciosura de niña nació, sus padres decidieron no tenerla. Yo la recogí y le puse Dalia, que es el nombre de una flor porque allá en mi pueblo a esas flores les decían "quiéreme siempre". Y eso es justo lo que yo le prometí a ella, quererla siempre.

Escuchando esa historia, Joao dedujo cuán difícil iba a resultar para esa abuela, asimilar los planes que él tenía en mente para con su nieta. Tomaron café, almorzaron, cenaron. Y cuando llegó la hora de Rosa ir a matar cucarachas a la cocina, Dalia atravesó las penumbras del barrio para ir al parque de los gigantes a romancear con el brasileño. Allí, Joao sacó algo del bolsillo y lo cerró dentro del puño de Dalia. "Las llaves de tu casa en Río", le dijo. Dalia apretó su mano queriendo imaginar la escena en la que ella llegaba a esa casa, abría la puerta. Pero una imprudentísima ráfaga de viento llegó y su mente acabó muy lejos de esa idea. Los gigantes batían las ramas como si hubiesen tomado vida y creaban columpios con las cortinas de raíces que colgaban de ellas.

—¿Y esto qué cosa es? —preguntó él, mirando hacia todos los lados del parque.

—¿No te has enterado? Viene un huracán hacia Cuba.

Él la miró con el desvarío de quien teme que su gran plan se arruine.

—Yo renté una habitación en el Comodoro. En cuanto regrese al hotel encuentro a un custodio a quien darle dinero para hospedarte otra vez allí conmigo.

Dalia lo llevó a la avenida por donde pasaban los taxis y corrió a casa. No por miedo a la oscuridad, sino porque le urgía pedirle a una vecina que la dejara llamar a Pedro desde el teléfono de su casa. Pero cuando llegó, la señora ya dormía. Al día siguiente, con el primer canto del gallo, Dalia regresó a verla. Pero al segundo canto del gallo, ya Joao entraba de nuevo al pasillo.

—¿Qué tú haces aquí tan temprano, muchacho? — preguntó Dalia con voz de sigilo.

—Anoche no pude dormir. ¡Vamos conmigo!

Justo a esa hora Vilma se salía a limpiar el portal y vio que un extranjero se llevó a Dalia en un taxi amarillo. Todo sucedió tan rápido que la presidenta del CDR no logró despertar Waldo lo suficientemente rápido para que él llegara a tiempo a ver lo que sus ojos vieron.

—Apúrese un poco —le pidió Joao al taxista.

Desde el retrovisor del taxi, era evidente que el brasileño se moría de ganas por ella. La besaba como si nadie los viera. El taxista entró al hotel por una calle en forma de herradura, bordeada de arbustos con flores y que terminaba en una fuente de agua que quedaba justo enfrente de la entrada principal. Joao al verse allí le pidió que los llevara a la garita trasera. Una puerta escondida entre matojos, cercana a la habitación del brasileño, les permitió acceso al hotel.

La habitación olía a nuevo y no porque la hubieran renovado. Es que de la maleta de Joao se salían ropas que aún traían las etiquetas. De todas, la más linda que le quedaba a Dalia era el bobito blanco que él había comprado para la luna de miel. Y cuando ella salió del baño con eso puesto, Joao, que ordenaba el desayuno, tuvo que colgar el teléfono. Los senos de Dalia apuntaban hacia él a través del encaje, como si quisieran volarle los sesos.

ಹಿಹಿಹಿ ಳಿಳಿಳಿ

—Pero, ¿qué pasa que no contestas el teléfono? —preguntó Vilma, en cuanto Waldo respondió la llamada.

—Estaba durmiendo. ¿Y ahora qué te pasa?

—Tu vaga lesbiana acaba de salir de aquí un turista.

—¿Un extranjero? ¿Estás segura?

—¡Extranjerísimo!

Waldo colgó y en menos de dos minutos ya estaba en casa de Vilma.

—¿No habrá sido un cubano muy a la moda? —preguntó él.

—Nada de eso. Yo no le vi bien la cara al hombre, pero vino en un taxi de turismo —le respondió Vilma.

—¿De veras tú crees que Dalia está jineteando?

—¡Ah, no! ¿Y a qué tú crees que fue el turista a su casa? ¿A comprarle mermelada a Rosa?

El silencio de Waldo no era por rabia, sino porque la noticia no tenía sentido. Dalia no tenía necesidad de vender su cuerpo a un extranjero. Si ella deseara vivir en Cuba "por todo lo alto", solo tenía que pedírselo a él. Aquello sabía al más déspota de los rechazos.

Cuando Waldo se la imaginó casándose e yéndose de Cuba con otro hombre, una mezcla de desespero y egos rotos le impidió articular con cuánta urgencia había que hacer algo al respecto. Por suerte, Vilma le leyó la mente y preguntó: "Y ahora, ¿en qué lista la ponemos?

—En la que sea, ¡pero hazlo! —respondió él, dando un manotazo sobre la mesita del centro de la sala.

—Sí, esta fechoría tiene que ver con gente de afuera, no necesitamos ni lista, llamamos a la Zona y ya.

A Waldo, la noticia le sonaba tan irreal, que él pensó que la presidenta estaba mintiendo para deshacerse de la competencia.

—Para creerlo, yo necesito evidencias —le dijo a Vilma.

Waldo salió de esa casa con ojos de trance y regresó con una de las cámaras Canon que él tenía para sus informantes.

—Ay, Waldi, ¿para mí? ¿Por mi cumpleaños? —preguntó Vilma, poniendo cara de perrita en celo.

—¡Para que me des evidencias! —respondió él, seriecísimo.

—Ay, sí. Y cuando aprenda a usarla, me tiro "evidencias" en todas las posiciones.

—¡Evidencias de los delitos que se están cometiendo en esta cuadra! Parece mentira que estas cosas pasen frente a las narices de la presidenta del CDR.

—¿Por qué tan asombrado, Waldi? Si todas las muchachitas ahora andan en lo mismo…

—¡No es asombrado! Es incrédulo. ¡Me estás mintiendo para volverme loco!

—Sí, yo quiero volverte loco, pero en mi cama, porque yo me muero por esa "cosota".

Cuando Vilma buscó la "cosota", no encontró ni "cosita" bajo los pantalones de su Waldi. Él le azoró la mano y le propuso un trato:

—Si tú me das pruebas, te lo prometo, soy tuyo. Todo tuyo —le dijo.

—¿Mío? …como mío, mío.

—Me divorcio de Felicia, te hago mi esposa y te llevo a vivir conmigo.

—Pero bueno, ¿qué pruebas quieres? A ver, el turista era trigueño, joven, apuesto...

—Fotos. Yo quiero fotos.

Vilma le daba vueltas a la cámara que tenía en sus manos, como si le urgiera aprender a usar aquella cosa. "Enfoca y tira", le dijo Waldo antes de comenzar el mínimo-técnico. Ella enseguida aprendió a usarla.

—¿Dónde pudieron haber ido? —preguntó Waldo.

—Ah, mira… yo estaba en el portal, detrás de la columna y escuché cuando el taxista preguntó: "¿De regreso al Comodoro?". Pero no sé qué habrá dicho el turista.

Waldo se moría por ir a su despacho a dar el Plan C por fracasado y comenzar a dar giros maquiavélicos a las flechas del Plan D. Pero él quería pillarla. El hotel Comodoro prometía las evidencias que darían sentido a las flechas de sus pizarras. Él avisaría a la policía. Y en cuanto ella regresara de sus fiesta con el extranjero, un patrullero se la llevaría a interrogarla a un lugar donde solo policías y él, pudieran visitarla. Su Lada salió del garaje a la misma velocidad de los latidos en su pecho. Se sabía dispuesto a lo que fuera por encontrarla.

Los enamorados terminaban su desayuno en la cama y Joao proponía ir al bosque, un lugar que él creía perfecto para darle el anillo que traía para ella.

—Al bosque no. Yo quiero llevarte a un sitio de mi Habana que tiene algo en común con tu Río de Janeiro —sugirió ella.

Salieron del hotel por la misma garita que entraron, justo en el momento en que Waldo entraba por la puerta principal y le enseñaba su carnet de la Seguridad del Estado al joven de la recepción.

—Busco un huésped alto, trigueño, de unos treinta y pico de años —dijo Waldo, repitiendo los pocos detalles que Vilma le había dado.

—Hay dos parejas de jóvenes que están aquí de luna de miel…

—No, busco uno que está hospedado solo.

—Aquí son pocos los huéspedes jóvenes que vienen solos.

Pero había una joven en la esquina de la recepción que se comía un chupa–chupa[82] de fresa y mirando directamente a Waldo, dijo: "¿Solo? Ay, yo sé quién es. Yo di entrada a uno que llegó anoche que, por cierto, estaba para comérselo y no dejar sobra".

Waldo se acercó a ella. "¿Cómo se llama?", preguntó.

—No me acuerdo. Deja ver si lo encuentro.

[82] Un palito que sostiene una bolita de caramelo en la punta. También conocido en Cuba como 'chambelona'.

La chica buscaba el nombre en las tarjetas de entrada de la noche anterior y Waldo esperaba con desespero. "Es este...", dijo ella. Waldo arrebató la tarjeta que la joven puso ante sus ojos y salió sin decir "gracias" rumbo a la habitación 809 que, según el papel, ahí estaba Joao.

Una camarera de limpieza le confirmó que el señor había dormido solo en la habitación, pero la cama de Joao, aún hirviente y desordenada, no contaba la misma historia. El bobito blanco sobre la cama delataba que una mujer había pasado por allí. Y por el largo de los pelos sobre la sábana, podía ser Dalia.

Waldo llevó el bobito a su nariz. Olía a ella.

Los buscó en el restaurante, en la piscina y preguntó en cada garita del hotel si alguien había visto a Dalia. Pero se regresó a Buena Vista sin nada más que una mente llena de dudas y un corazón quebrado.

Dalia y Joao ya llegaban a Regla, el único reparto de Cuba que tenía algo en común con Brasil. "El Sagrado Corazón de Jesús, el Cristo que cuidaba a La Habana", dijo ella.

Escalaron hasta llegar al pie de la majestuosa estatua de mármol, ante la cual, Joao se consagró y ella emitió una sonrisa. Alrededor de ellos, la ciudad se abría como una falda de bailarina, mostrando su escote de techos pintorescos, capaz de enamorar hasta al más ciego de los ciegos. El viento entraba por el puerto de La Habana y subía hasta el Cristo con una frescura diferente a la que se respiraba en los sucios barrios de la ciudad.

"¡Qué día más bello!", exclamó Joao, sintiéndose en el escenario perfecto para arrodillarse ante su amada y darle el anillo.

—Nunca te confíes en el sol de Cuba —dijo Dalia—. Así mismo, brillando, nos puede traer tremenda lluvia. Mañana entra un huracán.

—No. ¡Mañana no! Que es un día especial. Mira que llevo meses practicando...

—¿Practicando qué? —preguntó ella.

—Quiero decirle algo a tu abuela. Algo así como: "Señora,

Dios puso en su camino a un nieto nuevo. Vengo a pedirle permiso para casarme con su nieta".

—¡Ni se te ocurra…! ¿Tú hablas en serio?

Joao no se atrevía a decir que sí. Hasta la jovenzuela que vivía dentro de las pupilas de Dalia lo miraba con ojos de: "¿Yo oí bien? ¡Repite eso!". Él metió su mano en un bolsillo y con su puño apretó la cajita del anillo:

—¿Tú estás sugiriendo que nos casemos?

—Si. Para eso vine, Dalia. Quiero que nos casemos esta semana.

—¿Esta semana? Joao, esto es Cuba. Aquí las cosas no son tan fáciles como tú las pintas.

—Ya yo lo averigüé todo. Pagando, la Consultoría Jurídica nos hace una boda civil. Luego, en Brasil, nos casamos por la iglesia. Ya tengo hasta reservación para la luna de miel en Varadero.

—¿Qué Varadero, Joao? Tú sabes que a los cubanos no nos dejan hospedarnos con extranjeros en un hotel.

—Como hice en el Comodoro, le pago al custodio.

—¿De veras quieres que me sienta como un soborno en mi propia luna de miel? ¿Por qué tú planeas todo esto sin contar conmigo?

—¡Porque tú no respondes mis cartas!

—¡Porque el cartero no tiene popis!

—Que el cartero no tiene, ¿qué?

—Ustedes los extranjeros serán muy astutos allá afuera, pero aquí en Cuba son niños de teta. Parece que vienen con vendas en los ojos, y luego pretenden que nosotros abramos la mente para entender las rarezas de ustedes.

—¿Qué rarezas, Dalia?

—Eso de casarse en la iglesia. A ver, ¿qué es eso?

—¡Cómo que qué es eso? El mundo entero se casa en la iglesia.

—Ay, Joao, ¿Acaso no sabes que a este señor de la estatua de milagro no lo han tumbado? Que hasta el otro día que vino el Papa, ir a la iglesia era un delito. ¿Tú no sabes que aquí hasta mencionar a Dios está "requetemal" visto?

Joao miró al Cristo con cara de "Señor, perdónala".

—Mira, yo solo quiero casarme contigo. Ya yo hablé con mis padres. Ellos saben que eres una mujer caída del cielo. Como una estrella. ¡Y quiero que veas el Cristo de Río! Antes de irme, dejo listos los papeles migratorios para que...

—Joao, ¿papeles migratorios? ¿Y mi abuela?

—La llevamos a Brasil para que participe en la ceremonia.

—¿Y después de la ceremonia? ¿Qué hace? ¿Se regresa sola a Cuba? ¿O se muere de hambre o termina presa?

—¿Presa por qué?

—Mira. Hay historias que para contarlas desde el principio hace falta empezarlas desde otra vida. Mi consejo es: Antes de casarte con una cubana, lee sobre Cuba.

El puño de Joao apretaba la cajita del anillo, como queriendo triturarla.

—Yo solo sé que te amo —dijo él.

—Amas a la mujer que crees que soy. Amas a alguien que no conoces. Amas mi cuerpo. Mi sexo, quizás…

—No digas eso. Yo te amo completa, por dentro y por fuera. ¡Te amo tal y como eres!

—¿De veras? ¿Qué tal si me lo pruebas? Y no con un anillo, ni bobitos, ni viajecitos a Brasil. Empieza por preguntarme quién yo soy, qué necesito, con qué sueño. Así es como se conoce a las personas. Y si después de las respuestas todavía me amas, entonces nos casamos.

Era una prueba, quizás una trampa, pero Joao creyó preciso seguirle el hilo al juego y le hizo las preguntas. Entre las respuestas que dio ella, estaba: "Una joven rota, de sueños equivocados, que tiene un solo amigo, que lo único que la mueve del butacón de la sala es el llanto de su abuela".

"Nada que yo no pueda cambiar", respondió Joao.

Tan incómoda como perpleja, Dalia cantó la primera falta: "Dices 'te amo tal y como eres' y ya quieres cambiarme".

—No, Dalia. Quiero ayudarte. Me enamoré de ti, de tan solo verte.

—Eso no es amor… eso es puro gusto, Joao.

—No. Yo creo en el amor a primera vista. En estos tiempos la gente en vez de usar la intuición para reconocer a un buen partido, usa cuentas de banco, títulos universitarios, posición de la familia, afiliación a la iglesia. Yo te amé sin saber nada de ti. Ni siquiera tu nombre.

Dalia no concibió otra respuesta que un beso. Pensó que dentro de ese abrazo, el viento que venía del puerto se llevaría las ideas de Joao al mar. Pero él, después de tales cercanías, dejó caer una de sus rodillas al suelo, alzó un anillo a la altura de ella y dijo: "No importa que no sea fácil, lo que importa es que sea real".

Los pies de Dalia pataleaban contra el muro como si quisieran salir corriendo.

—Levántate, Joao —pidió ella—. ¿Qué tú quieres que yo diga?

—En Brasil, ante una propuesta de matrimonio, se dice 'acepto', o 'no acepto'.

—¿Y… una no tiene unos "diítas" para pensarlo?

—No. Porque quien no lo sabe ahora, no lo sabe nunca, Dalia.

Joao se puso de pie y a pesar de los trémulos ojos de su amada, insertó el anillo en uno de los dedos de ella. El diamante era un farol que hacía al sol sentirse pequeño. Ella, en vez de una confirmación o una esperanza, pidió ir a casa.

El viaje a Buena Vista transcurrió en silencio. Dalia le pidió al chofer que la dejara en la esquina de su casa. El taxi frenó donde el árbol forrado en brujerías azoraba más que lo que invitaba a respirar. Así todo, el terror de no volverla a ver lanzó a Joao fuera del taxi.

—Dalia, vamos a mi hotel. Es preciso que hablemos…

—Tú llevas meses planificando esto, Joao. Yo no. Yo me acabo de enterar que nos vamos a casar esta semana.

—¿Y eso no es con lo que sueñan todas las mujeres?

—El matrimonio nunca ha sido parte del repertorio de mis sueños. Y yo creo que uno debe casarse el día que la palabra boda no le suene a tortura.

Joao bajó a la altura de Dalia para que sus ojos miraran directo a los de ella y allí dijo: "Yo sé que estas asustada. Pero por favor, no dejes morir esto". Con el mismo brío de esas palabras, besó los labios de ella. Una escena que Vilma, desde su casa, capturó enterita en fotos.

Cuando el taxi se llevó a Joao, Dalia corrió a casa de su vecina para localizar a Pedro. Las líneas telefónicas al hotel de Guardalavaca daban un timbre que terminaba en un tono largo y que nunca conducía a un ser humano.

En menos de una hora, ya Waldo había revelado el rollito de la cámara y sostenía pruebas en sus manos de que Dalia besuqueaba a un turista. Queriendo aliviar el escozor que punzaba adentro de su corazón, se dio uña sobre el pecho, hasta dejar su piel en carne viva. Y cada vez que miraba hacia las fotos, repetía: "No puede ser".

Le llevó copias a Vilma, que esperaba por él con cara de: "¿te acuerdas de nuestro trato?" y ya se veía mudando sus trastos para la casa de enfrente. "Esto hay que celebrarlo", dijo ella en cuanto él entró.

—Sí. Dame alcohol —pidió él.

En cuanto la botella de ron llegó a la mesita del centro de la sala, Waldo se empinó al pico para darse un largo buche. El alcohol enfrió un poco su garganta. Y también la calentó. Cuando Vilma llegó con vasos limpios para el brindis, ya él se había tomado más que lo que ella iba a servir para los dos.

—El rechazo es una lepra. Pica y no se va la picazón —dijo él, mirando el suelo.

—¿¡Waldo!?

—Es un tipo de dolor. ¡Intenso! Y hasta creo que me gusta.

Después de repetir su nombre diez veces, Vilma detuvo el tren de locos que se llevaba a Waldo al fondo de la botella. Ella alzó su vaso para brindar y él se abrió la camisa. Su pecho, arañado como si rastrillos hubiesen pasado sobre él, estaba a punto de sangrar.

—¿¡Y eso!? —gritó Vilma caminando hacia atrás.

Waldo se fue. La imagen de Dalia, besando a un tipo en la esquina de la cuadra no se iba. Subió las escaleras de su casa sin sentir el piso debajo de sus pies y en su despacho encajó un cuchillo en cada una de las D rojas que había en sus pizarras. Aunque en vano, porque nada de eso alivió el apogeo en su corazón. Se rascaba el torso, que ya sangraba y gritaba de placer.

Asustada por el insólito escándalo, Felicia corrió al teléfono y llamó al psiquiatra de su marido.

—¡Yo creo que tomó! Y usted dijo que esas pastillas y el alcohol juntos son veneno.

El doctor quería hablar con él. Felicia, procurando que Waldo no la viera, metió el brazo en el despacho para alcanzarle el teléfono. Y en cuanto él arrebató el auricular, ella bajó las escaleras. Desde la puerta de la entrada ella escuchó cuando su marido, con voz firme le dijo a su doctor: "Llegó la hora del plan D".

❧❧❧ ☙☙☙

El viento daba zarpazos contra los árboles del barrio. Y en casa de Dalia, el quinqué alumbraba un plato de comida que olía a maravilla. Ella masticaba sin hablar. Rosa había notado el anillo nuevo que traía su nieta y como Dalia actuaba como si no llevara una fortuna en el dedo, le preguntó:

— ¿Y tú qué vas a hacer, mi hija?

—Lo que él me propone es una locura.

—Bueno, cuando hay amor los castillos en el aire crecen solos. No pienses tanto. Acuérdate que el amor es lo que dice la canción: "el pan de la vida".

—Sí, pero el pan que se comió Joao tenía alucinógenos, porque sus delirios no pueden ser normales. Se quiere casar y dejar los papeles listos para yo me vaya del país con él.

Rosa fue a su cuarto pues aquella bomba causó mucho vapor dentro de su frente. Ni dándose abanico dejaba de sudar.

Esa noche, como Waldo progresaba de mal en peor, Felicia fue a dormir a casa de sus padres con el niño. Cuando amaneció, el cielo parecía ignorar el huracán que había anunciado el noticiero.

Dalia abrió los ojos y lo primero que vio fue la cara de Joao, risueño, queriendo despertarla.

—Pero, ¿por qué tan temprano? —dijo ella restregándose los ojos.

—Regresemos al Cristo. Hagámoslo todo de nuevo. Quiero volver a proponerte matrimonio, ahora que lo has pensado.

—Lo tuyo es una locura detrás de la otra, Joao.

—Dale, vístete. Vámonos.

—Ni eso es posible. ¿Acaso no sabes que yo no puedo salir de aquí de manos contigo?

—¿Y por qué? ¿No quieres que tus vecinos sepan de lo nuestro?

La respuesta de Dalia fue: "Ay, Dios mío".

Allá en la sala, Rosa deambulaba las vecindades de la puerta porque si a su nieta se le ocurría salir por ahí con ese hombre, los iba a regresar al cuarto. Dalia se cambió de ropa tratando de explicarle a Joao porque necesitaban fugarse por el patio. Pero todas las explicaciones resultaban, para él, incomprensibles.

—A ver, te lo voy a explicar lo más claro posible: Por tener a un extranjero aquí, dentro de mi casa, sin permiso ni conocimiento del CDR, mi abuela puede hasta perder la casa. Y yo, si salgo de aquí a plena luz, de manos contigo, puedo terminar en una estación de policía, por jinetera.

—¿Qué cosa es CDR? ¿Y qué cosa es jinetera?

Dalia no habló más. Se peinó con prisa y se pintó los labios. Pero alguien tocó a la puerta. Era Waldo, que pedía que le abrieran. En el pecho de Rosa cada toque se sintió como un infarto. Dalia jaló a Joao y lo sacó de su casa por la puerta de la cocina. Con nerviosas señas le pedía que cruzara al patio de Pedro. "¿Otra vez?" protestó él mientras trepaba el muro. Dalia regresó a la sala, donde Rosa temblaba y se reía nerviosa de lo que pedía Waldo.

—¿Mudarte a mi casa? Pero Waldo, si en tu casa caben cinco apartamentos como el mío.

—No sabía a quién acudir, Rosa. Perdóneme. Yo y Felicia nos estamos divorciando… Me echó de la casa. Por favor déjeme dormir aquí, aunque sea una noche para organizar mis pensamientos.

Waldo traía una bolsa en cada mano y cara de hombre destrozado. Dalia tragó en seco cuando él dijo: "Buenos días, Mermelada". La abuela entró una de las bolsas y le pidió a su nieta que trajera café. Waldo se veía muy mal y le hablaba a Rosa sobre tragedias del amor y de rechazos. Dalia trajo las tazas de café, rezando porque Joao no fuese a brincar el muro de regreso. Los dejó conversando y salió corriendo a casa de Pedro. Pensaba sacar a Joao de allí por la puerta trasera pero cuando llegó, Mila conversaba amenamente con el brasileño en la sala. El rostro de Mila cambió de gata dócil a gata jíbara en cuanto vio a Dalia.

Un enjambre de buganvillas espinosas en el fondo de esa casa, le permitió acceso a la cuadra trasera. De allí, tomaron un taxi y en vez de al hotel, Dalia pidió ir al mar, buscando que la sal desinfectara los arañazos que habían causado las espinas y que el azul turquesa calmara el histerismo que esa mañana había provocado. En la Playita 16, las olas traspasaban los permisos de las rocas y hacían por inundar la costa. Se sentaron lejos del agua, sobre las planicies entre los puntiagudos arrecifes.

Ella no sabía de qué otra manera explicarle al brasileño las razones de la fuga por el patio. Pero el desconcierto de Joao ya no se debía a eso. La corta charla con Mila lo había dejado más rasguñado que el naufragio a través las espinas.

Las nubes se asomaban sobre el horizonte y él quería expresar tanto que ni siquiera le salía una palabra. El sol ya no brillaba. La tormenta la traía él en su cabeza. Lo que Mila le había dicho, dolía más que lo que dolerían todas las espinas de buganvilla de esa casa encajadas en el cuerpo.

—¿Qué pasa? —rompió el hielo ella.

—¿Tú eres una mujer casada? —preguntó Joao llevándose una mano al pecho.

A sal supo esa pregunta. Dalia enseguida adivinó de quien venía. Él bajó la cabeza esperando que ella desmintiera a la vecina.

—¿Qué te dijo Mila?

—¡No! Solo dime que es mentira.

—¿Te acuerdas de aquella vez que me compraste los calderos? A mi abuela se la llevaron presa por la venta de mermelada. Las guayabas eran de contrabando. El azúcar era robada. Ella vendía alimentos sin permisos oficiales.

—¿De qué tú hablas? Responde mi pregunta. ¿Tú estás casada o no estás casada?

—Pedro me habló de un negocio, uno que podía sacarme de un gran bache por buen tiempo. El negocio era casarse para vender las cervezas que el Gobierno da a los novios.

—¿Por cervezas? ¿Tú te casaste por cervezas?

— Por dinero. La otra opción era vender mi cuerpo. Preferí vender cervezas, sábanas, toallas y acceso a un hotel. Por las cajas gané mil pesos, por el hotel, mil más. Lo que para ti no es más que veinte dólares, pero mi fueron meses de poder comer.

—¡¿Te casaste por veinte dólares?! ¡¿Me fuiste infiel por veinte dólares?!

—¡No! —respondió Dalia con firmeza—. Nadie ha tocado mi cuerpo. Mi boda no fue una boda. Mi esposo no es mi esposo. Mi luna de miel fue una luna de sal. Estoy casada, en papeles.

—Desclávame el puñal.

—Yo sabía que no ibas a entender. Por eso no te lo dije.

—Claro que no iba a entender. En Brasil hay tres cosas sagradas: el nacimiento, el casamiento y la muerte. Aquí en Cuba parece que lo único sagrado es el dinero. Yo te creía diferente, Dalia.

—¡Yo soy diferente! Y precisamente ese es el problema.

La mano de Joao masajeaba su pecho para que el lodo de aquella traición no lo hundiera en huecos aun más hondos. Él miraba hacia los arrecifes, deseando que las rocas de esa costa se abrieran y que un túnel mágico lo transportara a su país.

—¡Cuánto diera porque me entendieras! —dijo ella, muy triste.

—Entender o no entender, no cambia nada. Nuestro amor comenzaría con una gran mentira. Ante los ojos míos te has burlado y ante los de Dios ¡peor aún! Ayer mismo, frente al Cristo me pedías tiempo. Tiempo, ¿para qué? ¿Para divorciarte?

—Claro que si, Joao. Ahora mismo podemos tramitar el divorcio y todo esto se resuelve.

—Te casaste con otro cuando yo hacía planes para hacerte mi esposa. Ante Dios, soy un idiota. Y tú… lo que eres tú, no tiene nombre.

Dalia secaba las lágrimas que insistían en salirse de sus ojos. Joao tiró un billete de cien dólares que cayó en el charco que ella miraba.

—Ahí tienes. Un dólar por cada puñalada. La ganancia de cinco matrimonios.

Dalia pescó el billete del agua. Lo sostuvo con la punta de sus dedos para que chorreara. Estiró su otra mano hacia Joao para que él mismo sacara de sus dedos los anillos que él le había regalado. Joao guardó el de compromiso en su bolsillo y tiró el de promesas al charco que había frente a ella. Se alejó de la playita, sin decir Adiós a Dalia.

A solas con las olas, ella se permitió llorar. Sentía una de esas tristezas que llegan cuando el vacío lo inunda todo. Justo entonces, detrás del negro cielo retumbó un trueno, haciendo que ella se encogiera de hombros y dijera: "Kabiosile Changó". Dalia juntó sus manos a modo de rezo y mirando al cielo dijo: "No sé si es que llegaste tarde a esta pelea, o fuiste tú quien quitó al brasileño de mi camino, pero a mí ya se me están acabando los motivos para creer que existes, o que existe Dios".

Una fina llovizna se mezcló con sus lágrimas. Antes irse, recogió el anillo y escondió el billete de cien dólares entre la plantilla y la suela de su zapato. Caminando sobre tales fortunas, llegó a Buena Vista. Ganas de ir a bofetear a Mila le sobraban, pero la falta de ánimo la llevó directo a su casa. Escondió el dinero detrás de una de las lositas sueltas de la pared del baño. Su abuela tuvo que destapar el billete porque no creía que decía "cien".

Dalia no esperó a que la noche llegara para buscar amparo bajo las colchas. A media noche, el viento soplaba como si quisiera llevarse a Buena Vista al infierno. Dos lugares que para ella resultaban una redundancia.

Según el noticiero el mal tiempo duraría tres días. Un espacio de tiempo que, en su mente, serviría para calmar el ardor de la fresca herida de Joao y con suerte, enmendar la relación.

En medio de una lluvia apocalíptica, Waldo tocó a la puerta. Al plan D le faltaba poquísimo para ejecutarse y él había dado órdenes en la estación para que esa misma noche fueran a arrestar a Dalia. Él quería estar presente cuando todo sucediera. Desde su cuarto ella escuchó que Rosa le dijo al visitante: "Claro que sí, duerme en el sofá".

Waldo no durmió. Su plan era dárselas de héroe y salvar a Dalia del peligro en el cual, él mismo la pensaba meter. Solo así ella entendería que su única y mejor solución para sus problemas, era él. Ella tampoco durmió, porque la colonia de ese hombre atrapada en su espacito hogareño, le daban deseos de toser.

—¿Cuándo tú te vas de aquí? —le preguntó Dalia en la mañana.

Rosa batía las guayabas y ni cuenta te había dado que su nieta estaba echando de la casa al vecino más poderoso de todo alrededor.

—Estoy destruido, Mermelada, hoy pasé el día tramitando cuestiones del divorcio. Desde que Felicia me botó de la casa...

—Mira, tú no eres de los que "botan de la casa". Tú eres de los que causan moretones en los ojos de una mujer para que se largue con su hijo de la casa. Así que ¡fuera!

Waldo la miraba, la escuchaba, pero no se iba. Afuera, ya no tronaba. La tempestad perdía fuerzas y ella temía que Joao llegara a pedir perdón y se topara a ese vecino allí. Por eso salió bajo la tenue lluvia que dejan los huracanes a buscar al brasileño. No sabía si iba a pedir perdón o a decir adiós, pero tenía que verlo.

Cuando el custodio de la garita trasera del Comodoro la vio llegar, apagó su walkie-talkie[83] y le pidió que desapareciera de ahí. Ante la cara de disgusto de Dalia, el hombre explicó:

—Parece que hubo un robo. No sé bien los detalles, pero hay tremendo lío formado. Y no sé por qué me parece que te andan buscando a ti.

—¿A mí? –preguntó Dalia, horrorizada– Yo soy la novia del brasileño, ¿te acuerdas?

—Perfectamente. Y tu novio ya no está aquí. Anoche mismo se fue del hotel. Yéndose él, un señor vino a buscarte. Traía una foto tuya y del brasileño. Dijo que era tu papá.

—¿Qué papá? Si mi papá me ve por la calle, me dice un piropo, muchacho. Eso es imposible.

—¡Ya sabía yo! Ese tipo tenía porte de perro–seguroso[84]. ¡A mí no se me despintan! Tú te llamas Dalia, ¿no?

Ella asintió, tratando de esconder el terror.

—Yo dije que nunca te había visto. Si me cogen entrando muchachitas en el hotel con los yumas, pierdo el trabajo. Dicen que hay cámara por todos lados, pero eso es mentira. No tienen batería. Y tú, júrame que si te agarran dirás que jamás entraste a este hotel. ¡Júramelo!

—Sí, lo juro.

—Dale, ¡vete, vete! Que esto está en candela aquí.

Los nervios de Dalia la empujaban rumbo a casa, pero las incógnitas la halaban de regreso a donde el custodio. ¿Qué robo? ¿Qué fotos? ¿Qué padre? Tantas dudas le retrocedían el paso. Cayó sentada en uno de los mojados bancos de la Quinta Avenida. Allí su pelo sirvió de cortina para que nadie la viera llorar.

---

[83] Del inglés, intercomunicador inalámbrico.

[84] Apodo coloquial para gente que trabaja en el Departamento de Seguridad del Estado.

Solo las estrellas y los focos de algún lejano carro alumbraban el barrio. Dalia caminó tanto ese día que llegó a la cuadra casi de noche. A pesar de lo encharcada que venía, se quedó un rato sentada en la punta del pasillo. Es que en la radio del loco–sordo, Demis Roussos cantaba: "adiós, amor, adiós[85]". Y como hasta en el medio de las peores torturas uno encuentra un aliciente, mirando hacia la esquina de su cuadra, Dalia vio a alguien que la hizo sonreír. Era Pedro, que regresaba de Guardalavaca. Ella corrió hacia él.

—¡Chica, qué susto, coño! —dijo Pedro, al verla frente a su cara.

—Llevo un siglo buscándote.

—Y eso, ¿para qué?

—Por muchas razones. La primera es que tenemos que divorciarnos.

—Ay, mira… ¡Qué grato recibimiento! Hola, Mermelada, ¡cómo te extrañé! ¡Qué gusto verte!

—Pedro, no juegues. Necesito hablarte.

—Y yo necesito comer.

—No, Pedro. En serio, necesito hablarte.

—¡Déjame llegar, muchacha! Para llegar cogí carreta, camello, guagua, burro, chivo, nave espacial. Con todo y eso, me dejaron en el malecón y vengo a pie desde allá. Y me muero del hambre. Mañana paso por tu casa, ¿está bien?

Pedro siguió rumbo a la casa de las buganvillas y ella se quedó en la esquina, sintiendo que la frialdad de su mejor amigo tornaba su vacío diez veces más irresistible. Regresó a casa muy despacio, como si sus pies, en vez de chancletas, calzaran ladrillos.

—Mañana, del cielo nos va a caer un saco de guayaba. Ya verás... —dijo Rosa, que mataba cucarachas en la cocina.

—¿Del cielo?

—Sí. Unos campesinos las traerán a La Habana. Las van a

[85] Éxito del cantante de procedencia griega (aunque nacido en Egipto) Demis Roussos, en los años setenta.

vender en un punto tan secreto que no te lo puedo decir ni a ti.

—Nana, deja ya la mermelada. Ahí hay dinero con qué bandearnos por un tiempo. No vale la pena todo este estrés.

Dalia puso a hervir un jarro de agua para echárselo a un cubo de agua fría, asearse e ir a dormir.

—¿Y ya Waldo se fue? —le preguntó a Rosa.

—Parece que su mujer lo recogió porque se llevó hasta las bolsas.

Dalia respiró profundo, sin imaginarse que esa noche, Waldo había ido a la estación de policías, a protestar porque la recogida que él había instituido aún no se había efectuado. Apenas ella cerró la puerta de la entrada de la casa, tuvo que volver a abrirla pues alguien tocó. El pelo rubio del visitante brillaba como si un sol hubiera aparecido delante del quinqué que ella sostenía. Ella buscó una libretica y se alistó para apuntar la orden del muchacho.

—¿Te acuerdas de mí? —preguntó él.

Aunque ella dijo que no con la cabeza, la jovenzuela de sus pupilas asintió.

—Me llamo Ulises. El otro día te pregunté si podíamos ser amigos, pero tú…

—¿Cuántos litros quieres? —interrumpió ella.

—La verdad, no tengo dinero. Un impulso me trajo. Debe haber sido aquel fantasma que siempre te llevaba a mi edificio, el que me trajo aquí.

Dalia metió la libretica y sus dos manos en los bolsillos del short.

—Me contaron que tú fuiste a verme al edificio… ¿eso es verdad?

—¿A qué viniste?

—Pensé que venía a invitarte a dar una vuelta. Pero estando frente a ti, creo que vine a pedirte disculpas.

—¿Disculpas por qué?

—Ese que, aquel día que mi hermano te cayó atrás para olerte fue a causa de un comentario estúpido que yo hice. Olvidé que él siempre está borracho y le hablé de tu olor.

—Entonces, ¿es verdad que son hermanos?

—Nadie lo cree. Cuando mi padre murió, lo dejé solo en el apartamento y construí un cuartico en el techo del edificio para vivir lejos de sus tragedias.

—Ya, está bien. Disculpas aceptadas.

—Pero yo no vine a pedir ese tipo de disculpas.

—No sabía que existían disculpas de dos tipos…

—Mi madre, que era rusa siempre me decía: "Hay disculpas verdaderas y disculpas incompletas". Según ella para que sean verdaderas, uno tiene que revertir el daño que causó.

—¿Revertir el daño? Para eso habría que regresar en el tiempo y creo que todavía no han inventado esas máquinas.

—Yo quiero revertir el daño que causé. No quiero ser parte de la razón por la cual tú caminas asustada por el barrio.

—Ay, niño, de todos, tú eres el menor de mis sustos. Mi vida es una colección de tarados.

—Se ve.

—Se ve ¿qué cosa? ¿Tú tienes rayos X en los ojos?

—No, pero los tuyos lo proyectan todo. Los recuerdo en la escuela, como faroles, casi fosforescentes. Pero el día que pasaste por el edificio, ¿te acuerdas? Traían un verde pálido. Hoy los noto mustios.

Tal poder de observación hizo a Dalia subir una de sus cejas.

—Déjame hacer algo por ti, anda. Pídeme algo que te guste, algo que no tengas o necesites… —dijo Ulises.

—¿Qué me podrías dar tú que no tienes ni para comprar mermelada?

—En esta vida, nada que es realmente valioso en esta vida se compra con dinero. Piensa para que veas, el amor, la confianza, la salud... En fin, pide algo que esté en mis manos resolver.

— No se me ocurre nada... Es que hoy fue un día horrible para mí.

—Mira, yo soy pintor. Puedo pintar un cuadro para darle alegría a tus paredes. O mejor aún, puedo pintar tus paredes... A ver, piensa en un color.

"Rosado", pensó Dalia. Y no porque fuera su color favorito, sino porque era el de su abuela. A su alma regresó un poco de entusiasmo cuando imaginó la cara de emoción que pondría Rosa, si viera la casa pintada del mismo rosado con el que ella pintó el apartamento cuando llegó a La Habana.

Dalia aceptó la oferta pero con la condición de que Ulises la dejara pagar por el trabajo.

—Eso sería pagar doble: una vez con tu dolor y otra con tu dinero —respondió el joven.

Una ola de calor montada en una ráfaga de viento que entró por el pasillo llegó a ellos. De esa ola Dalia robó aire para un suspiro. Y de pronto, en la radio del loco–sordo comenzaron a cantar Cristina y Los Stop: *"Caminos en el cielo, misterios en el mar y las sombras del desvelo que me vienen a asediar...*[86]*"*

—¡Me encanta esa canción! —dijo Ulises—. Si supiera cómo, te invitaría a bailarla.

—Yo tampoco sé bailar. Y no me gustan las canciones románticas.

La penumbra se mecía detrás de Dalia, al mismo ritmo con que bailaba la mecha del quinqué. Nocturno les unió las miradas. Ellos se miraban en silencio escuchando el estribillo que vino después: "*... estrellas que se apagan, palomas que se van, pensamientos que divagan y siempre aquel refrán que suena en mis oídos con fuerza de obsesión. Y llorando con el órgano está mi corazón. Entre mis sueños yo te veo a mi lado otra vez y tu rostro tan sereno, con su blanca palidez*".

Unos pasos que entraron por la punta del pasillo quebraron el

[86]"Su blanca palidez" traducción al español de "A whiter shade of pale", canción de la banda británica Procol Harum (1967)

delicado misterio que la canción creó entre ellos dos. Se sentían como piedras lanzadas a un espejo. Dalia adivinó que eran de Waldo cuando escuchó el manojo de llaves que traqueteaba con cada pisada en el bolsillo del visitante. Supuso que la intención de su visita era una de tres: ordenar mermelada, molestarla o ambas.

Ulises miraba a Dalia como si nadie se acercara. Y ella dio un paso al frente, deslizó sus manos desde el pecho del muchacho hasta su cuello. Atrajo los labios del rubio a los suyos. Y cuando Waldo llegó a la puerta de su casa, Dalia besaba a un rubio que no se parecía al turista de la foto. Él dio una vuelta casi militar y salió de allí con la furia del que va dispuesto a apretar el detonador de una bomba.

—¿Y ese beso? –preguntó atolondrado el de los rizos.

—Nada. No significa nada. Es solo un beso —respondió ella, con palabras heladas.

—No digas eso —pidió el joven—. Tú eres para mí como caer en lo hondo del mar con una piedra amarrada al pie y tener que mantenerme a flote. Y ese beso es otra piedra.

—¿Qué quiere decir eso?

—Que me enamoro como un loco.

—No te enamores, que ese es el peor negocio de todos. Vete ya, anda.

—Sí, pero vengo pronto a ver tu casa a la luz del día, antes de venir a pintarla.

—¿Tú de veras vives en el techo de tu edificio?

—Sí. Y si un día ese fantasma te lleva hasta allá, ve al techo y si no ves mi casa, pintas una puerta, que yo estaré detrás.

—Yo no sé pintar… —dijo Dalia, cerrando la puerta en las narices del muchacho.

El agua para su baño hervía. Y ella no atinaba a moverse de atrás de la puerta para irse a bañar. Aquel beso logró que ese denigrante día de su vida terminara menos doloroso.

En las pesadillas de esa noche, Rosa acabó en un calabozo,

ella casada con Waldo y Joao quería matarla. Un grito la dejó sentada en la cama, con una colcha de sudor cubriendo su frente. Tanteando llegó a la cocina. Sacó un pomo de agua tibia del apagado refrigerador y con eso refrescó un poco sus adentros. Pero lo único que ofrecía un poco de calma al corazón era recordar el beso de Ulises. En el trayecto de la cocina al butacón, unas cuantas cucarachas crujieron bajo sus chancletas. A esa hora, lo único que ella oía era su propia saliva atravesando su garganta. Ella echaba de menos el "tic tac" del reloj de pared que en noches como esas rompía el silencio abrumador de la madrugada y recordaba que el tiempo, aunque lento, borraba incertidumbres. Rosa, desde su cama y preguntó si estaba bien. Como Dalia no sabía, no respondió nada. El resplandor lunar que entraba por la ventana poco a poco fue adaptando la vista a la penumbra y Dalia vio que tanteando, Rosa llegó a la sala.

—Es que tengo pesadillas, Nana. En las locitas del baño hay cien dólares americanos que equivalen a cien años de prisión. Joao regresó a Brasil y más embrollo no pudo haber dejado detrás...

—¿Cómo que se fue a Brasil? ¿Tú no andabas hoy con él? ¿Y no te dio un anillo para casarse?

Dalia cerró los ojos y llevó cuatro dedos de su mano derecha a ese punto entre las cejas que palpita cuando todo corre en forma de tornado dentro de la mente.

—Mira mija, ve a dormir. Ahora mismo, las tetas mías son las más caras de Buena Vista. Metí el billete en mi ajustador porque mañana voy a cambiarlo.

—¿Cambiarlo? ¡No digo yo si voy a tener pesadillas, Nana!

—Yo tengo un punto[87] de confianza que me los cambia, mija. Y diez mil pesos cubanos, es mucho dinero, pero es legal.

La cabeza de Dalia se movía en gesto de "no". Rosa besó el tope de su cabeza, asegurándole que todo iba a salir bien. Dalia durmió en el butacón y cuando el sol de la mañana la despertó, ya su abuela no estaba en la casa. En la sala se empezaron a escuchar los chillidos de Mila, pidiéndole fuego a Pedro. Dalia se levantó del butacón protestando: "¡Yo creo que los domingos acentúan las desgracias!".

[87] Contacto clandestino. Casa de cambio en la bolsa negra.

Dalia metió sus caderas dentro de una falda blanca, se enganchó una camiseta roja y, en vez de en chancletas, se puso tacones blancos. Sin un destino bien definido, salió de casa. Ese día, Vilma no limpiaba el portal, Waldo no vigilaba y los perros callejeros aun no transitaban las calles.

Aires fantasmales la impulsaron al edificio de Ulises. Ella subió al techo y allí, además de muchas tendederas con ropas, había una casita hecha de ladrillos rojos, con una puerta que tenía pintada una linda vista del mar. Dalia golpeó sobre las olas, que parecían húmedas pues, con tanto sol, un barniz transparente brillaba sobre la espuma.

—Te presentí —le dijo Ulises, cuando abrió la puerta—. No sé cómo, pero sabía que venías a verme.

Como ella no traía las palabras ordenadas en ideas elocuentes, en vez de responder, le preguntó:

—¿De veras te enamorarías de mí?

—Sin dudas.

—¿De una mujer sin sueños, que no baila, que no sale, que no cocina, que solo sabe ser deportista?

Ulises se quedó mirando a Dalia, adorando el contraste entre sus desorbitados ojos y lo liso y tranquilo de su pelo. Temió decirle que él la amaba desde el día que la vio en la escuela. La invitó a pasar a su casita, que no era más que un espacio de cuatro paredes enladrilladas, sin cocina ni baño, repleto de pinturas sobre trípodes. Todas a medio terminar. Ella paseó el local en silencio y le hizo honor a cada una, como quien llega a una fiesta y desea saber todo sobre cada invitado.

—Pintar es lo único que ofrece respuestas a mis grandes incógnitas —le dijo él, aún desde la puerta.

Ella, que no creía fácil sentir amor por alguien, sintió que de los cuadros de Ulises ya se había enamorado.

—Este corazón lo pinté anoche, inspirado en el beso que me distes ante la "blanca palidez" de la canción.

Dalia tocó el cuadro y un rojo húmedo pintó la punta de su dedo.

—¡Píntame a mí! —pidió ella, zafando los botones de su blusa.

Con cada botón que ella zafaba, los ojos de Ulises se abrían más. Las dos tapas abiertas de la blusa quedaron sujetadas por sus pezones.

Él, que solo podía ver la línea entre los senos de Dalia y el ombligo, temía ver más. Cerró la puerta y fue al único trípode que sujetaba un lienzo en blanco. Con sus manos llenas de pintura afincó los rizos de pelo que bordeaban su cara, detrás de sus orejas. Cuando regresó la vista a Dalia, ya ella había entregado su falda blanca a la gravedad.

Desde su banco, él miraba a la némesis Guayaba, tratando de buscar concentración para pintar. Veía a la chica que tantas veces desordenó sus ganas en el preuniversitario, a la inalcanzable vecinita que él siempre quiso oler. La tenía, casi desnuda frente al él, pidiéndole que tornara toda aquella magia en un cuadro. Sus fríos dedos hacían de todo por agarrar pinceles y paletas llenas de pintura. Pero le resultaba imposible lucir profesional.

Dalia se sentó en un banco cercano y recostó su espalda sobre la áspera pared. Descansó sus brazos encima de su cabeza para que en la escena superior reinaran los senos y en la inferior los rosados de su intimidad.

Ulises le pidió que sus faroles verdes no dejaran jamás de mirarlo. La paleta y el pincel temblaban, pero se decidió a pintar. Y cuando él embarraba su pincel con la pintura para delinear la silueta sobre el lienzo, la modelo les dio vida a sus curvas y caminó hacia él.

—Quiero que me pintes el cuerpo con tus dedos —le dijo.

El lienzo se tambaleó, entendiendo que debía quitarse del camino. El pincel cayó al suelo, haciendo un charco de pintura. La némesis Guayaba terminó sobre un colchón que había en el piso, aprensada por el cuerpo del pintor y destellando el más fino de sus olores: el olor del sexo.

El colorido encuentro llegó a su fin cuando Ulises preguntó:

—Y ahora, ¿qué hacemos con todo esto?

—Mañana, si quieres, regreso para que termines el cuadro —propuso ella.

—Sí, aunque te confieso, ya puedo pintar tu cuerpo con mis ojos cerrados pues quedó tatuado en la memoria de mis dedos.

Dalia quitó las manos llenas de pintura que Ulises había puesto frente a su cara para que él viera que ella sonreía. El vapor que el sol atrapaba dentro de la casita se hizo doble cuando Dalia se puso las ropas. "Nos vemos mañana" dijo ella, antes de que sus tacones la sacaran de allí y martillaran los escalones que llevaban desde el techo a los bajos del edificio.

Rumbo a su casa, hasta los postes de la luz se jorobaban para vacilar el bamboleo que llevaba su falda. Y todo el que la vio pasar, supo a qué olía ella. Ya casi llegaba a su cuadra, cuando un patrullero que hacía rato rondaba la zona, aminoró la marcha a mirar aquellos tacones, casi musicales, que se adueñaban de todo, con esa bella mujer encima. El policía que iba en el asiento de pasajeros, incluso alargó su boca en gesto de beso. Pero el que manejaba, preguntó:

—Oye mijo, ¿esa no se te parece a la chiquita que traemos en la orden?

Villa Delicias

La puerta del patrullero se abrió justo cuando Dalia le pasaba por al lado. En vez de un "hola", lo primero que ella escuchó fue: "Carnet de Identidad". Un mal presentimiento le avisó que esa emboscada no era error ni casualidad. Sus tacones, aunque con deseos de correr, dieron dos pasos atrás.

—El carnet está en mi casa —mintió Dalia.

—De tu casa venimos y ahí no hay nadie. ¿Tú no sabes que salir a la calle sin identificación es un delito? —preguntó el policía.

A ella se le congeló hasta la médula ósea. El policía que manejaba, en vez de hacer tantas preguntas, le quitó la bolsa a Dalia para buscar el documento. Cuando lo encontró, la amenazó con acusarla por mentir a la autoridad. Al ver que el nombre de ella coincidía con el de la chica en la orden de registro, ordenó que la esposaran.

—¿Pero qué yo he hecho? —gritó ella, tratando de zafar sus brazos de la aprensión del policía.

—Estás detenida. Tienes que acompañarnos —respondió él, empujándola hacia el asiento trasero del patrullero.

Mientras más se alejaba el carro del barrio, más temblaba el cuerpo de ella. El chofer a cada rato la miraba por el retrovisor, pero ella ni chistaba. En sus cachetes palpitaba un rojo intenso. Su mente generaba un montón de preguntas: ¿Habrán pillado a mi abuela con el billete de cien dólares? ¿Será por lo del extranjero que vino a mi casa? ¿O tendrá que ver con aquel robo que mencionó el custodio del Comodoro? Pasada casi una hora de trayecto, fue que ella se llenó de valor para preguntarle a los policías:

—¿A dónde ustedes me llevan?

—¡A donde quieras! Mira, aquel es Valle Grande[88], ahí van a los niños malos —dijo uno de ellos, señalando con un dedo una cárcel a su derecha.

—No. Mejor la llevamos a donde van las niñas buenas —dijo el chofer, doblando hacia la izquierda.

Una garita dio vía libre al patrullero a la zona de procesamiento. Un policía escoltó a Dalia a un edificio pintado de un gris horrendo y allí la recibieron con un: "Bienvenida a Villa Delicias, el paraíso de las jineteras". Ella captó el chiste, pero no le causó ninguna gracia. El oficial parodiaba el famosísimo estribillo de: "Bienvenidos a Tropicana, el paraíso bajo las estrellas". Aquello, de cabaret, no tenía nada. Mas, ese "paraíso" consistía en hileras de barracas de fibrocemento con techos de tejas, también hechas de cemento. Los cuadraditos en las paredes servían para ventilar las barracas, pero lo habían cortado demasiado pequeños como para llamarlos ventanas.

Los temblores de Dalia se triplicaron cuando dos mujeres policías, con cuerpos más definidos que los de cualquier hombre, la llevaron a una oficina. Allí, le pidieron que se quitara la ropa. La obligaron a sentarse en cuclillas, algo que duró lo que pudo haber sido un siglo. No le encontraron drogas. Luego la escoltaron a una de las barracas. Allí le asignaron una de las veinte o treinta literas del lugar y le tiraron un pedazo de papel sanitario sobre el colchón, antes de irse.

Hasta ese momento, el fiasco parecía una horrible pesadilla, pero todo perdió el tono surreal, cuando Dalia alzó la vista y vio a muchas otras chicas que temblaban con la misma intensidad que ella. "Es temporal", dijo una dulce voz que venía de la litera de al lado. Con la esquina de un ojo, Dalia miró a la joven que a pesar de sus cejas negras traía un pelo muy rubio. La chica descruzó lo que parecían ser piernitas de una marioneta para acercarse a Dalia. Con mucho sigilo le dijo:

—Somos los revoltosos[89] de los sesenta, los Silvios y Pablos de

---

[88] Cárcel en para criminales hombres.

[89] Quienes atentaban contra la Revolución, a principios de la década de los años sesenta.

los setenta, los gusanos de los ochenta. Somos jineteras, la crápula de los noventa.

—Yo no soy jinetera.

—¡Ah! Y yo tampoco me llamo Lydia.

—¿Qué cosa es este lugar?

—Aquí guardan a las prostitutas de La Habana. Caíste en esta barraca porque eres primeriza y de aquí sales con una Carta de Advertencia. Las del otro lado son reincidentes y de allí salen a cumplir sentencia.

—¿Sentencia?

—Dos años en la cárcel por reincidentes. ¿De qué país tú eres, chica?

Las rubiecita saltó a la litera de Dalia.

—Fíjate, los que nos interrogan, están entrenados para detectar mentiras. Piensa un buen tupe[90], uno que no importa cómo te lo pregunten siempre suene a que es verdad —le dijo Lydia.

—¿De qué tú hablas?

—Por ejemplo, mira estos moretones —respondió Lydia, enseñando una de sus flaquísimas nalgas—. Me los hizo un alemán. El tipo me vestía de niña, me amarraba y me daba golpes con una regla. Pero se fue de Cuba y no le pagó a la mujer que le rentó la casa. Yo me quedé a cargo de la cuenta. El alemán me pagó bien pero no tanto como para costear la habitación. En fin, yo y la mujer nos fuimos a los pelos y nos llamaron a la policía. Ella fue presa por rentarle su casa a un extranjero y yo caí aquí, por jinetera. Estos moretones son la única prueba que ellos tienen sobre la denuncia que hizo la mujer en contra mía. No importa de qué forma me lo preguntaron, mami, yo les dije que estos moretones me los hice cuando me caí en casa de una vecina. Lo cual pasó de veras. Ahora, si van y averiguan, mi vecina les confirma que el otro día yo me caí en su escalera. Y puede que salga de aquí sin Carta de Advertencia.

—Bueno pues yo no sé qué mentira voy a decir. Yo no he hecho nada.

[90]Mentira.

—Busca, amiguita, porque el ratón no cae en la trampa si no hay queso.

—¿Y cómo tú sabes tanto? ¿No se supone que tú seas primeriza?

—Ahí te va el otro truco. Estate atenta a lo que te dicen en la entrevista. Aquí todos quieren algo, pero lo dicen en doble sentido. Dando lo que ellos piden, es la única forma de salir de aquí sin Carta de Advertencia. Y si eso pasa, la próxima vez que te agarren en algo, caes aquí en esta barraca, como primeriza.

—Esto se debería llamar Villa La Trampa.

Lydia saltó de regreso a su colchón. Los pelos de Dalia crearon una ancha cortina alrededor de su cuerpo y así estuvo, hasta que una oficial la llamó para procesarla.

Un equipo médico, después de hacerle mil preguntas, se hizo pasar por productores de Hollywood tomando fotografías a todos sus ángulos. La obligaron a posar contra una pared, como si las fotos fueran a terminar en una revista. Según el doctor principal, buscaban señales de trauma. Después de la sesión de modelaje, la llevaron al salón de la cena. Le entregaron una bandeja con comida en solo una de las secciones. Comida que quizás ante los ojos de un puerco era un banquete, pero ante los de ella, era un dedo presionando la zona más honda de su garganta.

De allí, la escoltaron a una oficina donde ella debía esperar al interrogador. Tenía mucha sed, pero no podía tomar agua hasta que regresara a la barraca. Dos horas habían pasado y el hombre no llegaba. A ella no le quedaba pizca de uña que comerse. Cuando finalmente la puerta de la oficina se abrió y ella vio quién entró a interrogarla, se recostó a la pared más cercana para no caerse.

Era Waldo, que entró fingiendo una total sorpresa por verla allí. En ese momento, Dalia hubiese querido tener todas sus uñas para arañar la poca vergüenza que vestía el rostro de ese hombre.

—¿Qué hago yo aquí? ¡So chivatón de mierda!

—En caso que no hayas notado, ya no estás en Buena Vista. Y aquí, yo no soy el rey de la cuadra, sino quien investiga delincuentes.

—Eres un tarado. Responde lo que pregunté, ¿qué hago yo en esta pocilga?

—Mi objetivo es reintegrarte a la sociedad lo más pronto posible, de una manera mutuamente beneficial para ti y para mí, obviamente.

Waldo se acomodó en la silla del bureau y abrió la carpeta que sobre la portada, en tinta azul, decía: "Dalia Salinas".

—Veamos qué hay en este expediente —dijo Waldo.

—¡Para el teatro, Waldo! Eres un pésimo actor. ¡Sácame de aquí, por favor!

— Mira qué bonita quedaste en esta foto que tiró el equipo médico! ¡Qué curvas! ¿Por qué crees que le pusimos Villa Delicias a este lugar? Y mira esta otra, apretando[91] con un turista. Oye, ¿un vecino en tu cuadra no te había ofrecido matrimonio? ¿Por qué preferiste meterte a jinetera?

—Yo no soy jinetera.

—¿Qué es esto? ¿Un acta policial? A este turista brasileño parece que le robaron todo el dinero de su habitación. Dice aquí que la ladrona estuvo en la cama del hombre y que dejó pelos por doquier. El tipo salió para Brasil en el próximo vuelo después del fiasco, así que no se pudo investigar bien el caso.

—Ese dinero seguro se lo robaste tú, cuando fuiste buscándome al hotel.

—¿Son ideas mías? ¿O tú acabas de admitir que estuviste en ese hotel?

Si Dalia respondía, fuego salía de su boca.

—Bueno, de cualquier modo, hay que ver si el ADN del pelo coincide con el tuyo. Pero hasta donde he visto, son años de cárcel —dijo Waldo cerrando la carpeta—. A no ser que recapacites.

—¿Recapacite sobre qué? —preguntó ella, llegando al punto de la histeria.

---

[91]Besuqueando.

— Te convendría salir de este lugar con una Carta de Advertencia, nada más.

Dalia se abalanzó hacia él y conteniendo el volcán de genios, dijo:

—Tú, mejor que nadie sabes que ninguno de esos delitos es mío.

—¿Yo? No. Los papeles hablan, Mermelada y las fotos también. Aquí yo solo veo dos caminos. Uno es enfadar a Waldo. Y el otro es aceptarlo como marido.

—¿Marido? ¿Hasta este punto has llegado tú para lograr ese capricho? —preguntó Dalia.

— Saldrías de esta Villa con una Carta de Advertencia, en vez de presa. De ti depende que se envíen estos cabellos a la prueba de ADN, o no.

—¿Qué ADN, estúpido? Ese pelo me lo robaste tú en Santa María. Y en un juicio, eso es lo primero que yo voy a decir. ¡El que irá preso eres tú!

No eran muchos los chistes que provocaban risotadas reales en Waldo, pero ese último lo logró con éxito.

—Es que a este expediente le faltan muchos papeles todavía, vecinita. A los desequilibrados mentales avalados por un psiquiatra, ni les ponen abogado ni les hacen juicio. Los enviamos a un centro de delincuentes locos. Allí viven sedados por tiempo indefinido, vestidos de piyama y a veces hasta de camisa de fuerza. Y aunque esas camisas son difíciles de quitar, el pantalón del piyama se baja facilito.

—¡Yo tengo a Pedro de testigo, de que tú me cortaste el pelo! Y mi abuela puede avalar que yo jamás he tenido desequilibrios mentales. ¿Hasta dónde llega tu idiotez?

—Tú eres la idiota... Porque aquí todos saben que el que trabaja para el turismo roba. Y yo ya metí los papeles para que investiguen las desviaciones de recursos a la Revolución que se trae Pedro. Eso sin contar lo de la boda ilegal contigo. Todo eso lo mantendrá guardadito por un buen tiempo. Así que, borra a ese testigo. Y tu abuela, ¿tú sabes dónde ella cambia dólares americanos? En casa del padre de Mila. Ese tipo trabaja conmigo. Además, ella mete extranjeros en su casa, algo de lo que Vilma y Justina son testigos. Por eso, mínimo, le quitan la casa a Rosa. Aunque no estaría mal que la guarden por unos añitos para ya de paso acabar con esa venduta de mermelada ilegal esa que se trae ella.

Un disgusto voraz dejó a Dalia sin fuerzas. En la trampa de Waldo, todos los posibles agujeros de salida parecían taponeados.

—Más te vale que recapacites, Dalia Salinas, porque el destino tuyo, el mío, el de tu abuela y el de Pedro descansa en tus manitas bellas.

—¡Yo no voy a ser tuya! ¿Tú no me entiendes?

—La que no entiendes eres tú. El punto clave aquí es que tú nunca dejaste de ser mía. Yo dejé que te alejaras en tu adolescencia. Me casé con Felicia porque mi madre insistía en tener un nieto antes de morir. Pero esperé paciente a que crecieras. Te ofrecí el puñetero paraíso. No solo para ti, sino también para tu abuela. Y finalmente, aceptaste mi propuesta. Pero ¿qué hiciste? Te casaste con el vecino, te pusiste a jinetear y a besuquear tipejos en la puerta de tu casa.

—Tú estás más loco que lo que yo creía.

—Más te vale que te tragues los insultos —dijo Waldo, dando un golpe sobre la mesa—. Te di todo el tiempo que pude y ahora te daré tres días. Los suficientes para yo tramitar los papeles que le faltan a este expediente: el de un psiquiatra, el del ADN y una Carta de Advertencia emitida por Villa Delicias hace dos años. Faltan también las varias denuncias que ha hecho Vilma y el acta del testigo que le cambió a tu abuela el un billete de cien dólares. Un dinero que, por su puesto, es fruto de la venta de tu cuerpo. En tres días yo regreso, loco por escuchar qué decidiste.

La sangre de Dalia hervía con tanta potencia que ella, en vez de hablar, ella quería saltar por encima de la mesa y destripar a Waldo. Pero como estando dentro de un pantano los gestos bruscos hunden más, ella se quedó inmóvil.

—Créeme. Mi deseo es que tú salgas de aquí con una Carta de Advertencia y que en los récords policiales solo aparezcas como jinetera reincidente.

—¿Reincidente? ¿Ni siquiera primeriza?

—Pensando en el Plan E. Te casas conmigo y un paso en falso, te meto presa por dos años.

—Waldo, ¿tú estás seguro que me amas?

—Yo no te amo. Ni te odio. Y no pierdo nada con que termines en mi casa o en un manicomio donde yo pueda disfrutarte.

Una de las cejas de Dalia subió a alturas nunca antes alcanzadas y no bajó a su lugar hasta después de un buen rato que Waldo se fue.

Como el mayor de los miedos hay que tenérselo a aquellos que no parecen tener nada que perder, ella comenzó a temblar. Las oficiales que la escoltaron a su litera se burlaban ella. "Oye, con ese caminado tan raro, ¿cómo es que tú puedes jinetear?" Le preguntaban. Dalia no respondió. La charla con su vecino la había dejado más atada de manos que lo que podrían todas las sogas de esa estación.

❧❧❧ ❧❧❧

Cuando la mañana no trajo a Dalia a casa, después de un día entero sin aparecerse ni siquiera para comer, Rosa fue a ver a Waldo. Felicia la miró como quien ve un extraterrestre, pero reaccionó rápido y llamó a su marido. Él enseguida entró en personaje de vecino servicial. Escuchó la historia de Rosa de principio a fin y hasta la acompañó a la estación de policía más cercana a reportar la desaparición de su nieta.

—Yo salí en la mañana por unas dos o tres horas y, cuando llegué a casa, ya ella no estaba —le explicó Rosa al oficial.

—¿Y a dónde usted fue?

—A dónde yo fui no es importante. Lo importante es que mi nieta no regresó a casa y eso ella jamás lo hace. La vecina me dijo que saliendo yo, entraron dos policías al pasillo. Y cree que tocaron la puerta de mi casa, pero no dejaron ningún papel, ni regresaron. Quizás vinieron a avisarme que algo le pasó…

—¿Y a dónde usted fue? —insistió el oficial.

Rosa lo miró con cara de: "me vuelves a preguntar lo mismo y te voy a estrangular".

—Siga el curso de las preguntas, Rosa, —le aconsejó Waldo— que ellos tienen que preguntarlas en orden.

—Yo fui a la bodega.

—¿Usted estuvo en la bodega por tres horas?

—Sí, oficial, ¿usted no se ha enterado de las colas que hay?

—¿Tiene testigos de que durante esas tres horas usted estaba en la bodega?

—¿Qué es lo que usted quiere insinuar?

—Tienen que descartar que usted sea la culpable de la desaparición, Rosa. Siga la rima —insistió Waldo.

—Tengo testigos, sí. Próxima pregunta, por favor —dijo Rosa.

—¿Su nieta tiene amigas? ¿Novio? —preguntó el oficial.

—No, que yo sepa...

—Dígalo todo, Rosa —interrumpió Waldo.

—Bueno, había un muchacho brasileño que le andaba dando vueltas y decía que quería casarse con Dalia. Pero según ella, el hombre regresó a su país.

—¿Es jinetera, su nieta?

—No. No es jinetera.

—Rosa, ahora que hablamos de novios —dijo Waldo—... Ayer, a eso de las diez de la noche, yo la vi besando a un hombre afuera de su casa. Un rubio de pelos largos.

—Imposible. Si anoche yo estaba en la casa —dijo Rosa.

—Suena a candelita su nieta... ¿Por qué no la busca en casa del muchacho? —dijo el oficial.

—¡Candelita es su abuela! A mi nieta, algo le pasó... —gritó ella.

—A ver, Rosa, cálmese. Hay que basarse en los hechos. Toda

pista es importante en una investigación —dijo Waldo.

—Vamos por partes —dijo el oficial—. Empecemos por el extranjero. ¿Tiene alguna pista de quién es él?

—Cartas. Él le escribía a cada rato —dijo Rosa.

—Tráigamelas. Quizás en ellas hallemos alguna pista. Quizás el turista nunca se fue y la tiene en algún lugar.

—Yo se las traigo —dijo Waldo—. En cuanto regresemos al barrio, yo las busco y se las alcanzo, oficial.

Horas después, Rosa salió de aquella cita sintiendo que había incriminado a Dalia, más que lo que la había ayudado. Waldo se fue violento por un día haber creído aquella historia de que las cartas eran de un pariente oriental que quería ir a vivir con ellas. Pero su enfado aminoró, una hora después, cuando él hacía abanicos en su despacho con todas las cartas que Rosa le dio. Perfectas para su expediente. Se pellizcaba de lo fácil que había sido obtener pruebas concretas de la relación entre Dalia y el turista que sufrió el robo en el hotel Comodoro. Y antes de llevarle una al oficial, pasó por casa de Vilma y le regaló una a ella también.

—¿Y esto qué es? —preguntó la presidenta buscando sus lentes.

—Por si necesitas otra prueba para incluir a Dalia en la lista de jineteras que pidió la Zona —respondió Waldo.

—Chico, ¿por dónde anda tu cabeza últimamente? Hace días que yo me pinté el pelo de negro y tú no lo has notado. Cuando me mude para tu casa, esto tendrá que cambiar.

—De rojo me gustaba más. Cuando termines el reporte sobre Dalia, voy a hacerte el amor. No en la cocina, sino en tu cuarto, porque mi divorcio ya es casi un hecho y a estas alturas me da igual que Felicia me pille, o no.

—A ver, Waldi… —dijo Vilma, agarrando la planilla que debía llenar—. ¿Qué pongo aquí?

—La verdad.

—Es que estoy tan nerviosa. ¿Es verdad que tu divorcio ya está?

—A ver, escribe que yo te dicto: "*Dalia Salinas es una maleante sin integración social. Dejó la escuela de deporte, nunca se integró a la fuerza laboral. Tiene problemas mentales serios. Su desviación comenzó cuando se declaró lesbiana. Vende sexo a turistas. Los extranjeros visitan su casa sin permiso ni conocimiento del CDR. Recomendamos su rehabilitación. Adjuntas, fotos de ella besando a un turista y una carta del extranjero dirigida a su nombre*".

Cayendo la pluma sobre la mesa, Waldo llevó a Vilma al cuarto. La desvistió pieza por pieza y como si de veras al cerrar sus ojos la viera a ella, le hizo el amor. Por unos cinco minutos, la cama de Vilma se vistió de éxtasis. Después del orgasmo, ella abrió los ojos y vio al hombre con el que compartiría el resto de sus días. Él, se puso la camisa y le dio un beso que catalogó de despedida.

—¿Por qué te vas tan pronto? —preguntó ella.

—Irse no quiere decir no estar —dijo él, sin deseos de explicar.

❧❧❧ ❧❧❧

Cuando Rosa escuchó la voz de Pedro en su casa, lo llamó por el patio y con desespero le contó sobre la desaparición de Dalia.

—Yo la vi hace dos días, Rosa. Ella quería decirme algo. Parecía urgente. Yo pasé a verla a la mañana siguiente, pero no había nadie en casa. ¿A dónde habrá ido?

—Ay, mi hijo, nada coordina. El brasileño vino, le pidió matrimonio y así de "ran-pam-pán", se regresó a su país. Entonces, dice Waldo que la vio besando a un tipo anoche. Y nadie sabe quién es.

—Ay Rosa, Mermelada seguro está en algún lado con el brasileño, o con el tipo de anoche. Déjala que crezca.

—No, mi hijo. Dice la vecina que por aquí pasaron policías. Y dicen mis santos que ella está en aprietos.

En la noche, cuando los sollozos de Rosa se convirtieron en gritos desgarrantes, Pedro saltó el muro del patio y se asomó por la ventana de su cuarto para consolarla.

—¡Ay, mi viejita! Yo te lo aseguro, Dalia anda en alguna travesura de chiquillas. Ya verás que cuando menos te lo esperes, ella regresa.

—¡No! Cuando cierro los ojos, los perros olfatean las ropas azules de Yemayá y le cuentan a Oggún que hay otro hombre. Oggún se vuelve loco, lleva sus ojos inyectados en sangre. Él arranca los ropajes a Yemayá y la arroja desnuda a la calle, causándole dolor y vergüenza. Y lo peor es que después de todo eso, ella aparece sentada en el trono, casada con él.

—¿Y qué quiere decir eso, Rosa? —preguntó Pedro, sintiendo que la noche no podía tornarse un poquito más tenebrosa.

—Que el enemigo gana, Pedro. Que quien la tiene dormirá en su cama para siempre.

—¿Estará con el tipo ese que ella besaba?

—O quizás el brasileño no se fue y la tiene secuestrada. Tu sabes que estos extranjeros vienen con tara de sus países.

Nada que Pedro le decía la consolaba.

Rosa lo dejó en el patio hablando solo y fue a su altar a pedirles a los santos que sacaran a Dalia del aprieto y a gritos se lo imploró a Changó.

Después de un largo silencio, la madrugada trajo lluvia. Las lágrimas de Rosa se acumulaban en los frágiles crises de su pecho y corrían como ríos a través de sus arrugas. Ella le hizo una promesa al Dios de los truenos: "Si me la salvas, te construyo un altar inmenso en mi salita pequeña y por el resto de mis días, aunque yo no tenga de comer, la comida tuya nunca faltará". Diciendo eso, el espectáculo de relámpagos en el cielo generó un trueno. Rosa sintió que su pedido había llegado a quien debía oírlo. Y allá, en Villa Delicias, justo en ese momento Dalia dijo: "Kabiosile, Changó".

Para Pedro, la mañana despuntó con una erección gigante. Su pene pinchaba la estrecha espalda de Mila. Ella, antes de abrir sus ojos, ya tenía a su novio forcejeando para comenzar el día erótico. "¡Oye, no se te apaga el fuego, papi!", protestó.

La lluvia y los gemidos de ella, no dejaban a Pedro escuchar los fuertes toques a la puerta.

—¡Ve a ver quién es, Pedri! —dijo ella, que enseguida los escuchó.

—No, deja que se vayan.

Mila lo empujó para que se levantara. Él aceptó ir, pero solo para pedirle a quien fuera la visita que se largara.

—¿Te acuerdas de nosotras? —preguntaron dos chicas, vestidas extravagantes, con grandes espejuelos y turbantes.

—No, de momento no. Pero estoy ocupado, así que se pueden ir —dijo Pedro, tratando de cerrar la puerta.

—Tú y yo tuvimos un sexo genial. ¿De veras no te acuerdas? —dijo una rubia, quitándose las gafas.

—Y a mí me conociste en una fiesta —dijo la trigueña del turbante.

—¡Ya! ¡Ya! Denle suave con los detalles que mi novia está en el cuarto...

Mila gritó, preguntando de quién era la visita.

—¡Dos vecinas vendiendo coquito! ¡Ya se van, mami! ¡Ya voy para allá! —gritó Pedro.

—Lamento decirte que la que se tiene que ir es ella —dijo la trigueña, sujetando la puerta para que él no la cerrara.

—Lo que vinimos a decirte es muy, muy delicado —añadió la rubia.

—¿Delicado, de qué cosa? —preguntó Pedro, horrorizado.

—Delicado como que podemos ir presas y tú también... —advirtió la rubia.

La respuesta paralizó a Pedro. Por mucho que quiso adivinar de qué rayos hablaban, no lo logró. Y tampoco pudo impedir que las chicas entraran y se sentaran en los butacones de su sala a esperar. —¡Papi! —gritó Mila desde el cuarto—. ¿Por qué no se han ido?

—Y… ¿No pueden venir en otro momento? —secreteó Pedro.

Al unísono, ambas respondieron que no. La trigueña incluso hizo un gesto con el dedo, indicando que "la del cuarto" tenía que salir.

Pedro se atrevió a ir a hablar con Mila para pedirle que lo dejara a solas con las chicas. "¿Qué? ¿Bajo la lluvia?", preguntó ella.

—Es que… tenemos que hablar de un negocito —respondió Pedro.

—¿Ah, sí? ¿Vas a montar un negocio de coquitos? Mira que los hombres son pésimos para decir mentiras. Te voy a tirar un jarrón por la cabeza, si tú me botas de la casa para quedarte aquí adentro solo con dos tipas. Está bien que no me quieras, Pedro, ¡pero no me humilles!

—No es eso, Chinita. Yo sí te quiero. Sé un poquito más dócil, anda.

—¡Dócil voy a ser yo cuando te corte los huevos! ¿Por qué no pueden hablarte conmigo aquí adentro, a ver? Yo me meto en el cuarto.

A Pedro le costó un mundo convencer a Mila. El tirón de puerta que esa China dio al salir de casa de las buganvilas, dejó a todos sordos por un rato.

—¡Ustedes procuren que lo que vienen a decirme, mínimo, pague la deuda externa de África! —dijo Pedro, ya a solas con las visitantes.

—Mira, sin rodeos —empezó la rubia—. Aquella noche, Waldo nos contrató para ir a la fiesta, mi papel era tener sexo contigo y mantenerte entretenido.

—Que buen amigo, ¿no?

—Cállate, idiota —respondió la trigueña—. Escucha los detalles que esto es más complejo que pagar la deuda externa. A mí Waldo me contrató para que yo atestara que en toda la noche, él no se movió de al lado mío.

Ante la cara de obtusa confusión que puso Pedro, la trigueña prosiguió:

—Mientras ustedes tenían sexo en el cuarto, Waldo hablaba con tu amiga en la terraza. Tú la encontraste allá afuera, medio muerta, ¿verdad? Bueno, yo me asomé por el cristal de la puerta a ver qué barbaridad era la que yo estaba encubriendo. Yo vi a Waldo salir con tu amiga desplomada en sus brazos, rumbo la playa. Al rato, vi que la sentó en el asiento donde tú la encontraste. ¡Él le hizo algo!

—¿Qué me están diciendo? —dijo Pedro, sintiendo que titanes se alineaban en el inframundo de su pecho.

—El plan era que yo te emborrachara y te dejara en la cama de ella para que al día siguiente todo pareciera culpa tuya —añadió la rubia.

—Solo cuando tú te durmieras, nosotras podíamos irnos. Tú nunca te dormiste. Cuando nos dimos cuenta de la barbaridad que habíamos encubierto, nos fuimos. Waldo no nos pagó. Dijo que no hicimos el trabajo completo.

—¡Lo que ustedes me están contando es serio! —gritó Pedro, sintiendo que los titanes en su pecho querían guerra.

—Queremos matarlo —dijeron ambas chicas a la vez.

La noticia puso a Pedro a dar vueltas en la sala.

—Aunque me hubiese pagado, la escena de aquella niña descolgada de los brazos de ese asqueroso me trae recuerdos de cuando algo parecido me pasó a mí. Waldo me usó para violar a tu amiga y yo siento que esto es mi culpa —dijo la trigueña, conteniendo los deseos de llorar.

—No. Es mi culpa. ¡Es mi puñetera culpa! Él me usó a mí —gritó Pedro, queriendo ir a matarlo.

Las chicas tuvieron que agarrarlo para que él no saliera a cometer una locura.

—Tenemos un plan y vinimos a saber si podemos contar contigo —dijo la trigueña.

—Dalia está desaparecida. Nadie sabe dónde está —dijo Pedro, derrumbándose en un butacón, como si comenzara a conectar los sucesos.

—¡Waldo es malo! Llevamos años trabajando bajo su mando. Él opera tan preciso y maquiavélico como un psicópata. Por eso, aunque es General presta servicios como detective al Departamento de Seguridad del Estado. Él es de los mejores investigadores del país —dijo la rubia.

—Nos contrató para este trabajo diciendo que tenía que ver con un negocio de drogas. A mí me hizo repetir cien veces el testimonio que yo tendría que dar, si tú me preguntabas sobre los pasos que él dio esa noche. Aparentemente, el vendedor de drogas eras tú.

—La cabeza me da vueltas. ¿Qué hacemos? ¡Vamos a la policía! —sugirió Pedro.

—Waldo es la policía. Lo reportas y caes preso tú. Nosotras regresamos mañana con todo lo que necesitamos para eliminarlo. Prométeme que no vas a hacer nada que nos arruine el plan —pidió la rubia.

Las chicas volvieron a ponerse todos los féferes que camuflaban sus rostros y dejaron a Pedro hundido en su gran perplejidad. Cuando el butacón de la sala empezó a sentirse como silla eléctrica que lo quería electrocutar y nada le quitaba la idea constante de ir a casa del vecino a romperle la cabeza con un bate, llegó Mila. "Oye, ¿a ti que te pasó? ¿Quiénes eran esas tipas? ¿Estás en líos con la policía?", preguntaba ella que nunca había visto a Pedro así. A todo eso él respondió: "Déjame tranquilo". Como ella no obedeció, Pedro se trancó en el baño.

Él solo pensaba en las mil formas de torturar a un hombre que lo usó a él de puente para abusar de su amiga. Cuando Mila lo escuchó llorar y dar golpes contra la pared, dejó de molestarlo. Él pasó el resto de la tarde en el sillón del portal, vigilando entre las mojadas buganvillas. En cuanto Waldo salió en su Lada, él fue a su casa.

—Mi marido acaba de salir —dijo Felicia, con ojos que parecían acabados de llorar.

—Yo lo sé, pero yo vengo a pelarme y alguien me dijo que tú

eras peluquera.

Ella iba a decir que no, pero necesitaba dinero. Waldo le acababa de decir que en dos días tenía que irse de ahí. Felicia lo dirigió al local del fondo donde ella había montado su salón.

—¿Tú ves ese patio? Eso era un campo de matojos asquerosos. Matas de limón, mandarinas, enredaderas, qué sé yo. Con estas manos yo limpié ese jardín. Sembré orquídeas, flores tropicales y construí esa fuente que tú ves ahí —dijo Felicia.

La vista al oasis tropical compensaba la inanidad de las paredes del saloncito donde, además de un espejo y un certificado de estilista, no había más nada con qué entretener los ojos.

—Esta es una casa inmensa para ustedes dos —dijo Pedro.

—Aquí vivimos tres, pero el niño hace unos días se lo llevé a mis padres porque esta semana ha sido difícil y no me gusta que Waldito esté en medio de mis peleas con su papá.

—¿Peleas?

—Parece que Waldo anda arreglando para traer a otra para la casa, Pedro. Ahí tengo los papeles del divorcio. Él no sabe que para sacarme de aquí tendrá que ser metida en una caja de muertos. Yo pulí esos pisos, locita a locita, con estas uñas. Para que ahora venga otra manganzona a disfrutar mi mansión.

—¿Y quién es la otra?

—Yo creo que es Vilma. Él se pasa la vida allá y ella se la pasa mirando para acá. Y lo llama por teléfono…

Pedro miraba al espejo como si tratara de pescar respuestas dentro de las palabras que salían de la boca de Felicia. Cuando ella leyó "susto" en los ojos del muchacho, pensó que había dicho de más y se disculpó.

—¿Y a dónde fue Waldo? —preguntó Pedro.

—No sé. Desde que Rosa llegó aquí buscando a Dalia, él anda loco haciendo trámites. Sale, entra, llama por teléfono. Parece que para ayudar a encontrarla. Por lo menos, con todo esto, me ha dejado tranquila porque la noche anterior, ¡aquello fue…!

Recordar los sucesos desfiguró el rostro de Felicia. De ahí en adelante, sus tijeretazos se tornaron salteados y cada vez más erráticos. Y cuando su ansiedad se convirtió en llanto, anunció el fin de la sesión.

Pedro regresó a casa con la parte izquierda de la cabeza con mucho pelo y la izquierda pelada a ras. Entrando a casa, fue directo al cuarto de su fallecida madre y a su retrato le dijo:

—Cuando te fuiste al cielo, mamá, te llevaste el único cerebro que pensaba en esta casa. Ando más perdido que un perro sin cola. Voy a salir a la calle y tú, por favor, dame un indicio que me lleve a ella.

Por el ruido de la moto, Mila supo que Pedro se alejaba del barrio. La casa quedó inerte y su cabeza llena de dudas punzantes. Fue al cuarto de la fallecida madre de su novio y se sentó ante una cómoda de madera calada, suponiendo que en una de las seis gavetas encontraría el misterio. Mirando hacia la foto de la difunta, dijo:

—Santísima madre de Pedro, que Dios la tenga en su gloria. Lo único que su hijo me prohibió hacer cuando yo vine a vivir a esta casa fue entrar a este cuarto. Yo sé que es sagrado. Pero algo me dice que aquí hay mercancía ilegal. Quizás dólares, quizás drogas. Y yo tengo planes de viajar, no de ir presa. Con todo su respeto, yo voy a revisar sus gavetas. No para denunciar a Pedro, sino para irme de aquí si encuentro algo raro.

Mila encontró algo raro, que no era ilegal. Algo que parecía ser el gran secreto de Pedro. Una gaveta llena hasta el tope de cartas de amor nunca enviadas, escritas por Pedro a Dalia. Ensayos de promesas de matrimonio que él recitaría cuando crecieran y se casaran. Corazones con flechas, como los de las libretas de poemas que Dalia tenía en la secundaria.

Las lágrimas de Mila cayeron sobre una en particular, que Pedro escribió a raíz de la muerte de su madre: *"Hoy no sé a quién le escribo, si a Dalia, o a ti, mamá. No sé si lloro por un amor perdido o uno fallecido. Hoy me quedé verdaderamente solo y no hay dolor que se compare con ese. La única persona que sabía mi secreto se lo acaba de llevar a la tumba. Contigo acabo de enterrar mi amor por Dalia. Aunque siempre me quede su olor como brújula para no perderme. Nunca sabrá que la quise, que la quiero. Creo que la querré hasta que me lleve el cielo...".*

Un raro decaimiento no dejaba a Mila ponerse de pie, como si por tal intromisión, la difunta deseara retenerla en su cuarto. Ella no quería leer más. Aquellas cartas parecían escritas por otro Pedro. Según las fechas, todos esos sentimientos reinaban durante el tiempo que Pedro noviaba con ella.

A las dos horas, cuando Pedro regresó de su infeliz paseo, la encontró tirada en el sofá, abrazando un muñeco de peluche del tamaño de ella.

—¿A dónde fuiste?

—A gastar gasolina...

—Tenemos que hablar.

Pedro abrió los ojos y respondió que "no", con la vista.

Él caminaba por toda la casa, como si no supiera en qué habitación encontraría aliciente.

—El hecho de que venga ocurriendo por tanto tiempo, no quiere decir que pueda esperar.

—¿De qué rayos tú hablas, China?

—Había una vez un niño que se enamoró de una vecina. Tenía planes de pedirle matrimonio cuando ella cumpliera dieciocho. Al final, como él nunca le confesó su amor, terminaron casados para vender las cervezas. Y de ese amor solo quedan un bulto de cartas en una gaveta.

—¡No! No, Mila, ¡dime que tú no fuiste al cuarto de mi madre! ¡Dime que tú no hiciste eso! —gritó Pedro, tomando a Mila por los hombros.

—Y dime que esa no fue la razón por la que tú me pediste que no entrara allí —gritó ella, liberando sus hombros de las manos de él.

—¡Hoy mi cabeza no puede lidiar con esto!

—Ni te daré esa opción. Solo quiero que sepas que Dalia tenía una libreta de poemas en la cual, todos los corazones llevaban tu nombre. Que en la secundaria, yo me fijé en ti por lo tanto que ella hablaba de un tal Pedro, Pedro, Pedro... Que cuando al fin te conocí, me enamoré de ti, un amor que todos sabemos que jamás fue mutuo.

El llanto no la dejó decir más. Pedro sacudía su cabeza en choque total.

—Y si no fuera por la escasez de amores verdaderos que sufre este planeta, me hubiese ido sin decir nada —prosiguió ella—. Ahora entiendo por qué fue tan duro para ti esa boda con Dalia. ¿Mi consejo? Dile lo que sientes. Dice mi papá que quien miente corre el riesgo de arruinar todas sus verdades.

—Ya, Mila. Déjame solo —dijo Pedro, bajando la cabeza.

Mila agarró su peluche y salió de casa de las buganvillas. A pesar de llevar una cara enchumbada en llanto, ni miró atrás, ni dudó la decición de dejarlo. Desde casa de su padre, llamó a un italiano, que según él regresaría a Cuba de tan solo ella pedirlo.

La vista de Pedro, en tanto, barría las polvorosas losas del piso a ver si de allí salían ideas para sus próximos pasos. Como si su difunta madre quisiera dar los indicios que él había pedido, en su casa se coló la mujer de Waldo, que había esperado a que anocheciera para ir a hablar con él.

—¡Aquí tienes lo que tú buscas! —dijo ella, entregándole una carpeta llena de papeles a Pedro.

—¿Cómo tú sabes lo que yo busco? —preguntó él.

—¿Y para qué fuiste a mi casa? Dale, abre eso que con la edad que yo tengo, bien podría ser tu mamá.

Pedro encendió un quinqué, que enseguida alumbró el "Dalia Salinas" en tinta azul de la portada.

—Ese expediente lo creó él —explicó Felicia—. Esta tarde lo escuché en el teléfono y pensando que hablaba con "la otra", descolgué la segunda línea que tenemos en casa. Waldo le dio el nombre, apellido y fecha de nacimiento de Dalia al doctor Pereira, un viejo amigo suyo, psiquiatra. Le dijo punto por punto el diagnóstico que debía dar a la enferma y hasta las medicinas que debía recetarle.

—No entiendo —dijo Pedro.

—Cuando él salió, subí a su despacho. Sobre todas las D rojas de sus pizarras hay huecos. Y cuando encontré este expediente, supe de quién se trataba la D.

—¿Tú crees que él la tiene?

—Casi segura. Quizá en un hospital siquiátrico porque le pedía al doctor Pereira que dictara 'esquizofrénica' y recetara antipsicóticos. Aunque también hay reportes policiales, hay uno robo de divisas y hay una Carta de Advertencia emitida hace un año por Villa Delicias, pero redactada por el puño y letra de Waldo. Aún no está acuñada. Todo esto es mentira, Pedro. Este expediente lo está creando él.

—Ay Felicia, ¿dónde queda ese hospital siquiátrico?

—No sé. Mira, según las fechas, estas fotos fueron tomadas hace dos días en Villa Delicias. También puede que la tenga allí. Él va menudo a ese lugar.

—¡¿Cómo existe un ser humano capaz de algo como esto?!

—Pedro, ubícate. Waldo no es humano. Estamos hablando del hombre que me dejó embarazada, aún yo diciéndole que no quería hijos. Él sabía los días que yo ovulaba. Hacía los cálculos en su pizarra. Y esos días no me hacía el amor; me violaba. Luego me dejaba rato con los pies hacia arriba para que, como decía él, su semilla me fecundara. Si no quedaba encinta, los ataques de histeria eran impredecibles.

—¿Y por qué no lo dejaste?

—Cuando tuve el niño, me dejó tranquila. Empezó a tomar pastillas. Y ahora que lo pienso, todo entre nosotros mejoró cuando empezaron a aparecer esas D rojas en las pizarras. Algo que yo pensé que tenían que ver con su trabajo, con alguna investigación policial, yo qué sé…

Felicia se asomó por una hendija de la puerta para ver si la vía estaba libre para regresar corriendo a casa. Antes de irse, pidió la carpeta para regresarla al despacho.

—¡No, Felicia! Este es mi mapa para encontrar a Dalia; para denunciarlo… ¡Algo tenemos que hacer!

—Pedro, a gente como esa ni se les deja, ni se les denuncia. Se les mata. Y si él no ve esa carpeta cuando regrese a casa, me mata a mí.

Durante la madrugada, el llanto de Rosa llegaba al cuarto de Pedro como llegarían los lejanos gemidos de una perrita que no encuentra a sus cachorros. Pedro estaba a punto de saltar por el muro para contarle a Rosa lo que sabía, pero la desesperación lanzaría a esa abuela a casa de Waldo y arruinaría la poca esperanza que él tenía de encontrarla.

En medio de la noche, dos toques en la puerta lo zumbaron a la sala. Las siluetas de las dos mujeres que él tanto esperaba aparecieron en su portal.

—¿Me extrañaste? —preguntó la rubia, entrando con una mochila más grande que ella.

—Aquí traigo de todo —dijo la trigueña—. O casi de todo: soga para amarrarlo, cuchilla para picarlo, ácido para quemarle la lengua, tijera para cortarle el rabo…

—¿Y tú qué traes? —le preguntó Pedro a la rubia, un tanto azorado.

—Un "nailito" para envolverlo antes de echarlo al mar.

—¿Y qué falta? —les preguntó a las dos.

—Un lugar donde ejecutar el plan… —dijo la trigueña—. ¿Podemos usar esta casa?

—No, aquí estornudas y los mocos caen en el apartamento de al lado y la presidenta del CDR vive aquí mismito —explicó Pedro.

Un silencio los dejó mirándose entre ellos. La trigueña salió al portal y mirando entre las buganvillas hacia la casa de Waldo, preguntó: "¿Quién vive ahí con él?". La terrible idea de pedirle ayuda a Felicia sonó fenomenal.

Pedro cedió su cama a las chicas para que durmieran allí. Él durmió en el sofá, pero amaneció con la rubia encima de él. "Mulato, yo no te olvido", dijo la chica, en cuanto Pedro abrió los ojos. Sentirla tan cerca movió todo bajo los pantalones que él llevaba, pero la tarea de ir a ver a Felicia tomó prioridad.

—Vengo a que me acabes de pelar —dijo Pedro, cuando Felicia

abrió la puerta.

Los ojos de esa mujer eran dos tamarindos, debido a las agrísimas lágrimas que ella había llorado la noche anterior.

—Pero, ¿qué te pasó? —preguntó Pedro.

—Entra. Parece que alguien lo dejó embarcado anoche. Yo presiento que el doctor Pereira, aunque le debe mil favores, no quiere darle ese papel que él necesita. O recetar antipsicóticos. Waldo llegó de madrugada gritando, tirando cosas. Empacó mis maletas, diciendo que me tengo que ir. Pero yo no me voy de esta casa. Me dio por la cabeza y me hizo un chichón.

—Felicia, yo estaba despierto y no escuché nada. Yo te hubiese venido a ayudar.

—Es que todo pasó en el cuarto nuestro, que está en el fondo y tiene un platanar detrás. Con el ruido que hace la planta eléctrica, más el del aire acondicionado, él me puede matar que no lo escucha nadie.

Eso le dio pie a Pedro para ir al grano y pedirle ayuda a Felicia con el plan.

—¿Tú estás mal de la cabeza, Pedro? Si algo sale mal, voy presa y mi hijito queda en manos de ese loco sin remedios.

—Y si sale bien, te libras de él. Hay algo que tienes que saber, Felicia. Y hay dos amigas que te quieren hablar.

Felicia por poco vomita cuando las chicas le contaron de lo que su marido había sido capaz de hacerle a Dalia. Y lograron lo que no pudo Pedro: una sólida decisión para usar esa casa para desarrollar el plan. La visita continuó con un tour al despacho de Waldo donde Felicia explicó los jeroglíficos de la pizarra titulada: "plan D".

—Esta D roja vestida de novia es Dalia. Esta VD debe ser Villa Delicias. Ahí la debe tener él. Esta P tras las rejas debe ser Pedro. Esta R tachada, debe ser Rosa. A lo mejor la piensa matar. Y esta F, con una cruz, debo ser yo en el cementerio. Esta D&W deben ser Dalia y Waldo. Esta casita donde viven esas dos letras debe ser esta mansión.

—Bueno, es hora de borrar todo eso y pintar el plan W —dijo Pedro.

—Adelante. Ustedes digan qué es lo que hay que hacer.

❧❧❧ ❧❧❧

Felicia supo que su marido llegó a casa relajado porque desde que entró, sus expresiones contenían diminutivos.

—¡Sírveme la comidita! —pidió él.

Ella con gusto obedeció. Había disuelto un nitrazepam[92] en el caldo de los frijoles de Waldo y no quería que se enfriara.

—Mi cielo, yo estaba pensando en lo de anoche...

—¡No, Felicia! No me arruines el buen humor.

—Al contrario, mi amor. Yo estaba pensando que todo esto es culpa mía...

—Tú y yo terminamos y ya es muy tarde para renegociar.

—Eso me queda claro. Pero quizás, en vez de terminar de enemigos, podríamos despedirnos con una locura sexual. Como hacíamos al principio, ¿te acuerdas?

—¡Soy todo oído!

—Dos clientas mías me contaron que a ellas les gusta ver a sus maridos teniendo sexo con otra mujer. Eso las excita. ¿Tú puedes creer eso?

—Sí, ¿por qué no…?

El plato de potaje de Felicia solo había bajado tres cucharadas, pero el de Waldo iba a mil.

—¿Qué pasa? —preguntó Waldo—. ¿Por qué me miras así?

—Porque invité a mis clientas para que esta noche tengas sexo con las tres.

—Esta noche no puede ser. Tengo algo importante que resolver.

[92]Fármaco hipnótico del tipo de los benzodiacepinas.

Waldo, que nunca sonreía, sonrió cuando dijo eso. Obviamente había conseguido el papel del doctor Pereira.

—Tú estás muy extraña —dijo él, empujando su plato vacío hacia ella.

—Un poquito nerviosa por lo de esta noche. Una de mis clientas es rubia bella y desde que la vi, no hago más que imaginarla cabalgando sobre ti. Ojos verdes, pelo largo, senos bellos, nalgas grandes, cinturita estrecha. Amor, como te gustan a ti —decía Felicia, mientras le servía el plato de arroz con carne mezclados con una buena dosis de laxante.

—No, hoy no —insistió él.

Felicia fue a cerrar las ventanas pues una fuerte lluvia que entraba casi horizontal por las persianas los salpicaba en medio del comedor.

—Dicen que esta lluviecita trae frente frío —dijo Waldo.

—Pues yo escuché que traía otro huracán.

—¿En qué noticiero? Porque yo vi el de las doce y el de las ocho.

Felicia se levantó a servirle un plato de mermelada de guayaba.

—Si sales en el Lada, te vas a quedar botado —advirtió ella.

—No importa. ¡Yo tengo que salir!

Al ver que su marido no cambiaba de planes, Felicia ligó la mermelada con doble dosis de laxante.

—¿Qué rayos tenía la comida esa? —preguntó Waldo, tocándose el estómago.

—Afrodisíaco, mi amor.

—Pues tu afrodisíaco me ha dado ganas de cagar. No de templar con tres mujeres —gritó él, corriendo al baño.

Tantas veces tuvo que ir, que la noche lo agarró en casa, montado en un tren de frustraciones a causa de la indigestión.

—Algo te tiene muy nervioso, mi cielo. Tómate este cocimientico de manzanilla a ver si te compone el estómago —sugirió ella.

Ese té lo acabó de tumbar pues contenía más nitrazepam que manzanilla. Con su lengua tropelosa[93] Waldo decía algo que Felicia no entendía. En cuanto se durmió, ella corrió a sacar los visitantes del clóset del salón de peluquería.

—¡Ay, yo creo que lo maté! —les dijo a los muchachos.

—¡Na´…! Ese es de las moscas que cuando mueren, salen volando y hay que volverlas a matar —respondió la trigueña.

En menos de una hora, Waldo se despertó. En su vago letargo, recordó que tenía que salir. Trató de levantarse, pero su espalda cayó de regreso a la cama. De sus muñecas y sus tobillos tiraban sogas bien amarradas al espaldar y a las patas de la cama. Apenas se podía mover. Llamó a Felicia, pero en vez de su mujer, la trigueña entró al cuarto, diciendo: "¿Qué puedo hacer por ti, papá?". Por mucho que Waldo pestañaba, la imagen de esa joven no se convertía en la de Felicia. Los largos guantes de látex que ella traía puestos no daban buena espina. Al momento entró la rubia, con guantes idénticos, preguntando:

—¿Dónde está Pedro? ¡Mira, que hasta que no se emborrache, no nos podemos ir!

—¡Ya paren el chiste! —dijo Waldo—. El dinero de ustedes está en el despacho. Suéltenme, que tengo que salir.

—¡Ay qué bueno! ¿nos vas a pagar? —preguntó la rubia—. ¿Primero no había que emborrachar a Pedro?

La puerta del cuarto se abrió y Pedro asomó la cabeza. Waldo gritó que lo dejaran ir.

—Traigo un ácido buenísimo que se llama Calla–Chivatón —dijo la trigueña—. Un gritico más y te lo hecho en la lengua.

Esas palabras fueron el nitrazepam más potente de todos. No solo calmaron a Waldo, sino que lo convirtieron en un ser humano con sentimientos.

—Hermano, —dijo Waldo, mirando a Pedro— no te prestes para esto que tú y yo, ante todo, somos amigos.

—Disculpa herma, yo sé que te estoy pasmando el trío con

[93] Término médico para un lenguaje inentendible, o problemas en la comunicación.

estas dos preciosuras, pero es que yo ando buscando a Dalia. ¿Tú, por casualidad, la has visto?

—No, —respondió la rubia— desde aquel día que la violó en la playa, él no la ha visto.

—Él no violó a nadie —dijo la trigueña—. Él estuvo toda esa noche conmigo.

Waldo sólo podía mover sus manos, pies y cabeza. Y con todo eso, decía que "no".

La trigueña sacó una enorme y afiladísima tijera de su mochila. Waldo gritó el nombre de Felicia, pero cuando se dio cuenta de que esa era aquel "tijerón" que él le había comprado a su mujer para sus tareas de jardinería, dejó de llamarla. Las sogas no cedían. La trigueña daba tijeretazos al aire como quien calibra su instrumento de trabajo. Waldo forcejeaba para irse.

Pedro volvió a preguntar por Dalia.

—Suéltenme. Yo no sé dónde está. Yo también ando loco buscándola.

—Ay, ¿por qué no jugamos a las "Mentiritas"? —propuso la rubia—. Por cada mentira que Waldo diga, le cortamos algo.

—Yo creo que ese juego es Chino, ¿no, Waldo? ¿Cómo es que tú dices que se llamaba? ¿La muerte de los mil cortes? —dijo Pedro.

—¡Qué divertido! —exclamó la trigueña, que se moría de ganas por usar la tijera.

—Empecemos por sus dedos que se la pasan tocando lo que no es suyo —sugirió Pedro.

—¿Y si dice once mentiras? ¿Qué más le cortamos? —preguntó la rubia.

—Todo menos el pene —respondió la trigueña—. Para ese tengo un mejor plan: le voy a untar Calla–Chivatón con un trapito.

—Miren, imbéciles, entre los tantos dones que yo poseo están el de no sentir ni miedo, ni dolor —intervino Waldo.

Pedro se dio vuelta para agarrar un expediente y cuando Waldo leyó "Dalia Salinas" en la carpeta, de la rabia Waldo gritó: "¡Auxilio!". Pedro revisava los documentos con una calma desgarrante.

—Si no me sueltan ahora mismo, los tres se van a podrir en una cárcel —advirtió Waldo—. Pedro, ese expediente me lo robé de una estación de policía para limpiarle el historial a Dalia.

—Eso me huele a mentira. Corta el primer dedo, por favor —dijo Pedro, leyendo los documentos pues no tenía estómago para mirar lo que la trigueña estaba a punto de hacer.

La punta de tijera se enterró dentro del puño de Waldo y al cerrarse, un chorro de sangre saltó al aire y un dedo del hombre voló. Los gritos del hombre dejaron claro lo furioso que él estaba. Del expediente salió una falsa orden de arresto, un certificado de esquizofrenia, denuncias del CDR, fotos con un extranjero, el reporte policial de un robo y una Carta de Advertencia emitida por Villa Delicias. Y por cada una de esas canalladas, un dedo de Waldo cayó al suelo.

El hombre abría la boca tan grande para gritar que a la trigueña se le hizo fácil silenciarlo metiéndole un trapo en la boca, enchumbado en Calla–Chivatón. En cuanto el ácido evaporó las primeras capas de su lengua, Waldo olvidó el enojo que sentía por haber perdido los dedos.

—¿Cuántos le quedan? —preguntó Pedro.

—Creo que tres —contó la rubia.

—Ay, Waldito, qué lástima que no seas un ciempiés —dijo Pedro—. Porque aquí tienes unas cuantas fotos de Dalia desnuda.

Antes de que la euforia desmayara al desgraciado, Pedro se acercó arremetió su puño contra uno de los ojos de Waldo y le dijo: "Este es por usarme a mí para violar a Dalia en la playa". El piñazo desplomó la cabeza de Waldo sobre la cama.

Todos salieron del cuarto, menos la trigueña, que se quedó para cortar los dedos que faltaban y envolver el pene del hombre con un trapo encharcado en ácido. Ella se quedó mirando a Waldo, tan directo a los ojos que sobraban las palabras para hacer llegar el mensaje que quería transmitirle. Cuando el Calla–Chivatón corrió por las arterias y llegó al corazón del hombre, todo quedó en silencio. Ella caminó rumbo a la sala, como en cámara lenta. Y procurando que el disgusto no desbordara su asco, interrumpió la charla de Felicia, Pedro y la rubia, para decir: "Waldo era mi padre".

Todos, hasta la rubia que no esperaba que ella revelara ese secreto, la miraron con ojos inmensos. Felicia, a pesar del impacto, fue hacia ella y la abrazó.

—Te veo muy pálida, ¿estás bien? —dijo la rubia, llevándosela al sofá.

—No —respondió ella—. No solo acabo de asesinar a mi padre. Asesiné al hombre que de niña me destruyó.

Un dolor intenso en el estómago dobló a la trigueña. A su mente le venían horribles pasajes de cuando de pequeña, Waldo le pegaba a su mamá y luego se iba a dormir con ella.

Pedro no atinaba ni a moverse. Cuando ya creía que Waldo no podía defraudarlo más, de la nada salía otra sorpresa. Felicia y la rubia consolaban a la muchacha mientras derramaba lágrimas que desde niña le tocaba llorar. Entre sollozos se le escuchaba decir: "ni me pidió disculpas".

—Pero gracias a todo eso tú y yo nos conocimos, ¿no? —dijo la rubia.

—Yo ni sabía que Waldo se había casado con otra antes de mí. Él siempre hablaba de Waldito como si fuera su primer hijo. Y decía que quería muchos más…

—Él nunca se casó con la madre de ella —explicó la rubia— Vivieron juntos por muchos años. Y cuando la dejó, de ellas no habló más. Yo supe que él tenía esta hija, el día que ella se le apareció en el trabajo queriendo reencontrarse con su papá. Él le consiguió un puesto de informante en el equipo mío y la "plantaba" en casos que tenían que ver con extranjeros que entraban drogas al país. Enseguida nos hicimos buenas amigas.

Como, de pronto, nadie en la sala parecía recordar que en el cuarto había un muerto, Pedro interrumpió la charla: "Oigan, ¡allá en el cuarto hay un caramelo que envolver!" Entre todos, metieron el cuerpo del hombre en un nailon y luego en el maletero del Lada. Las chicas se quedaron limpiando el área del show y Felicia fue a entregarle las llaves del carro a Pedro.

—¿Tú estás seguro de que sabes manejar? —preguntó Felicia.

—¡Vecina, hasta tanques de guerra tuve que manejar yo durante el servicio militar!

Pedro atravesaba La Habana con aires de "si me cogen con este muerto en el maletero, muero en la cárcel, pero feliz". El frente frío que venía hacia la isla había enviado un oleaje terrible. No fue fácil encontrar un rincón de la costa donde tirar el cadáver al mar, pero cuando lo encontró, enseguida el agua se tragó al chivatón y lo puso en bandeja para los tiburones. Él regresó el Lada a casa de Felicia. Entre todos limpiaron las huellas que quedaron en el Lada.

La rubia le entregó a Felicia una carta que ella escribió, haciendo uso de uno de sus grandes talentos: el de imitar escrituras ajenas a la perfección. La carta decía:

"Felicia, mi amor, nunca creí que mis manos fueran a escribir esto, pero esta noche me voy del país. De quedarme aquí, robándole al Gobierno, terminaré preso. Saldremos en una embarcación que parece segura y para construirla, invertí todo nuestro dinero. Cuida a nuestro hijo y cuídate tú que en cuanto yo pueda, los mando a buscar a los dos. Te amo, Waldo".

Ya en casa de las buganvillas, todos sentían la sensación de haber extirpado un cáncer a la isla. Pedro, además de eso, sentía una intensa necesidad de encontrar a Dalia. Dejó a las muchachas acomodadas en la cama suya y saltó por el patio de su casa para caer en el de Rosa: "Mi viejita, ábreme la puerta, por favor", le dijo.

Rosa, que hacía mucho que no dormía, enseguida corrió con su quinqué a abrir la puerta de la cocina. Pedro la abrazó y antes que ella preguntara nada, él le dijo en secreto: "Ya la encontré y ahora mismo salimos a buscarla". La noticia dejó a Rosa sin aire y con hilitos de voz le hacía mil preguntas al vecino. "Te cuento en cuanto salgamos de este gallinero", le dijo Pedro.

Nunca en su vida estuvo Rosa tan lista para salir de casa. A pesar de la urgencia, ella le dio las gracias a Changó y le sopló dos besos antes de irse. Salieron de allí sujetando un nailon negro que los guarecía de lo lluvia pero quería salir volando con el aire. Cruzaron un parque donde las ramas de los árboles obedecían la gran fuerza del viento y apuntaban a cualquier dirección.

—Allá enfrente vive el socio mío del Moskvitch verde. Él botea[94]. Si está en casa, estoy seguro que nos lleva —dijo Pedro.

Todo resultó como ayudado por la voluntad de Dios. Una hora después, ya entraban por la puerta de Villa Delicias. Rosa esperaba que alguien los atendiera como un caído al mar espera al salvavidas. Una joven policía al rato de estar allí, los atendió. Pedro dio todos los detalles que él pudo para averiguar si Dalia estaba allí.

—Se equivocaron. ¡Aquí no hay ninguna Dalia Salinas! —dijo la oficial.

—Busca bien, mi cielo, que ella está aquí —respondió Pedro.

—Ya busqué. Ese nombre no aparece en ninguna lista. Ni hay un expediente.

—Mira, ella hace tres días que está aquí.

—No, papito. Si nosotros enseguida avisamos a los familiares de las detenidas.

—A nosotros nos llamaron —mintió Pedro—. Yo soy su hermano y ella su abuela. Por eso es que la venimos a buscar.

—¡Pues les corrieron una máquina[95]! Mira, este es el libro de entradas de esta semana.

Usando sus larguísimas uñas, la joven hojeó el libro frente a los ojos de Pedro.

—Mira. A esto aquí falta una página. Y coincide con el día en el que mi hermana entró.

—¡No puede ser! Ella tendría un expediente abierto, chequeo médico, constancia de que la procesaron, en fin, mil papeles. Esa niña no está aquí.

Rosa se dio vuelta y cayó sobre una silla lejana, pero su llanto se escuchaba clarito en la recepción. Pedro se acercó a la joven y le dijo:

[94] Que ofrece servicios de taxis clandestinos, en carros particulares.
[95] Llamada telefónica para fastidiar, mentir o embromar a alguien.

"Mi vida, yo te doy lo que tú pidas... ¡Fíjate, lo que tú pidas! ...para que vayas allá atrás y busques a mi hermana".

—Yo sé que es en vano, pero lo voy a hacer. Solo porque tu abuela me recuerda a la mía. No me gusta ver llorar a una viejita.

—¡Gracias, mami! Eres un ángel. ¡Te amo! —le dijo Pedro, viéndola ir.

Al rato, la oficial regresó a la recepción con expresión de horrorizada, dispuesta a vaciar la recepción para encontrar el expediente. Detrás de ella venía Dalia, vestida con la misma ropa con que, hacía días, había llegado a Villa Delicias. En blanco y rojo, los colores de Changó.

Cuando Rosa vio a su nieta, dio un salto que la llevó a ella. "¿Qué es este lugar? ¿Por qué estás aquí? ¿Qué te pasó?", preguntaba la abuela entre los efusivos abrazos que le daba. Dalia no traía energías con que responder todo aquello, pero así y todo, en secreto les avisó: "¡Me trajo Waldo! Me quiere incriminar con delitos que yo no he cometido. Me quiere mandar a un centro de locos..."

—No digas ni una palabra más, que estas paredes oyen —dijo Pedro.

—¡No! ¡Ustedes me tienen que creer! Waldo me trajo aquí —respondió Dalia.

—Y tú me tienes que creer que ya esa pesadilla terminó —insistió Pedro—. Más nunca menciones ese nombre.

Dalia temblaba de un frío que no causaba la temperatura del lugar. Ella insistía en contarles la historia antes de que él llegara. Para que ella entendiera, Pedro tuvo que agarrar la cabeza de su vecina y decirle al oído: "Waldo está muerto". Solo así, ella se quedó quieta. Y en cuanto la noticia tocó sus neuronas, sus ojos se vistieron de un brillo casi magnético, que vibraba entre el alivio y el absurdo, con muchas ganas de abofetear a Pedro, si aquello terminaba siendo uno de sus pesadísimos chistes.

La joven policía llegó a ellos, avergonzada:

—¡Yo no entiendo! ¡Primera vez que pasa algo así en este lugar!

Tu expediente no aparece.

—Entonces, ¿nos podemos ir? —preguntó Pedro.

—No. Llamé a un supervisor para reportar el caso. ¿Tú tienes identificación, mamita?

—Ustedes se quedaron con mi carnet el día que me recogieron —respondió Dalia.

—A ver, ¿quién te recogió? ¿Y por qué razón? —preguntó la oficial.

—Eso mismo me pregunto yo —respondió Dalia.

Con los detalles que ella dio sobre la hora y el lugar de la recogida, localizaron al chofer del patrullero que la llevó a Villa Delicias. En su testimonio telefónico, él ratificó:

—Sí, ese día nosotros recogimos una pirujita[96] nalgona y la llevamos a Villa Delicias.

—¿Y qué delito estaba cometiendo?

—Ninguno. Ella andaba por ahí, comiendo mierda[97] en Buena Vista.

—Pero, permiso, no sé si me explico… Aquí no se recogen ciudadanos sin una razón de peso. ¿Qué infracción estaba cometiendo esa joven?

—La verdad, no sé. Nosotros traíamos una orden de recogida, firmada por uno "de arriba"[98]. Hicimos lo que decía el papelito.

—¿Qué hicieron con el papelito?

—Lo dejamos en la estación cuando entregamos a la pirujita.

—¡Pues mira, se perdió el papelito y hasta el Carnet de identidad de ella!

—¡Echa! Pues que regrese a comer mierda a Buena Vista.

El del Moskvitch verde los esperaba como quien espera a familiares afuera de un hospital. Y los abrazó a todos cuando vio que

[96] Chiquilla. Jovenzuela.
[97] Entretenido. Haciendo nada.
[98] De los jefes. De cargos oficiales altos.

regresaron a su carro con la amiga de Pedro. Ya en el barrio, Dalia sentía que dentro de su cuerpo no había una persona hecha de carne y huesos, sino un pedazo de goma con la habilidad de respirar. Se sentó en el butacón de las flores rosadas. Su pelo era un pegote de cemento con sudor. Las preguntas de su abuela le traían recuerdos que ella quería borrar.

En las más lejanas profundidades del pozo verde con que lloraban sus ojos, nadaban sentimientos para los cuales ella no tenía ni nombre. Dalia cerró los ojos sintiendo que si dejaba de mirar de ver el mundo, todos dejarían de mirarla a ella. Pero en vano, desde la puerta alguien la observaba. Ella tuvo que abrir los ojos cuando ese alguien dijo:

—El "mañana" tuyo nunca vino.

Dalia se volteó asustada. Era Ulises, que llevaba días esperando porque ella regresara a su casa. —Ya te pinté. Tu cuadro ya está listo.

Los ojos de ella carecían de todo lustre.

—¿Quién está ahí, mi hija? —preguntó Rosa, saliendo del baño.

—Un cliente que busca mermelada —respondió Dalia.

—Ay mijo, yo hace tiempo que ni enciendo la cocina. Ven otro día.

—¿Un cliente, Dalia? ¿Yo soy un cliente? —preguntó Ulises. Y se esfumó antes que ella contestara.

Por la cara de destrozo que puso el muchacho, Rosa adivinó que ese era aquel famoso rubio que, según Waldo, la había besado en la puerta de la casa.

—Mi niña, dejé agua calientica en un cubo para que te bañes —le avisó Rosa.

El jabón no quitaba la amargura que vestía su piel y el agua no atenuaba el escalofrío dentro de su cuerpo. A pesar de las fieras intranquilidades que causaba la curiosidad, ella no se atrevía a preguntarle a nadie cómo es que Waldo había muerto. Pedro llegó a casa de Dalia con una pizza de tamaño familiar. Dalia ni la probó, ni dio las gracias. Todas las mañanas, cuando él iba a visitarla, preguntaba:

"¿Ya se levantó la Mermelada?"

—Un momentico —respondía Rosa—. Mi niña, te buscan en la puerta.

—No estoy —respondía ella.

—Dice Dalia que no está —le decía Rosa a Pedro.

—Pues dígale que mañana vuelvo —respondía él.

Hasta que un día, en vez de "mañana vuelvo", Pedro entró al cuarto de ella y preguntó: "Dalia, mañana salgo a Guardalavaca ¿Podemos hablar, chica?".

Dalia le pidió que hablaran lejos de su abuela. En la punta del pasillo, el aire tranquilo de noviembre llevaba la suciedad del barrio de un lado a otro. Dalia miró hacia el despacho de Waldo, consciente que ya él no la vigilaba desde su casa, sino desde el infierno. Y le dijo a Pedro: "Yo quiero divorciarme".

—¡Mira para eso! Y yo que venía a invitarte a comer helado —respondió Pedro.

De pronto, un patrullero dio un ruidoso frenazo, justo enfrente del pasillo. Dalia y Pedro tragaron en seco, como si piedras, no saliva, bajaran por sus gargantas. Un policía salió del carro y caminando en dirección a ellos, preguntó: "¿Dónde queda el CDR?". Ambos señalaron a la casa de Vilma, sin poder responderlo con palabras.

La presidenta salió a su portal, incluso antes que el policía tocara a la puerta. Ella llevaba días, detrás de la ventana, vigilando a ver si veía a Waldo que hacía tanto no iba a verla.

—Buenos días, compañera —le dijo el policía a Vilma.

—Buenos días, ¿a qué debo su visita?

—Venimos a reportar a un delincuente que ha cometido el peor de los delitos.

Otro patrullero llegó a la cuadra y frenó delante de la reja de casa de Felicia. Pedro agarró la mano de Dalia y la llevó a su pecho donde el corazón le taconeaba a doble paso.

—Aquí delincuentes son los que se sobran. ¿De cuál de ellos

me habla? —preguntó Vilma, consciente de que Dalia la escuchaba.

—De un desertor, traidor, escoria y desafecto a la Revolución. De su vecino, Walterio Gómez Sequeira.

—¡Qué infamia! ¿Cómo se atreve a decir eso de nuestro querido Waldo?

—Ese compañero intentó huir del país hace unos días, traicionando a su patria, a sus principios revolucionarios y a su importantísimo cargo en el Gobierno.

—¡Lo que me dice es imposible! —gritó Vilma.

—Compóngase, compañera presidenta. La doble moral del difunto merece un llamado a la conciencia. Necesitamos su ayuda.

—¿Cómo que difunto? Pero, ¿qué sandeces dice?

Cada segundo que pasaba, descomponía más a Vilma. Ella se sentó en el estrechito muro que unían dos columnas de su portal y se sujetó de ellas para no desmayarse.

—Recuperamos el cuerpo de Walterio en altamar, inflado, quemado y todo mordisqueado por los tiburones. Pero el ADN y una carta escrita por su puño y letra, confirmaron que el difunto es un gusano traidor[99].

—¿Por qué usted dice el difunto? Si Waldo no está muerto —preguntaba Vilma, con ojos hundidos en un cubo de lagrimones.

—Lo primero que necesitamos de usted, es que le dé baja del CDR. Lo segundo es que organice un "meeting de repudio"[100] contra su familia. Y lo tercero es que nombre un responsable de Vigilancia que lo reemplace. A ver si esta vez escoge un ciudadano con valores menos deplorables.

—¿El difunto? ¿Por qué usted dice difunto? —preguntó Vilma otra vez.

—Enfóquese, compañera. ¿Usted escuchó lo que hay que hacer?

---

[99] Término ofensivo, usado por el Gobierno para designar a quienes se iban del país.

[100] Reunión para asediar y repudiar a quienes se oponían a la ideología comunista, o a familiares de quienes se iban del país.

Vilma entró a su casa y queriendo llegar lo más cerca posible del Waldo, fue directo a la terraza cercada que había en el techo de su casa. Miraba al cielo, como hablando con alguien que fue al paraíso y le gritaba: "¡Eso es mentira! Tú nunca te irías del país". Ella zarandeaba la cerca y lo ofendía: "Maldito, mentiroso, sinvergüenza, ¿por qué te fuiste sin mí?".

El policía esperaba por Vilma en el portal y miraba a cada rato hacia Pedro, haciendo muecas que unas veces expresaban disgusto y otras, obstinación. "Yo me hubiese ido contigo, a tu casa, a Miami o a donde fuera", continuaba la presidenta. Y ya ante confesiones de ese calibre para no tener que llevársela presa, el policía regresó al patrullero y se alejó de Buena Vista.

De la casa de enfrente salió Felicia que se sabía el testimonio que debía dar de memoria. Se montó en el otro patrullero, con su niño en brazos. Los gritos que daba Vilma le confirmaron lo que hacía mucho ella sospechaba.

Mermelada bruja

En el pecho de Dalia vivía una goma maciza. A veces, cuando las piedras del anillo que le dejó Joao le traían recuerdos, ella cerraba los ojos y remplazaba la imagen del brasileño por la del rubio. Cuando sintió que ningún truco servía para sacar aquel tonto intransigente de su mente, se quitó el anillo y se lo dio a su abuela para que lo vendiera.

—¿Algún día me vas a contar qué fue lo que ahuyentó al brasileño? —preguntó Rosa, tomando el anillo.

—Él creyó que yo lo había traicionado.

—¡Pues mira! Para los hombres, la traición es un hueso. Así que ese perro vuelve…

—Es que no hubo traición, yo le fui fiel, pero no de la forma que él quería.

—La fidelidad es simple, mi hija. Los hombres no.

Dalia guardó silencio, dudando que a tales alturas fuese productivo ahondar en esos temas. Rosa llevó el anillo de Joao al altar que ella le había hecho a Changó. Allí predominaba el rojo. El guerrero del centro, en la fuerza corporal y en la cara de maldito, se le daba un aire a Pedro. Lo rodeaban hachas, tambores, espadas, caracoles y maracas. Entre las ofrendas, había un racimo de plátano y unas veinte guayabas.

—En vez de un altar, por poco le haces una casa —dijo Dalia.

—Dicen los santos que el difunto quiere que una verdad se

sepa y que el enemigo hasta muerto es enemigo. Changó te va a ayudar.

Para Dalia, tenerlo cerca ofrecía una extraña confianza espiritual. A fin de cuentas, ese santo era lo más parecido a un padre que ella tuvo.

La primera salida que Dalia dio desde el traumático episodio en Villa Delicias, fue al bosque de La Habana. Allí buscó el árbol que una vez cobijó el ardor entre ella y el brasileño para, bajo su magia, escribirle una carta.

"Ni te despediste, ni me entendiste, ni me perdonaste. Yo sé que describir el hambre a quien nunca la ha vivido, es como explilcar a un ciego qué es el color rojo. No te escribo para criticarte. Sino para pedirte que si aún me juzgas, no lo hagas en nombre de Dios. Al final, si Él de veras nos creó, fue Él mismo quien planeó todo esto. Y no creo que a ti te hayan dado la potestad para juzgarlo a Él. En vez de pretender que somos semidioses, capaces de crearnos planes nuevos, mejor miramos al cielo y preguntamos: … y ahora, ¿qué?. En tanto él nos responde, quiero que sepas que yo ya te perdoné por no haberme perdonado. Adiós, Joao".

No fue con saliva, sino con lágrimas, que ella humedeció la goma que sellaba el sobre. Mirando hacia el poquitísimo azul del cielo que el tupido verde de los árboles dejaba entrever, le pidió a Dios que ya le diera eso "mejor" que Él siempre daba cuando quitaba ciertas cosas del camino. Unos diez pajaritos salieron cantando de un árbol, como señal de que ella debía irse de aquel lugar. Del bosque fue a la posta. Dudando que llegara a Brasil, la metió en un buzón. De tan solo soltarla le pareció que su pecho llevaba una piedra menos.

Dalia pensó que había entrado a la casa equivocada cuando entró y vio un tambor sobre el butacón de flores rosadas. Del cuarto de ella salieron tres mulatos sin camisa, de piel tan lisa y brillosa como la de Pedro. Dos de ellos comenzaron a hacer música y uno se puso a bailar. El joven se movía como el rey de las maravillas, pero según Rosa, ese era el baile de Changó. Brincaba, abría la boca, sacaba la lengua y empuñaba sus graciosos ojos hacia Dalia. La percusión enseguida hechizó la casa. Hasta a ella que jamás bailaba, ese día acabó moviéndose a merced del guaguancó.

La música atrajo gente que no entendía de otro permiso que el de la religión para entrar a casa ajena. Todos bailaban, comían y bebían.

Rosa a veces tiraba sus brazos a la tierra y hablaba en un dialecto que no sonaba ni africano ni castellano. Parecía el dialecto del cielo, emitido por un ángel terrenal, viejo y ronco, pero con la potencia para despertar a todas las deidades del panteón. Un ente divino montó el cuerpo de una señora. Todos aminoraron el ritmo del baile para que la poseída se pudiera expresar: "Con poderes otorgados por Oloffi[101], lo cierto es que sin fe no hay Osha[102], ni hay Ifá[103]".

Según los presentes eso no lo dijo ella. Ese mensaje lo envió Changó. Rosa miró a su nieta y tradujo lo que acababa de escuchar: "mija, a partir de hoy para que el Santo te ayude, tienes que creer". Los tambores crecieron en cadencia y los pasos del guaguancó se acoplaron a los toques.

Con los días, las vísperas de fin de año y las tandas de felicidades que se deseaban los unos a otros, hacían parecer al barrio menos sucio, menos oscuro, menos áspero. En lo macizo del pecho de Dalia, algo comenzaba a fluir. Pero Rosa rompió la armonía del 31 de diciembre, cuando en la mañana, le avisó que saldría de casa por un rato.

—Pero ¿a dónde es que tú vas un día como hoy? —preguntó Dalia, abriendo los ojos y las manos.

—A comprar guayabas —respondió Rosa.

Esa era la mitad de la verdad. Le faltaba por decir que iba rumbo al punto clandestino de los campesinos a comprar carne de puerco para la cena de esa noche.

—Para qué guayabas, Nana, tenemos dinero. ¿Por qué no te quedas en casa a ver si el año nuevo empieza tranquilo?

—¿Cuál dinero?

—¡Los diez mil pesos que nos dieron por los dólares de Joao!

—Ay, hija. Ya yo gasté todo eso.

Dalia no atinaba a preguntar "¿en qué?" porque el horror de esa noticia merecía un grito.

—Los gasté sobornando a la policía para que te encontraran;

[101] Dios, en lengua yoruba.

[102] Santo, en lengua yoruba. La Regla de Osha, es la Regla de los santos, o Santería.

[103] Religión afrocubana y sistema de adivinación, en el cual rige Orunmila.

construyéndole un altar a Changó para que te cuidara; en la fiesta, en los bailarines, en la comida, en la vida, Dalia, ¡que aquí todo cuesta!

Rosa tiró la puerta cuando salió de casa. "¡Maldito paraíso es el dinero!", dijo Dalia mirando al altar. Pero como si los de esa esquina quisieran recordarle que las cosas más valiosas no costaban dinero como, por ejemplo, la bondad, alguien tocó la puerta. Era Ulises, con sus rizos más brillosos que el mismo sol de ese diciembre, que venía a pintar.

Traía un pantalón overol tan pintoreteado como los de un maestro de artes plásticas y tan ancho como los de un payaso. Traía una lata de pintura en una mano y una brocha en la otra. En cuanto Dalia terminó de mirarlo de arriba abajo, le dijo: "Digamos que, entre mi octubre y mi diciembre, pasó un siglo".

Ulises miraba las paredes porque no quería contarle que su abuela lo había buscado y le había contado el terrible noviembre que Dalia vivió. Y con cada brochazo que Ulises dio sobre la pared, Dalia sintió que lo macizo en su pecho se disolvió del todo. En menos de una hora, la sala quedó del mismo tono rosa de las flores del butacón. El hechizo aquella disculpa verdadera, pintó una sonrisa en el rostro de Dalia.

—Ni entregándote la vida pago por la alegría que esto le traerá a mi abuela —dijo Dalia— pero no tengo ni diez centavos con que pagar.

—A mí tampoco me costó. Yo pinté la casa de un magnate y de ahí saqué una lata para pintar la sala tuya.

—¿Te robaste una lata de pintura para mí?

—Por ti yo me robo la luna, Mermeladita.

Y como a veces no es dando lo que tiene, sino lo que no tiene, que un hombre conquista a una mujer, Dalia lo miró con ojos de "pide lo que sea". Y consciente que los "mañanas" de ella terminaban en el saco de los "nunca", Ulises se fue sin preguntar cuando podía volver a verla.

"¿Un hombre capaz de robar por ti?", fue lo primero que Rosa preguntó, cuando Dalia le contó sobre el muchacho que había pintado la sala.

—Yo le iba a ofrecer que se quedara a almorzar… —se excusó Dalia.

—Lo que se quiere dar, se da. No se ofrece, mija. Mira, voy a hacerle mermelada con las guayabas de Changó.

—¿Vas a quitarle las guayabas a Changó?

—Con tanta comida en ese altar pronto las cucarachas nos levantan en peso. Además, ya están demasiado maduras y no voy a dejar que se echen a perder.

Pronto el dulzor de la mermelada reemplazó el olor a pintura fresca. Y después de una deliciosa cena, Rosa le pidió a Dalia que le llevara la mermelada a Ulises.

—Dile que en ella se ensuelva un feliz año nuevo para él. Y que cuando se la coma, pida un deseo que Changó pondrá su mano para que se le cumpla.

—No, Nana, ¿qué es eso? El muchacho te pintó la casa, ¡ahora no le hagas brujería!

—¿Qué brujería ni qué brujería, niña? Un buen deseo nunca es brujería —dijo Rosa, empujando a Dalia hacia la puerta.

Dalia transitó por entre los vecinos ya borrachos que en plena calle celebraban al ritmo de una música salsa escandalosa. Desde el techo del edificio de Ulises se veía que, de sol, solo quedaba un rojizo cielo. Llegando allá arriba, sus ojos enseguida se conectaron con los de Ulises que la miraron sorprendidos por encima del lienzo.

—Yo no te esperaba y mucho menos hoy —dijo él.

—Mi abuela te manda esto… —dijo Dalia, entregándole el pomo lleno de dulce.

—¿Para mí? Pues yo jamás me comería ese dulce. Lo guardaré en el refrigerador para siempre tener cómo oler a Dalia.

—¡No seas bobo! Dice que pidas un deseo cuando te la comas para que se cumplan tus sueños. Lo demás no lo copié porque sonaba muy extraño. Algo que ver con Changó…

—Si es así, me tomo el pomo de un golpe; aunque más nunca vaya al baño.

Ulises sirvió una generosa porción de mermelada. Cada cucharada llegó a su lengua como afrodisíaco que, al tragarlo, lo hizo desear con más fuerzas a Dalia. "¿Ya pediste un deseo?", le preguntó ella. Él cerró los ojos y no solo pidió, sino que visualizó lo que deseaba. Como si la mermelada ya quisiera hacer efecto, Dalia no esperó a que Ulises abriera los ojos. Lo besó.

Ese engendro de sabores y olores los llevó al colchón. Las ropas volaron rumbo al techo y ella cayó encima de él. Hicieron el amor como si para salvarse no hubiese otra opción que el sexo. Exactamente lo que ella deseaba de Ulises, aunque no todo lo que él necesitaba de ella.

—¿Qué tal si mañana, en vez de sexo, hablamos? —dijo él.

—¿Y de qué hay que hablar?

—Sobre lindos planes, no sé. Sobre los sueños.

Dalia, menos preparada que lo que creía para un encuentro como ese, se regresó a sus ropas. Lo único interesante que tenían sus planes era que todos se rompían y lo único cierto que tenían sus sueños era lo equivocados que siempre resultaban. Ella se despidió con un beso.

—Dalia, espera —dijo Ulises, estirando su mano hacia ella, como pidiendo que se quedara.

Ella corrió a su casa y llegó justo cuando el gentío del barrio gritaba al unísono: "Felicidades". Rosa le deseó lo mejor para ese año nuevo y ella abrazó a su abuela pidiendo: "y que tú nunca me faltes". Ulises, en las alturas del edificio celebró observando las estrellas que cubrían el cielo de su techo. Comía mermelada, pero nada llenaba sus íntimos vacíos amorosos. Con tal fuerza pidió un deseo. Fue triste pestañar y no tener a Dalia a su lado para comenzar el año. Pasados unos días, sintiendo que la distancia ahorcaba más que soga al cuello, fue a casa de ella.

—Creo que entiendo por qué te fuiste aquella noche. Lo que no entiendo es por qué nunca regresaste.

—Hay cuestiones que los artistas con cabezas en las nubes como tú, no entienden.

—¿Qué sabes tú de mi cabeza? Explícame, Dalia.

—No pasarás la prueba, Ulises. De hecho, nadie la pasa.

—¿Qué prueba? Y si no la paso pues me voy, pero no al cuarto oscuro de jamás saber, sino a un cuarto más claro: el de sanar sabiendo.

Ulises presintió que la explicación iba a doler, pero nunca supuso que tanto.

—Pues bien, aquí te va… ¿Qué tal si nos casamos?

—¿Cómo que nos casamos?

—No hay ni un centavo en esta casa y yo necesito que mi abuela deje esa maldita producción clandestina. La del CDR está loca por denunciarla. Nos casamos, vendemos las cervezas, la luna de miel. Mil pesos para mí, mil para ti. Nos divorciamos y hacemos lo mismo otra vez, pero con otra persona —explicó ella.

—Pero eso…

—Ese es mi negocio —interrumpió Dalia—. Tú pintas, yo me caso. Ahora mismo, por ejemplo, estoy casada con Pedro, el vecino de aquí al lado.

—¿Tú estás casada?

—¿Ya ves? Suspendiste la pruebita.

Las orejas de Ulises tomaron el mismo tono fucsia de las flores del butacón y con voz de quebrada firmeza, respondió: "Tienes razón". Dalia bajó la mirada como dando la charla por terminada.

—A mí me duele hasta vender mis cuadros porque es como vender un pedazo de corazón. Vender el amor de esa manera, sería vender el corazón completo.

—Pues mira, yo aún no he visto un "se casaron y fueron felices para siempre" que fuera real.

—Es una pena, porque ante ti hay un hombre que daría cualquier cosa por ese chance.

—¿Chance de qué? ¿De un amor real?

—Sí, de esos amores que van más allá de lo físico. De los que cuando uno cierra los ojos, sueña hasta con hijos.

—¿Hijos? Pero ¿tú te empinaste a uno de tus pomos de pintura antes de venir a verme?

—Sí, Dalia, hijos…

Dalia cruzó los brazos y puso cara de "no digas una palabra más".

—El varón se podría llamar Miguel Ángel como mi padre y la hembra como tu abuela.

—Yo sabía que tú vivías en las nubes, pero nunca imaginé que unas tan lejanas. Dime, a ver, ¿Cómo vivirán esos hijos? Si tú vives en un palomar encima de un edificio, no puedes vender tus cuadros y no tienes dinero ni para comprar mermelada.

—Yo construí un techo con estas manos, en un país donde no hay ladrillos.

Ulises se dio vuelta y fue directo a sus lienzos. Dio brochazos hasta que en sus cuadros dejó la última esperanza de que Dalia fuera a decir "lo siento". Ella, sin embargo, esperaba que Pedro llegara al barrio para divorciarse de él. El día que vio la luz del cuarto de su vecino encendida, saltó por el muro del patio para ir a coordinar eso. Pedro, sin embargo, había cavilado mucho sobre aquel último consejo que Mila le dio de decirle la verdad a Dalia.

A la mañana siguiente, se pusieron mil abrigos para ir al bufete. Pero Pedro manejó su moto rumbo al horizonte que traía vientos del norte y frenó ante un muro que ponía límite a altas marejadas que llegaban a la costa.

—¿Qué hacemos tú y yo en el malecón? —preguntó Dalia al verse tan lejos del bufete.

—Tenemos una charla pendiente —respondió él, bajándose de la moto.

Dalia lo miró como si la amnesia autoimpuesta a los sucesos de los últimos meses no la dejara caer en cuenta de qué charla hablaba Pedro.

—Tú me debes una historia y yo te debo otra —dijo él—. ¿Te acuerdas de aquella vez que yo venía de Guardalavaca? Tú tenías algo urgente que decirme.

—¡Ay chico! ¿para eso tú me has traído aquí? Yo quería contarte cómo había terminado lo del brasileño. Por haberme casado contigo, me llamó pecadora, traicionera, mala mujer, desgraciada, de todo.

Pedro pretendía que la escuchaba, pero su mano derecha apretaba la carta que él traía en el bolsillo para leerle a Dalia. Y aún se preguntaba si esa era la mejor manera de expresar los sentimientos que él escondía desde niño.

—En fin, necesitaba hablar con alguien. Creo que me costaba entender la diferencia entre la religión y la hipocresía, pero ya sé que en algunos casos pueden ser sinónimos.

—Alégrate, Mermelada. Esa relación nunca hubiese funcionado —dijo Pedro.

—Cuando se fue, yo quería que Buena Vista me tragara. Pero después, con el fiasco de Villa Delicias, lo de Joao pasó a planos de cero relevancias.

—Así es. El dolor en un tobillo se quita con un trastazo en la cabeza.

—Ahora me siento tan vacía, como si aquí dentro no viviera nadie. Estoy pasando por uno de esos mini-infartos en que la bola se traba encima de la red y no se sabe para qué lado va a caer.

El mar llegaba a las rocas y arremetía contra el muro del malecón. Lo salpicaba, pero no se atrevía a cruzarlo, tal como Pedro no se llenaba de coraje para cruzar la línea de amistad que lo separaba de su vecina. Tanto reguero en el mar desorganizaba las ideas del muchacho. Él sacó una canequita de ron de abajo del asiento de la moto. "Para que se nos quite el frío", dijo antes de darse un largo buche. Y ni con eso la carta salió de aquel bolsillo.

—El frío se nos va a quitar cuando estemos en el bufete. Dale vamos —dijo ella.

Cien pesos y dos firmas después, el carnet de identidad de

Pedro decía: "Estado civil: Divorciado". El retumbar del cuño encima de ese dato derrumbó los castillos que de pequeño él había construido para un final feliz con ella. En su corazón soplaban vientos más fríos que los que venían contra la moto, rumbo a casa. Dalia, en tanto, protestaba por los nudos que el aire hacía en su pelo. Y hasta se enfadó cuando Pedro se negó a buscar un amigo de confianza que pudiera casarse con ella.

En cuanto las buganvillas pusieron distancia entre Pedro y Dalia, todo quedó en escombros para él. Hasta los ladrillos de la mansión se enternecieron al escucharlo hablar con el retrato de su madre: "No sé qué seré más: si un idiota o un cobarde. Ella nunca sabrá que aquel beso que le di en la boda no fue para despistar a la jueza, sino porque me casaba con el verdadero amor de mi vida".

Él devolvió la carta a la gaveta donde guardaba las otras y en la siesta que prosiguió, soñó que su madre llegaba a él con Dalia en sus brazos, repitiendo algo que él no entendía. El rojo de los labios de la chica daba ganas de besarlos, pero las buganvillas le habían arañado la piel a la muchacha. Sangre goteaba de la punta de los dedos de Dalia, dejando un largo trillo rojo detrás de su madre. Pedro se despertó con el corazón bombeando al ritmo del susto. Fue ahí que se dio cuenta que su madre decía: "ella no es la chica...".

Toques incesantes en la puerta lo levantaron de la cama. Era Dalia, que traía el corazón latiendo casi al mismo ritmo que el de Pedro. Antes de que él atinara a pedirle que entrara, ya Dalia iba hacia la mesa del comedor con expresión de quien tropezó con un fantasma.

—Pero ¿a ti qué te pasa? —preguntó Pedro.

—¡Vilma! Acaba de salir de mi casa. Fue a darme un aviso —dijo Dalia, estirando un brazo para alcanzarle un papel a Pedro—. Esta noche hay "meeting de repudio"[104].

—¿Qué es eso?

—Dice Vilma que hay que ir a tirar tomates a la casa de Waldo.

—Dalia, cálmate, que ahora mismo en Cuba no hay tomates,

—Eso mismo dijo la vecina del apartamento dos. Pero dice

[104]Protesta en grupo para repudiar un acto contrarrevolucionario.

Vilma que quienes no tengan tomates, tiren cualquier cosa para ensuciar la reja: chancletas, huevos, basura, lo que sea. A mi abuela le sugirió que tirara guayabas y por poco sale de mi casa con una guayaba rota en la cabeza. Iba rumbo a casa del loco–sordo, que lo único que podrá tirar es el radio porque en su casa no hay más nada.

—Dalia, ¡tranquila! Vamos al meeting de repudio con una bolsa, que con toda la mercancía que van a tirar, nos hacemos ricos.

—¡Ya, Pedro! Tú siempre jugando… ¡Esto es serio! Antes de salir de mi casa, Vilma me dijo al oído: "Aunque a la que deberíamos tirar tomates es a ti". Ella sabe algo. Ella sabe que Waldo no se fue del país… Y dice mi abuela que ese muerto quiere…

—¡Dalia! ¡Dalia! —gritó Pedro para sacarla del trance en el que había entrado su amiga.

Ella frotaba sus manos con mucha tensión.

—Mermelada, —dijo Pedro, acercándose a ella— yo dudo que alguien asista al meeting ese. Todos saben que los tomates no son para Waldo, sino para Felicia, que le dio el hijo a Waldo que ella nunca pudo, que se quedó con la mansión en la que ella siempre soñó vivir. Esta noche, vamos al meeting, pero para asegurarnos de que nada le pase ni a Felicia ni al niño.

Dalia estiró sus dos brazos hacia Pedro y ya cerca de él, sintió que el pecho le latía con menos prisa. Pero, de pronto, la imagen de Vilma apareció en la puerta y eso desató un ataque nuevo en ella.

—Ay… ¿También te estás templando a Pedro? —fue el saludo de Vilma.

Antes de que Pedro pudiera intervenir, Dalia respondió: "Sí, me lo estoy templando todito" y atrajo la boca del vecino hacia ella para pegarle un beso.

El papel del meeting de repudio voló en dirección a ellos y se deslizó por unos cuantos metros sobre el suelo de la sala, hasta llegar a la puerta de la cocina. Con la esquina de un ojo, Dalia vio que Vilma se había ido. Pero Pedro no veía. Él todavía la besaba.

Dalia lo apartó, avisando: "Oye, eso fue para despistar a Vilma.

Tal como hiciste tú delante de la jueza".

—Supongamos que todos esos besos fueron de mentira, Mermelada... ¿Me darías uno verdadero?

—¿Un qué? —preguntó Dalia, con más trastorno que el que había causado la visita de Vilma.

Pedro fue a una silla de la mesa del comedor donde la vista directa al jarrón de flores evitaba la mirada de ella. "Disculpa", dijo.

—No, ningún "disculpa", Pedro. ¡Hay dos cosas! Dos cosas que yo le pido a Dios que jamás me quite. Una es mi abuela. Y la otra, tu amistad. Juega con cualquier cosa, menos con eso.

—Dalia, es que yo he pasado mi vida entera...

—¡Yo también! —interrumpió ella, adivinando lo que él estaba a punto decir—. Yo tenía una lista titulada: 'Las novias de Pedro". Y en el último renglón, siempre escribía el nombre mío, convencida de que yo sería la próxima. Pero me cansé de tachar mi nombre. Me cansé de escuchar las tandas de sexo con todas ellas. Me cansé de las mentiras que les decías a todas, cuando una nueva aparecía en el tintero. Me desenamoré el día que te cogí miedo.

—¿Qué tú sabes, Dalia? Quizás seas tú la que me cambie para siempre.

—El balón siempre es redondo, Pedro ¡No le busques las esquinas! Para mí, la mejor forma de tenerte para siempre es siendo amigos.

A pesar de lo segura que sonó su voz, sus pies corrieron al parque de los gigantes a contarles en qué había terminado la historia con aquel amor que tantas veces la había enviado allí llorando. Los árboles bailaban con el viento, como si sus ramas respondieran "aleluya". Para ella, ese contó como el verdadero entierro de su amor por Pedro.

Todos los quinqués de la cuadra se estremecieron en cuanto comenzó el "quin-quin-quin" de Vilma, que golpeaba el revés de un sartén con una cuchara. "¡Arriba! ¡Meeting de repudio!" Gritaba ella.

Pedro, esperaba ansioso ese llamado para cruzar el muro de su patio. Ya en la cocina de casa de Dalia, tiró un brazo por encima de Rosa y otro por encima de su amiga para juntos ir al evento que anunciaba Vilma.

Poco a poco fueron saliendo los vecinos de sus casas, todos sosteniendo los creativos proyectiles que Vilma había recomendado para embarrar la reja de Waldo. Uno de ellos, llegó con el tacón de un zapato viejo. Otro con un condón inflado, lleno de pintura. Otro batiendo un huevo para que apestara antes de tirarlo. Y otro con una bolsita, muerto de risa, anunciando: "Ni se acerquen, que aquí traigo flor de peo[105]". Las manos de Dalia, que venían vacías, se alternaban entre taparse los ojos y los oídos.

La mayor de las sorpresas para Vilma no fue la calidad e inventiva de los proyectiles, sino ver que Felicia salió al portal, orgullosa, con uno de sus brazos cargando a un niño y en el otro un quinqué para que todos por primera vez vieran la cara de Waldito. La angélica expresión del muchachito dejaba ver rasgos de Síndrome de Down[106]. Todos enseguida dedujeron la razón por la cual Waldo nunca los dejó ver al niño.

Así todo, Vilma emprendió a leer el comunicado que había preparado. Hablaba sobre familiares que propiciaban la ida de "gusanos traidores, ¡a Miami!". Hablaba de un Miami que incitaba a los débiles de mente a tirarse al mar, añadiendo "los gusanos se ahogan porque no son peces". Terminó el discurso con un: "¡Patria o muerte y hasta la victoria siempre!". Esas frases y los gestos que ella hacía con el brazo, eran las señales para que los vecinos lanzaran sus proyectiles. Como nadie obedeció, ella para dar el ejemplo, tiró uno de los dos tomates que traía en el bolsillo, el cual quedó encajado en un hueco de la reja. Cuando iba a tirar el otro, un vecino le avisó:

—Lo tiras y te clavo este tacón en el cráneo.

[105] Flor con mucha peste.

[106] Trastorno genético del cromosoma 21 que aporta discapacidad cognitiva y rasgos físicos peculiares.

—Y de este huevo no te escapas —dijo otro vecino.

—Y yo, loco por restregar esta flor de peo por tu cara —agregó otro.

—Y yo, loco por tirar esta bombita de pintura contra la ventana de tu casa.

—Y yo, por reventar esta guayaba en tu cabeza —dijo Rosa.

Al sentirse objeto del complot de los vecinos, Vilma corrió a su casa dando gritos: "Les voy a llamar a la policía". Pero en vez de ir a su teléfono, subió a la terraza del techo de su casa. La paz del apagón dejaba que cuadras a la redonda se escucharan los gritos que ella le daba a Waldo. Lo llamaba con nombre y apellidos y le pedía que se la llevara.

En tanto, Felicia salió de casa con el niño en brazos y les dio un abrazo a todos los vecinos, especialmente a Pedro. A lo cual él respondió que "de gracias, nada pues todavía le debía la mitad del peladito".

Rosa y Dalia entraron sonrientes a casa y pelaron un bulto de guayabas, a la luz del quinqué, como si eso las calmara.

—¿Quién fue el de la idea de sabotear el meeting? —preguntó Dalia.

—Pedro. ¡Siempre Pedro! Él fue de casa en casa a pedir que lo ayudaran a virar el repudio en contra ella. Y les decía a todos: "¡Oye, se puede tener miedo, pero no vivir con miedo!" A los que se atrevieron, él mismo les dio el artefacto que debían llevar para tirar. La idea era proteger a Felicia, pero más que nada, él quería darte esa sorpresa… —dijo Rosa.

—¡Verdad que ese niño nació con el sentido del humor de guardia!

Fue ahí que Dalia se permitió reírse a carcajadas.

Dalia soltó el cuchillo y la guayaba que pelaba pues una avalancha de convicciones llegó a ella, entre ellas, el hecho de que aún no le había dado las gracias a Pedro, no solo por la sorpresa de esa noche, sino por todo. Agarró el quinqué y salió corriendo a casa de su amigo.

Pedro, al verla llegar a la puerta de su casa, en vez de un saludo, dio un grito:

—Ay, Mermelada, pero qué fea tú te ves con la luz esa en la cara.

—Vengo a agradecerte, Pedro. La verdad es que no sé qué hiciste, ni cómo lo hiciste, pero tú me salvaste la vida, con lo de… tú sabes. Tú eres mi héroe, mi hermano, mi amigo, mi todo.

—Ay, Mermelada, qué raro verte dulce. Vaya, que no te pega… —dijo él devolviéndole el abrazo que ella le daba.

Y en ese instante, Dalia vio que alguien salió del cuarto de Pedro, como una especie de fantasma que vagaba las penumbras de la casa y venía hacia ellos. Pero ya en la puerta y delante del quinqué, ella pudo ver que se trataba de una joven, hecha de carne y hueso, rubia y con el rostro más bonito que ella había visto en su vida.

—Me llamo Katia.

—Y yo me llamo…

—Yo sé quién eres. Te conocí en la fiesta de Santa María. No sabes qué gusto me da conocerte, Dalia. Si alguna vez tú necesitas algo, en mí tienes una hermana.

Sintiendo el mayor de los alicientes, Dalia regresó a casa. Le devolvió el quinqué a Rosa, que había terminado de pelar el resto de las guayabas a oscuras y le dijo: "Pedro tiene una novia nueva. Y esa sí me gusta".

A la mañana siguiente, no la despertó ni el sol, ni la batidora, ni el chisporroteo del cable en el techo de su cuarto. La despertó el cartero que en vez de llamar desde la punta del pasillo, ese día fue hasta la puerta del apartamento tres a sonar el silbato. Del susto, Dalia corrió de su cama a la sala.

—Vine a desearte un feliz año nuevo —dijo el cartero—. ¡Ah y a enseñarte los popis nuevos que me mandó mi hermano de Miami! ¡Mira, no tienen huecos!

Dalia lo miraba con ojos retorcidos. Rosa puso cara de "a este le falta un lunes" y regresó a sus quehaceres en la cocina.

—¡Ah! Y vine a preguntarte si quieres salir conmigo. No sé, a bajar una botellita en algún parquecito del barrio. ¿Qué me dices?

Dalia respondió que no, con un dedo de la mano, con la cabeza y con el resto de su cuerpo.

—¡Bueno, tú te lo pierdes! Y también vine a traerte esta carta.

De verla, ella supo que era de Joao. Se la quitó con furia de la mano al hombre y fue a su cuarto. En vez de comenzar a leerla por el principio, fue directo al párrafo de despedida que decía: *"En fin, el departamento en Río es una cueva donde no vive nadie y el bosque que tiene enfrente siempre me recuerda al bosque de La Habana. Quiero que veas el Cristo de Río. Y aunque no entiendo tu traición, quiero olvidar, quiero perdonarla. Estoy dispuesto a mentirle a todo el mundo sobre tu pecado y quiero que nos casemos en mi iglesia. ¿Aún me amas como yo te amo, Dalia? Di que sí, que yo regreso a Cuba a continuar lo que empezamos".*

Los muelles de su cama chirriaban de los brincos impacientes que ella daba.

—¿Qué decía esa carta, hija? —preguntó Rosa, al verla en ese estado.

—¿Por qué es que los hombres no vienen con un librito de instrucciones, Nana?

—A ver qué pasó, Dalia. ¿Qué dice Joao?

—Da igual que dice. ¿Cómo sabe uno con quién debe quedarse?

—Cálmate hija. El truco es simple.

—¿Hay un truco?

—Cierra los ojos. Respira. Pinta tu pelo blanco en canas y en tu cara dibuja muchas arrugas. Imagínate en una casa. En el centro de la sala hay dos sillones. Siéntate en uno de ellos. Mécete. Duérmete. Dentro del sueño abre tus ojos y mira al sillón de al lado. El hombre que veas ahí sentado es con el que debes compartir el resto de tus días.

—¿Y si no hay nadie?

—Es que no lo has conocido todavía.

El viento que entraba por las persianas quería disipar el vapor que las frustraciones atrapaban dentro del concreto de la casa. Cuando Rosa salió del cuarto, Dalia quedó a solas, en la oscura paz de cama. Cerró los ojos y con la mente viajó a su vejez. Llegó a una casita despintada de un barrio viejo y descuidado. Su pelo blanco y su cara arrugada no le molestaban tanto como ella creyó que pasaría. Rosa ya no existía y el dolor de haberla perdido, se sentía tan lejano. Encontró los dos sillones en medio de la sala y se quedó dormida en uno de ellos. Cuando abrió los ojos en sus sueños, vio que alguien se mecía en el sillón de al lado. Alguien que, en vez de pelos rubios, tenía rizos blancos.

Abrió los ojos en la realidad de su presente y en su mente se coló aquella canción de Nocturno que un día la impulsó a robarle un beso al de los rizos: "*...Entre mis sueños te veo a mi lado otra vez y tu rostro tan sereno con su blanca palidez*". Con esos sentimientos de bandera, ella buscó lápiz y papel con que escribirle a Joao y responder la última pregunta que él había hecho en la carta suya: "*¿Todavía me amas?*"

La carta de Dalia solo decía: "*No*".

La llevó a la posta, la metió en el buzón y rezó porque esa carta le llegara. De allí salió rumbo al edificio de Ulises. Y esa vez, no era un fantasma quien la empujaba, sino los deseos de decirle: "Te vi en el sillón". Llegó al techo sin aire, pero llena de ilusiones. Tocó la puerta del mar, pero no había nadie. Se sentó en alero del techo a esperar por él. Allí, muchas sábanas blancas bailaban al ritmo que le venía en gana al viento. Y cuando al cielo ya casi le nacían estrellas, Dalia dejó una nota bajo la puerta de Ulises que decía: "*Ve a verme. Tengo que hablarte*".

Al día siguiente ella regresó y dejó lo misma nota. Él nunca fue. Ya él le había dado los últimos brochazos al cuadro del desnudo de ella y había dado todo por terminado en esa relación. A veces hasta el cuadro que lo miraba todo con sus ojazos verdes desde la esquina de su cuarto decía: "no vayas". Como polvo de cobarde existe en cada uno de nosotros, él obedecía.

Nocturno, que jamás ayudaba, casi todas las noches le cantaba a Dalia un Madrigal: "*... estando contigo me olvido de todo y de mí. Parece que todo lo tengo, teniéndote a ti. Y no siento este mal que me agobia y que llevo conmigo,* *arruinando esta vida que tengo… No puedo vivir. Eres luz que ilumina las noches en mi largo camino…"*. Más o menos en esa parte de la canción, Dalia se echaba a llorar. Un día, sus sollozos se tornaron más escandalosos que el radio del loco loco–sordo y Rosa dejó de matar cucarachas para ir a ver qué le pasaba a su nieta: "¡Yo no sé querer!", le confesó a su abuela.

—A veces no hace falta saber querer, mija, sino dejarse querer —le dijo Rosa, acariciándole la cabeza.

—¿Por qué yo soy así? ¡Tan rara, tan estúpida!

—Ese el síndrome de los abandonados. Recuerda que llegando a este mundo tu propia madre te dejó tirada en una cueva. Y si la persona que más te debió amar no supo hacerlo, qué confianza puedes tener tú en el amor. Hay muchos tipos de soledad, Dalia, pero tú sufriste la peor de todas, que es el abandono. Esas piedras se llevan en un saco, al lomo, de por vida y solo dejándote querer, podrás soltarlo.

Dalia dio un grito como si una tenaza hubiese pellizcado los adentros de su pecho. No quería escuchar una palabra más. Quizás un amor no era más que un peso adicional sobre la ya pesada carga de ella.

—No te tortures más, mija. La bibijagua[107] carga lo que puede. Pero te advierto, si no actúas a tiempo, puedes dar al pintor por perdido.

—¿De qué tú hablas?

—De que siempre el mejor momento para arreglar las cosas es ahora.

—No Nana, háblame en "cubano", no en yoruba.

—Es que, el otro día él me vio en la panadería, me saludó y me dio las gracias por la mermelada. Yo le pregunté si se le habían cumplido sus deseos y me dijo que todavía. Me enseñó un carnecito que había conseguido para vender cuadros en La Plaza de Catedral de La Habana. Y ese lugar está repleto de extranjeras buscando cubanos de oro como él.

—Pues quizás él ande buscando extranjeras porque a mí no me quiere ver…

—¿No habrás sido tú quien le dijo que él nunca podría

[107] Especie de hormiga exclusiva de Cuba. Laboriosas y de cabezas notablemente grandes.

mantener los hijos que él soñaba tener contigo?

Esa pregunta merecía un rotundo "si", pero Dalia no lo admitió. Fue así que la idea del amor del sillón tomó un último plano en la lista de quehaceres de ella. En el tope de esa lista escribió encontrar un buen partido con el cual casarse para vender las cervezas y traer un poco de dinero a casa. Buscaba candidato por doquier. Pero mientras buscaba, más sentía que del cielo le estaban escondiendo los maridos. Un día vio al cartero y le propuso matrimonio, a lo cual él respondió: "Para un traguito en el parque sí, mamita, pero yo ya estoy casado".

Dejó de buscar esposo el día que unos vómitos intensos la sacaron de la cama. Pensó que reposando se aliviaría la indigestión, pero esa semana las constantes nauseas la llevaron a una consulta médica. Allí quedó enterada de la mayor de las bromas que le podían jugar en el cielo. Había dos embrioncitos en su vientre y según el ultrasonido, pronto cumplían dos meses. Todas las cuentas apuntaban a Ulises.

Ella trató de tomar la noticia, como eso "mejor" que la vida le tenía en el camino. Pero su doctor no inspiró tales alicientes. "Sin trabajo, tan joven, sola, ¿y ahora mellizos? Tu futuro es duro", le dijo. Al verde de los ojos de Dalia se les fue el brillo tratando de interiorizar eso. El doctor prosiguió con un torturante: "y entonces… ¿qué quieres hacer?".

—No, ya. ¡Alcánceme el bisturí, que mejor me corto las venas! —respondió ella.

El doctor le dio dos papeles. Uno para que se hiciera el primer análisis de sangre del embarazo y otro, con fecha, hora y lugar para que se hiciera un aborto. "Esas son tus opciones", le informó antes de dar la consulta por terminada.

Dalia, más perdida que un barco sin brújula, daba vueltas frente a la clínica preguntándose cuál de los dos papeles echaba a la basura. De pronto, el viento sopló como ayudándola a encontrar la respuesta. Todas sus velas apuntaron al edificio de Ulises. Alzó bandera blanca y azotó sus nudillos contra las olas pintadas sobre la puerta del de los rizos. Pero él no estaba.

Las nubes habían tapizado el cielo y en el techo, ese día,

no volaban sábanas ni brillaba el sol. Había no más que una casita vacía y dos embrioncitos dentro de ella preguntando, "y ahora, ¿qué hacemos?". Ella cayó sentada en el suelo y recostó su espalda a la puerta para esperar por él.

Según el ruido en sus tripas, ya había pasado la hora de la cena y por el silencio que reinaba en el barrio parecía que alguien había borrado a Buena Vista del mapa de La Habana. Ya cuando la luna paseaba por detrás de las gruesas nubes y los quinqués atravesaban las ventanas de edificios lejanos, Dalia escuchó que una voz de hombre subía por las escaleras. Ella enseguida supo que era la de Ulises. Y se puso de pie, pero por poco se desploma cuando, además de esa voz, escuchó la de una mujer que muy jocosa pedía: "Ay, sujétame que no veo nada".

Dalia sintió deseos de correr hacia el alero del techo y no parar hasta no ver más nada, pero se escondió detrás de la casita. Su corazón batía tan fuerte contra las paredes del pecho, que casi la delataba.

Ulises entró a su casa, abrió las ventanas y uno a uno encendió sus quinqués. Dalia escuchó cuanta risa causaba en la mujer que Ulises pudiera hacer tanto viendo tan poco. Justo entonces comenzaron los halagos: "Ay, ¡qué bello es este!" y "¡qué bello este otro!". Dalia calculaba que ya la rival se había enamorado del rubio y que en ese momento comenzaba a enamorarse de los cuadros. A ella le corrían ríos de lágrimas por el rostro y se secaba los mocos con el brazo como si allí tuviera una toalla. De pronto, todo quedó en silencio. De la casita no venían ni risas, ni halagos, ni conversación. ¿Se estarían besando?

Dalia luchó contra una densa energía que impedía que se moviera para ir a asomarse por una ventana. Desde allí vio que Ulises y la muchacha admiraban un cuadro. La joven preguntó quién era la modelo y él advirtió: "Ese no lo vendo". Esa pintura sabía a lo amargo de un amor mal correspondido, pero a lo dulce de esas noches que jamás se olvidan. La joven insistió: "Pero yo lo quiero" y él reiteró: "Es que no puedo".

A pesar de los nudos en su garganta, Dalia llegó a la puerta de la casita, diciendo: "Yo se lo vendo". Ulises y la mujer dieron un salto en 180 grados que casi tumba el cuadro. La mujer fue a donde ella y

Ulises, sin dar un paso preguntó: "¿Qué tú haces aquí, Mermelada?"

—Ay, ¡pero si tú eres la modelo, ¿no?! —exclamó la mujer.

Dalia asintió con los ojos porque en la garganta se le ahogaban las palabras.

—No seas necio, niño. ¡Ven a abrazarla, que esta chica ha llorado! —dijo la mujer, acariciando el pelo de Dalia.

—¡Entra! —dijo Ulises, aún de lejos.

—Yo me llamo Valeria, soy chilena. Y me he enamorado de las bellezas de cuadros que este chico tenía en la Catedral. Vine a comprar más porque mi marido va a abrir una galería en Nueva York. Y ese tuyo es una maravilla.

—¿Te imaginas? ¿Los cuadros tuyos en una galería americana? —dijo él.

—Yo solo me imagino el cuadro mío, aquí contigo Ulises —dijo Dalia, mirándolo fijo.

Él dio unos cuantos pasos para llegar a ella y notó que algo había suavizado el vidrio con que siempre miraban aquellos ojos. Tomó sus manos y la miró como enterneciendo las piedras que él guardaba en los ojos suyos.

—Te pago el doble por ese desnudo —interrumpió Valeria, regresando al cuadro.

Ulises ayudó a su clienta a transportar todos los cuadros que ella quiso comprar. Los acomodó en el taxi que esperaba por ella en los bajos del edificio y regresó al techo a doble escalón para mostrarle a Dalia el bulto de dólares americanos que había ganado ese día con su arte.

—¿Tú crees que cien dólares me alcancen para comprar un litrico de mermelada a Rosa? —le preguntó él, en broma.

—Yo tú, ahorraba un poquito porque ahora somos seis —avisó ella.

Ulises, por mucha matemática que hizo, no entendía la cuenta de Dalia.

—Tú, yo, mi abuela, tu hermano, Miguel Ángel y Rosa Marta —dijo Dalia, tocándose el vientre.

Ulises lanzó los billetes al colchón y cayó de rodillas ante ella. Y antes de que las lágrimas de la chica, cayeran sobre su frente, él preguntó:

—¡Repite! ¿Aquí están quiénes?

Por cada nombre que ella mencionó, él le besó el vientre. Y así fue que Dalia supo cuál de los dos papeles que le dio el doctor debía echar a la basura. Él la llevó al colchón cubierto de billetes y dijo:

—No temas Mermelada, que yo soy pintor. Y cuando a mi vida llega la sequía, yo pinto lluvia. Si me toca vivir en un pantano, yo pinto flores. Y cuando la suerte se aleja, yo pinto puentes para llegar a ella. Estos niños lo tendrán todo porque nos tendrán a ti y a mí.

Una lluvia intensa rompió sobre el techo del muchacho. Un trueno los hizo saltar y luego sonreír, porque Dalia se asomó a la puerta de la casa y mirando al cielo gritó: "Kabiosile Changó". De regreso al de los rizos, ella pidió: "Bésame Ulises, que es otra forma de decir Amén y hazme el amor, que es otra forma de decir Ashé".

Epílogo

En este Paraíso, cuando la noche cierra su telón, todo queda a oscuras y no por falta de estrellas, sino porque reinan los eternos apagones del Periodo Especial de los años noventa. Aparecen los románticos quinqués y las caras semialumbradas de gente que quiere seguir viendo. Un vecino sintoniza el programa radial Nocturno con canciones que se cuelan en la genética romántica del ser humano, asegurando que el amor es *"el pan de la vida"*, en un barrio donde hay poco de comer.

En cuanto las pupilas se adaptan a la oscuridad de esta novela, descubrimos raras maravillas en sus criminales, ¡que diga!, personajes. Con ellos navegamos las penumbras reales del cubano que para comer siempre ha de romper alguna ley. Y como pasa cuando lo que motiva es la supervivencia, son pocos los delitos que cuentan como crímenes reales. Los verdaderos delincuentes son esos que chivatean y hunden a quienes luchan por la vida. Esos terminan sin dedos en las manos y de plato fuerte para los tiburones.

Este Paraíso no es más que uno de los tantos que nos inventamos los cubanos durante el Periodo Especial para ahuyentar infiernos. Esta descascarada Buena Vista puede ser cualquier barrio de Cuba. Esta Dalia puede ser cualquier joven cubana que busca pasar inadvertida en un lugar donde ejército de ojos vigilan. Aquí protagonizan los santos yorubas, que desde el cielo truenan y desde los ríos fluyen para avisar tragedias y proteger del mal. Creas o no creas en ellos, ahí están. Porque una Cuba sin sus santos es como un arroz con pollo, sin pollo.

La claridad de esta novela se esconde en sus olores, en el

aroma a barrio alborotado que dejan los huracanes, en lo salado del aire cuando las furiosas olas del mar se baten contra la isla y en el dulzor que impregna la mermelada de guayaba en el paladar. Todo eso luego se convierte en olores, sabores y recuerdos de un pasado que por mucho tiempo llegamos a despreciar.

Nos rompemos la cabeza preguntándonos como puede ser que de tanta agonía nazca tanta melancolía. La respuesta es simple pero no superficial. No extrañamos el hambre, sino lo rico que caía aquella mermelada en una barriga vacía. Y no extrañamos los apagones, sino los deliciosos besos que nos dábamos a la luz del quinqué.

Jocy Medina

A los lectores de este libro: Deja tu testimonio en la página de Amazon de la novela. Busca la página de Facebook de Jocy Medina, para que tan pronto salga su próxima novela, te enteres de la noticia.

www.ingramcontent.com/pod-product-compliance
Lightning Source LLC
Chambersburg PA
CBHW051248250626
47155CB00009B/3207

* 9 7 8 0 9 9 5 0 8 6 3 2 6 *